compétences attendues

W0344992

Enseignement scientifique

Première

Nouveaux programmes

Aurore Biondollilo-Tournier
Professeure de Physique-Chimie de l'académie de Versailles

Géraldine Bridon
Professeure des SVT de l'académie de Paris

Catherine Malsan
Professeure des SVT de l'académie de Paris

ellipses

DANS LA COLLECTION
compétences attendues

ISBN 9782340-036048

32, rue Bargue 75740 Paris cedex 15

www.editions-ellipses.fr

Avant-propos

Cet ouvrage, comme tous ceux de la collection *Compétences attendues*, s'adresse aux élèves qui souhaitent travailler en autonomie.

Il est découpé en chapitres qui suivent le programme de l'enseignement scientifique du tronc commun de première. Chaque chapitre est structuré en trois grandes parties :

- le cours développé, précis avec des encadrés qui soulignent les concepts logiques à maîtriser, la méthode à acquérir et les erreurs à éviter ;
- les exercices classés par compétences attendues du programme avec devant chaque énoncé la démarche scientifique exigée ;
- les corrigés détaillés de tous les exercices avec les remarques et conseils précieux, tirés de l'expérience des auteures, professeures de lycée.

Au début du livre une introduction présente les grandes compétences de la démarche scientifique : restituer des connaissances, exploiter des documents ; organiser, effectuer et contrôler des calculs ; rédiger une argumentation scientifique. Un index permettra aux lecteurs de travailler différemment en choisissant la compétence liée à la démarche scientifique qu'il veut maîtriser.

Cet ouvrage a été conçu dans l'esprit des nouveaux programmes avec la volonté de répondre aux grands enjeux de notre époque imposés par les nouvelles technologies.

Nous espérons qu'il vous donnera entière satisfaction.

Sommaire

Introduction

La démarche scientifique

La science est un mode de pensée qui s'attache à comprendre la réalité du monde à l'aide de lois toujours plus universelles et efficientes, par allers et retours inductifs et déductifs entre modélisation théorique et vérification expérimentale. Contrairement à la pensée dogmatique, la science n'est pas faite de vérités relevées intangibles, mais de questionnements, de recherches et de réponses qui évoluent et s'enrichissent avec le temps.

Adopter une démarche scientifique consiste à mener une réflexion permettant l'aboutissement de la résolution d'un problème posé à l'aide de méthodes et de rigueur. Il est important de ne pas réduire cette science à l'apprentissage (certes indispensable) de procédures mécaniques et purement théoriques.

Cet ouvrage propose de respecter cet équilibre, de manière très ciblée à partir des bulletins officiels des programmes de l'enseignement scientifique, qui mentionnent précisément ce dont les élèves doivent se rendre capables en classe de première générale :

1 Les compétences de la classe de première générale

A Restituer des connaissances

Les connaissances sont des savoirs qui sont communiqués dans le cadre d'un apprentissage et que chaque individu s'approprie. C'est être capable à partir d'une question posée :

- de communiquer des notions acquises lors de l'apprentissage,
- d'expliquer des termes scientifiques (définitions),
- d'utiliser le vocabulaire approprié dans un texte descriptif ou explicatif.

Conseils du professeur

Avant de s'approprier les notions, il est parfois utile de les maîtriser en se les récitant tel qu'elles ont été transmises. Une bonne maîtrise des termes scientifiques permet ensuite d'avoir une vision globale des concepts pour mieux les restituer.

B Exploiter des documents

À partir d'un énoncé et de document(s) fourni(s), il faut être capable d'énoncer une problématique, de rechercher et d'organiser les informations pertinentes tirées du ou des documents afin de répondre à la problématique.

Conseils du professeur

Il faut bien lire l'énoncé, ne pas hésiter à souligner les termes importants et recopier sur votre feuille toutes les données utiles fournies. Cette démarche permet de mieux mettre en relation toutes les informations dans la réponse rédigée.

Il est nécessaire d'être précis dans les valeurs extraites des documents.

Plus de détails avec l'aide personnalisée en fin de livre « Aborder une résolution problème ».

C Organiser, effectuer et contrôler des calculs

Il faut être capable :

- de mettre en œuvre les étapes d'une démarche et/ou d'utiliser un modèle ;
- d'effectuer des procédures mathématiques courantes : calculs, représentations, collectes de données, etc…
- de faire preuve d'esprit critique et de procéder à des tests de vraisemblance. Il ne faut pas oublier de penser à identifier les sources d'erreur, à estimer une incertitude ou à comparer la valeur obtenue à la valeur de référence.

Il faut confronter un modèle à des résultats expérimentaux et proposer d'éventuelles améliorations de la démarche ou du modèle.

Conseils du professeur

Il faut connaître par cœur les formules du cours et savoir les utiliser ou les coupler, en fonction des données fournies. Avant de remplacer chaque grandeur de la formule par sa valeur (dans la bonne unité), il faut préalablement isoler la grandeur à calculer, c'est ce que l'on appelle « donner l'expression littérale ». Les résultats doivent toujours être donnés avec le bon nombre de chiffres significatifs ainsi qu'avec l'unité associée à la grandeur calculée.

D Rédiger une argumentation scientifique

- On attend une réponse structurée qui s'appuie sur des informations pertinentes extraites des documents voire à partir de connaissances pour appuyer l'exposé.
- On attend de l'élève qu'il sache formuler des hypothèses, qu'il propose une stratégie de résolution organisée.
- Il faut utiliser un vocabulaire scientifiquement adapté et choisir des modes de représentation appropriés (par exemple un tableau est parfois plus clair que de longues phrases).

Conseils du professeur

Cette compétence demande à l'élève d'avoir acquis un certain recul sur les notions travaillées. Ainsi une bonne maîtrise des connaissances est nécessaire.

La maîtrise des termes scientifiques du cours aide à construire des réponses structurées et à mobiliser judicieusement les connaissances appropriées.

Les réponses doivent toujours être justifiées, à l'aide des documents ou des connaissances. Une phrase réponse qui reprend le corps de la question est attendue en conclusion.

Plus de détails avec l'aide personnalisée en fin de livre « Rédiger un texte argumenté ».

2 Récapitulatif des exercices illustrant les compétences

Compétences	Exercices concernés
Restituer des connaissances	**Chap 1** : 1.1 ; 1.2 ; 1.3 ; 1.8 ; 1.11 ; 1.12 **Chap 2** : 2.1 ; 2.2 ; 2.4 ; 2.5 ; 2.6 ; 2.7 ; 2.11 ; 2.12 ; 2.13 ; 2.14 **Chap 3** : 3.1 ; 3.2 ; 3.4 ; 3.6 **Chap 4** : 4.1 ; 4.2 ; 4.5 ; 4.12 ; 4.13 ; 4.12 ; 4.13 **Chap 5** : 5.1 ; 5.2 ; 5.4 ; 5.6 ; 5.7 **Chap 6** : 6.1 ; 6.2 ; 6.3 ; 6.4 ; 6.6 ; 6.7 **Chap 7** : 7.1 ; 7.2 ; 7.4 **Chap 8** : 8.1 ; 8.2 **Chap 9** : 9.1 ; 9.2 ; 9.3 ; 9.7 **Chap 10** : 10.1 ; 10.2 ; 10.6 **Chap 11** : 11.1 ; 11.6 ; 11.12 **Chap 12** : 12.1 ; 12.2 ; 12.3 **Chap 13** : 13.1 ; 13.2 ; 13.3 ; 13.4 **Chap 14** : 14.1 ; 14.3 ; 14.5

Compétences	Exercices concernés
Exploiter des documents	**Chap 1** : 1.4 ; 1.5 ; 1.6 ; 1.7 ; 1.11 ; 1.13 **Chap 2** : 2.2 ; 2.3, 2.14 **Chap 3** : 3.3 ; 3.6 **Chap 4** : 4.3 ; 4.4 ; 4.7 ; 4.9 ; 4.10 ; 4.11 ; 4.14 ; 4.15 ; 4.16 **Chap 5** : 5.2 ; 5.5 **Chap 6** : 6.5 ; 6.6 ; 6.8 **Chap 7** : 7.6 **Chap 8** : 8.3 ; 8.4 ; 8.5 ; 8.6 ; 8.9 **Chap 9** : 9.4 ; 9.6 ; 9.7 **Chap 10** : 10.3 ; 10.4 ; 10.5 **Chap 11** : 11.2 ; 11.3 ; 11.4 ; 11.5 ; 11.12 ; 11.13 **Chap 12** : 12.4 ; 12.5 **Chap 13** : 13.8 **Chap 14** : 14.2 ; 14.4 ; 14.5 ; 14.6
Organiser des calculs	**Chap 1** : 1.4 ; 1.5 ; 1.6 **Chap 2** : 2.2 ; 2.3 ; 2.7 ; 2.8 ; 2.9 ; 2.10 **Chap 4** : 4.3 ; 4.4 ; 4.6 ; 4.10 ; 4.11 **Chap 5** : 5.2 ; 5.3 **Chap 8** : 8.4 ; 8.5 ; 8.6 ; 8.9 **Chap 11** : 11.1 ; 11.2 ; 11.9 ; 11.10 ; 11.11 **Chap 12** : 12.4 ; 12.5 ; 12.6 ; 12.7 **Chap 13** : 13.6 ; 13.7 ; 13.9 ; 13.10 ; 13.11
Effectuer des calculs	**Chap 1** : 1.4 ; 1.5 ; 1.6 ; 1.8 ; 1.9 ; 1.10 **Chap 2** : 2.2 ; 2.3 ; 2.7 ; 2.8 ; 2.9 ; 2.10 **Chap 3** : 3.5 **Chap 4** : 4.3 ; 4.4 ; 4.6 ; 4.8 ; 4.9 ; 4.10 ; 4.11 ; 4.14 ; 4.16 **Chap 5** : 5.2 ; 5.3 ; 5.4 ; 5.8 **Chap 6** : 6.5 **Chap 7** : 7.6 **Chap 8** : 8.4 ; 8.5 ; 8.6 ; 8.7 ; 8.8 ; 8.9 **Chap 9** : 9.5 ; 9.6 **Chap 11** : 11.1 ; 11.2 ; 11.3 ; 11.4 ; 11.7 ; 11.8 ; 11.9 ; 11.10 ; 11.11 **Chap 12** : 12.4 ; 12.5 ; 12.6 ; 12.7 **Chap 13** : 13.4 ; 13.5 ; 13.6 ; 13.7 ; 13.8 ; 13.9 ; 13.10 ; 13.11

Compétences	Exercices concernés
Contrôler des calculs	**Chap 2** : 2.2 ; 2.3 ; 2.7 ; 2.8 **Chap 8** : 8.6 **Chap 11** : 11.4 ; 11.9 **Chap 12** : 12.4 ; 12.5 **Chap 13** : 13.6 ; 13.7 ; 13.8 ; 13.9 ; 13.10 ; 13.11
Rédiger une argumentation scientifique	**Chap 2** : 2.14 **Chap 5** : 5.8 **Chap 6** : 6.9 **Chap 7** : 7.3 ; 7.5 ; 7.7 **Chap 9** : 9.4 **Chap 10** : 10.3 **Chap 12** : 12.6 **Chap 14** : 14.5 ; 14.7

Chapitre 1

Un niveau d'organisation : les éléments chimiques

Cours

1 Abondance et origine des éléments chimiques dans l'Univers

A Élément chimique

Un élément chimique est caractérisé par son nombre de protons, Z, appelé aussi numéro atomique.

Rappel : symbole d'un noyau

Le symbole d'un noyau s'écrit $^{A}_{Z}X$, avec X le symbole du noyau, A, le nombre de masse, qui correspond au nombre de nucléons (protons + neutrons) et Z le numéro atomique qui correspond au nombre de protons.

B Origine des éléments chimiques dans l'Univers

Les **noyaux des atomes** de la centaine d'éléments chimiques stables résultent de réactions nucléaires qui se produisent au sein des étoiles à partir de l'hydrogène initial.

Rappel : noyaux stables et instables

L'interaction forte assure la cohésion des noyaux. Celle-ci est liée au nombre de protons et de neutrons qui constituent le noyau. Quand la cohésion du noyau n'est plus assurée (quand il n'y a pas autant de protons que de neutrons), il est dit instable.

Les petites étoiles (comme par exemple le Soleil), produisent de l'hélium à partir de l'hydrogène. Les étoiles massives (appelées les géantes rouges) produisent de nombreux éléments comme le carbone, l'azote, l'oxygène et le fer à partir de l'hélium.

Il existe deux types de réactions nucléaires stellaires : la fusion ou la fission.

- **La fusion** : à partir de deux noyaux légers et instables, on forme un noyau plus lourd (son nombre de nucléons est plus grand que celui de chaque noyau léger).

Exemple

Fusion d'un noyau d'hydrogène $^{1}_{1}H$, avec un noyau de deutérium $^{2}_{1}H$ (isotope de l'hydrogène) :
$^{1}_{1}H + ^{2}_{1}H \rightarrow ^{3}_{2}He$.

Rappel : noyaux isotopes

Deux noyaux sont dits isotopes s'ils possèdent le même nombre de protons (même numéro atomique Z), mais un nombre de neutrons différent (donc un nombre de masse A différent, puisque le nombre de neutrons $N = A - Z$).

- **La fission** : à partir d'un noyau lourd et instable, on forme deux noyaux plus légers (ils possèdent chacun un nombre de nucléons plus petit que le noyau lourd).

À la fin de leur vie, les étoiles se désagrègent et renvoient leur matière dans l'espace. Les étoiles petites comme le Soleil dispersent les éléments produits grâce aux vents stellaires.

C Abondance des éléments chimiques dans l'Univers

La matière connue de l'Univers est formée principalement d'hydrogène et d'hélium, alors que la Terre est surtout constituée d'oxygène, d'hydrogène, de fer, de silicium, de magnésium et les êtres vivants de carbone, d'hydrogène, d'oxygène et d'azote.

2 Radioactivité et demi-vie

Certains noyaux sont instables et se désintègrent naturellement en émettant une particule (radioactivité).

On ne peut pas prévoir quand un noyau instable va se désintégrer, on dit que l'instant de désintégration d'un noyau radioactif individuel est **aléatoire**.

La **demi-vie** d'un noyau radioactif, notée $t_{1/2}$, est la durée nécessaire pour que la moitié des noyaux initialement présents dans un échantillon macroscopique se soit désintégrée.

Cette demi-vie est caractéristique du noyau radioactif.

Par exemple le carbone 14 (un isotope du carbone 12) possède une demi-vie $t_{1/2} = 5,7.10^3$ ans, alors que l'iode 131 a une demi-vie $t_{1/2} = 8,02$ jours.

Si à $t = 0$ un échantillon possède 20 noyaux d'iode 131, alors au bout de 8,02 jours, il ne restera que 10 noyaux d'iode 131 et au bout de 16,04 jours il en restera 5 (et ainsi de suite).

Généralisation :

Si on note N_0 le nombre initial de noyaux instables (radioactifs) d'un échantillon et N le nombre de noyaux restants à l'instant t, après n demi-vies, l'échantillon contient $\frac{N_0}{2^n}$ noyaux radioactifs.

Point méthode : déterminer une demi-vie à l'aide d'une courbe de désintégration

Si on dispose d'une courbe donnant la proportion de noyaux radioactifs N restants dans l'échantillon, par rapport au nombre de noyaux radioactifs présents à l'état initial N_0, en fonction du temps écoulé, on peut déterminer graphiquement la demi-vie.

On place pour cela en ordonnée le point 0,5 (ou 50 %) et on lit l'abscisse correspondante.

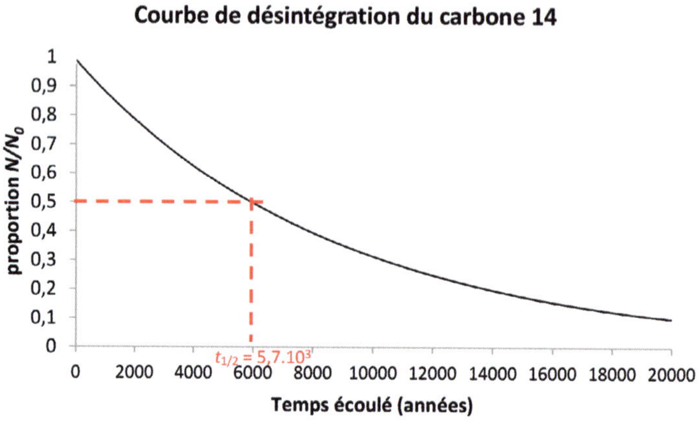

Point méthode : estimer la durée nécessaire pour obtenir une certaine proportion de noyaux restants

Si on dispose d'une courbe donnant la proportion de noyaux radioactifs N restants dans l'échantillon, par rapport au nombre de noyaux radioactifs présents à l'état initial N_0, en fonction du temps écoulé, on peut estimer la durée nécessaire pour obtenir une certaine proportion de noyaux restants.

On place pour cela en ordonnée la proportion de noyaux restants. La durée correspondante est donnée par l'abscisse.

Par exemple il reste 80 % de noyaux radioactifs dans l'échantillon au bout de 1 820 années :

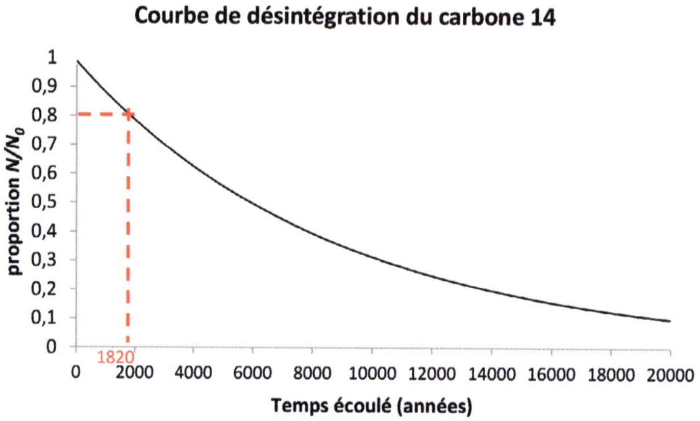

La décroissance radioactive peut être utilisée pour des **datations au carbone 14** :

Tout au long de sa vie, un organisme va contenir du carbone 14 (isotope radioactif du carbone 12) qui se forme naturellement dans l'atmosphère.

On considère qu'il existe environ un atome de carbone 14 pour 10^{12} atomes de carbone 12.

Après la mort de l'organisme vivant considéré, la quantité de carbone 14 va décroître progressivement puisque celui-ci se transforme en azote 14 (par désintégration β^-) : ${}^{14}_{6}C \rightarrow {}^{14}_{7}N + {}^{0}_{-1}e$.

Pour les organismes vivants ce processus ne peut être mesuré qu'à partir de leur mort car il n'y a plus de renouvellement du carbone 14.

En 5 730 ans (demi-vie du carbone 14), la moitié des noyaux de carbone 14 aura disparu et plus on avance dans le temps, plus la quantité de carbone 14 dans l'échantillon diminue.

Cette méthode permet de dater des objets jusqu'à 35 000 ans (Paléolithique supérieur).

Par exemple si on possède un échantillon de bois trouvé dans le sarcophage d'une momie et que l'on veut le dater, on mesure le rapport *r* entre le nombre de noyaux de carbone 14 (noté $N(^{14}C)$) et le nombre de noyaux de carbone 12 (noté $N(^{12}C)$). On se sert ensuite de la courbe suivante pour déterminer l'age de l'échantillon :

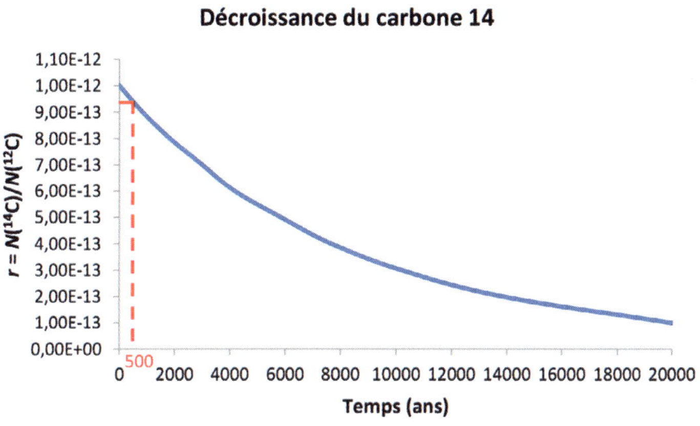

Si le rapport $r = \dfrac{N(^{14}C)}{N(^{12}C)} = 0{,}94.10^{-12}$ pour un échantillon de bois trouvé à côté d'une momie Inca, on en déduit que cet échantillon de bois est vieux de 500 ans.

Exercices

Savoirs

Les noyaux des atomes de la centaine d'éléments chimiques stables résultent de réactions nucléaires qui se produisent au sein des étoiles à partir de l'hydrogène initial. La matière connue de l'Univers est formée principalement d'hydrogène et d'hélium alors que la Terre est surtout constituée d'oxygène, d'hydrogène, de fer, de silicium, de magnésium et les êtres vivants de carbone, d'hydrogène, d'oxygène et d'azote.

Exercice 1.1

Restituer des connaissances

Répondre par vrai ou par faux et corriger les éventuelles erreurs.

1. Les étoiles sont majoritairement constituées d'hélium.
2. Un élément chimique stable possède plus de protons que de neutrons.
3. Il existe une centaine d'éléments stables qui résultent de transformations physiques au sein des étoiles.
4. La matière connue de l'Univers est surtout constituée d'hydrogène et d'hélium.
5. Les êtres vivants sont constitués d'oxygène, d'hydrogène, de silicium et de magnésium.
6. La Terre est surtout constituée d'oxygène, d'hydrogène, de silicium et de magnésium.
7. Les éléments chimiques sont majoritairement formés dans les étoiles par des réactions de fission nucléaire.
8. Dans les étoiles, l'élément à partir duquel sont formés tous les autres éléments stables est l'hydrogène.

Exercice 1.2

Restituer des connaissances

1. Expliquer comment sont formés au sein des étoiles les noyaux des atomes de la centaine d'éléments chimiques stables.
2. De quels éléments chimiques est principalement formée la matière de l'Univers ?
3. De quels éléments chimiques est surtout constituée la Terre ?
4. De quels éléments chimiques sont surtout constitués les êtres vivants ?
5. Comment sont dispersés les éléments chimiques dans l'Univers ?

Savoirs

Certains noyaux sont instables et se désintègrent (radioactivité). L'instant de désintégration d'un noyau radioactif individuel est aléatoire. La demi-vie d'un noyau radioactif est la durée nécessaire pour que la moitié des noyaux initialement présents dans un échantillon macroscopique se soit désintégrée. Cette demi-vie est caractéristique du noyau radioactif.

Exercice 1.3

Restituer des connaissances

1. Qu'est-ce que la demi-vie d'un noyau radioactif ?
2. Peut-on prévoir le moment où un atome va se désintégrer ?
3. Pourquoi certains noyaux se désintègrent spontanément ?
4. Pourquoi dit-on que la demi-vie est caractéristique du noyau radioactif ?
5. Si un échantillon contient N_0 noyaux radioactifs à l'instant t_0, combien de noyaux radioactifs reste-t-il au bout de $t_{1/2}$? 2 $t_{1/2}$? 10 $t_{1/2}$? Au bout de n demi-vies ?

Compétence attendue

- Produire et analyser différentes représentations graphiques de l'abondance des éléments chimiques (proportions) dans l'Univers, la Terre, les êtres vivants.

Exercice 1.4

Organiser et effectuer des calculs
Exploiter des documents

Le diagramme circulaire ci-après donne l'abondance des éléments dans le globe terrestre :

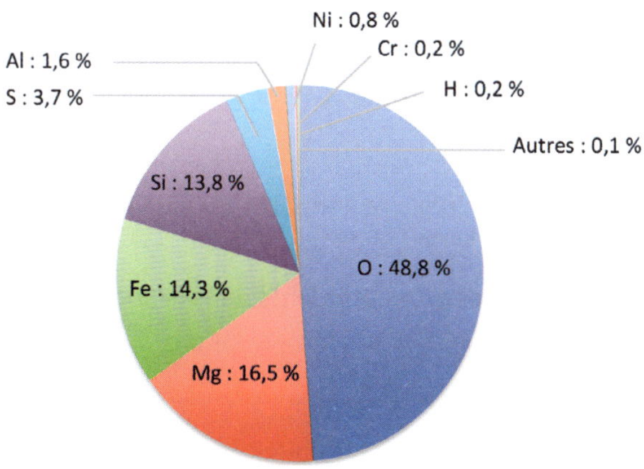

1. Quels sont les éléments les plus abondants sur Terre ?
2. À partir du diagramme circulaire, construire un tableau donnant pour chaque élément présent dans le globe terrestre, son abondance (pourcentage).
3. Construire un diagramme bâton représentant l'abondance de chaque élément présent dans le globe terrestre.

Exercice 1.5

Organiser et effectuer des calculs
Exploiter des documents

Un diagramme circulaire est un disque partagé en secteurs circulaires. L'angle de chaque secteur est proportionnel au pourcentage qu'il représente.

Sachant que l'Univers est constitué de 90 % d'hydrogène, 9 % d'hélium et 1 % d'autres éléments, construire un diagramme circulaire donnant l'abondance des éléments chimiques dans l'Univers.

Exercice 1.6

Organiser et effectuer des calculs
Exploiter des documents

Un diagramme circulaire est un disque partagé en secteurs circulaires. L'angle de chaque secteur est proportionnel au pourcentage qu'il représente.

Éléments présents dans le corps humain	Pourcentage
H	61,00
O	24,10
C	12,80
N	1,40
P	0,25
Ca	0,24
Autres éléments	0,21

1. Construire un diagramme circulaire donnant l'abondance des éléments chimiques dans le corps humain.
2. Quels sont les éléments les plus abondants dans le corps humain ?

Compétence attendue

- L'équation d'une réaction nucléaire stellaire étant fournie, reconnaître si celle-ci relève d'une fusion ou d'une fission.

Exercice 1.7

Exploiter des documents

Les équations des réactions nucléaires stellaires suivantes correspondent-elles à des fissions ou des fusions ?

1. ${}^{4}_{2}\text{He} + {}^{4}_{2}\text{He} \rightarrow {}^{8}_{4}\text{Be}$
2. ${}^{8}_{4}\text{Be} + {}^{4}_{2}\text{He} \rightarrow {}^{12}_{6}\text{C}$
3. ${}^{1}_{1}\text{H} + {}^{2}_{1}\text{H} \rightarrow {}^{3}_{2}\text{He}$
4. ${}^{1}_{1}\text{p} + {}^{14}_{7}\text{N} \rightarrow {}^{10}_{4}\text{Be} + {}^{4}_{2}\text{He} + {}^{0}_{1}\text{e}^{-} + {}^{1}_{1}\text{p}$
5. ${}^{12}_{6}\text{C} + {}^{4}_{2}\text{He} \rightarrow {}^{16}_{8}\text{O}$
6. ${}^{12}_{6}\text{C} + {}^{12}_{6}\text{C} \rightarrow {}^{20}_{10}\text{Ne} + {}^{4}_{2}\text{He}$

Quel type de réaction nucléaire stellaire semble majoritairement former les éléments chimiques présents dans les étoiles ?

Compétence attendue

- Calculer le nombre de noyaux restants au bout de *n* demi-vies.

Exercice 1.8

Restituer des connaissances
Effectuer des calculs

On considère un échantillon contenant 10 000 noyaux de cobalt 60.

La demi-vie du cobalt 60 vaut 5,2 ans.

1. Rappeler la définition de la demi-vie $t_{1/2}$ d'un noyau radioactif.
2. Déterminer le nombre de noyaux de cobalt 60 restant dans l'échantillon après une demi-vie, deux, trois, quatre, cinq,... 10 demi-vies.

Exercices

3. À partir des résultats trouvés à la question 2, tracer la courbe représentant le nombre de noyaux N de cobalt 60 en fonction du temps t.

Exercice 1.9

Effectuer des calculs

La radiothérapie à l'iode 131 permet de traiter la maladie de Basedow, le goitre et certaines formes de cancer de la thyroïde. La demi-vie de l'iode 131 est de 8 jours.

Si on injecte à un patient 1 000 noyaux d'iode 131, combien reste-t-il de noyaux d'iode 131 après :

1. 8 jours ?
2. 16 jours ?
3. 24 jours ?

Compétence attendue

- Estimer la durée nécessaire pour obtenir une certaine proportion de noyaux restants. Utiliser une représentation graphique pour déterminer une demi-vie.

Exercice 1.10

Effectuer des calculs

Le fluor 18 est un élément radioactif utilisé pour étudier la consommation de glucose dans les tissus. Sa demi-vie est égale à 110 min.

Après quelle durée la proportion de fluor 18 restante sera égale à :

1. 25 % ?
2. 6,25 % ?

Exercice 1.11

Restituer des connaissances
Exploiter des documents

Le carbone 14 est un isotope radioactif du carbone 12.

La courbe suivante donne la proportion de noyaux radioactifs N restants dans un échantillon, par rapport au nombre de noyaux radioactifs présents à l'état initial N_0, en fonction du temps écoulé.

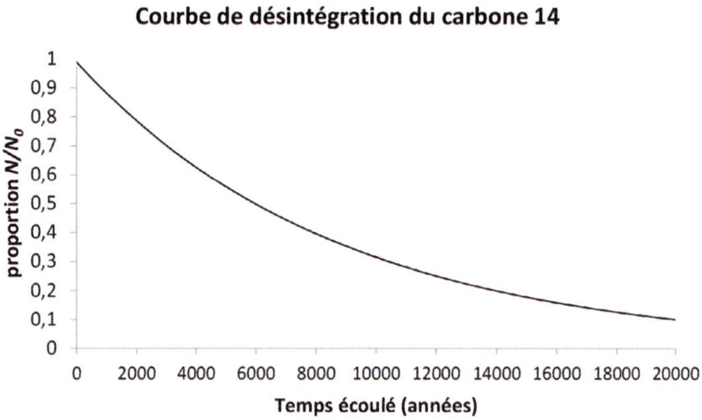

1. Rappeler la définition de la demi-vie.
2. Déterminer graphiquement la demi-vie notée $t_{1/2}$.
3. Déterminer graphiquement la durée au bout de laquelle la proportion de carbone 14 restant dans l'échantillon vaut 60 %.

Compétence attendue

- Utiliser une décroissance radioactive pour une datation (exemple du carbone 14).

Exercice 1.12

Restituer des connaissances

Expliquer comment sont réalisées les datations au carbone 14.

Exercice 1.13

Exploiter des documents

Le suaire de Turin est une pièce de lin qui aurait servi à l'ensevelissement de Jésus Christ et qui a fait l'objet de nombreux tests scientifiques, le plus connu étant la datation au carbone 14 (qui a été controversée par la suite).

Déterminer l'âge du suaire si la proportion $r = \dfrac{N(^{14}\text{C})}{N(^{12}\text{C})} = 9{,}11 \cdot 10^{-13}$.

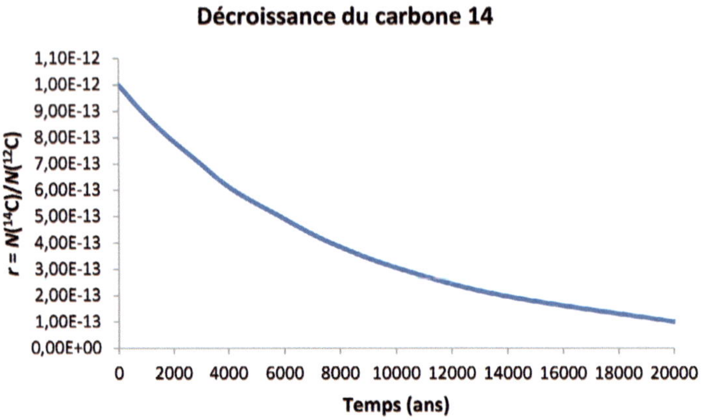
Décroissance du carbone 14
r = N(14C)/N(12C)
1,10E-12
1,00E-12
9,00E-13
8,00E-13
7,00E-13
6,00E-13
5,00E-13
4,00E-13
3,00E-13
2,00E-13
1,00E-13
0,00E+00
0
2000
4000
6000
8000
10000
12000
14000
16000
18000
20000
Temps (ans)

Corrigé des exercices

Exercice 1.1

1. Faux : les étoiles sont majoritairement constituées d'hélium et d'hydrogène.
2. Faux : un élément chimique stable possède autant de protons que de neutrons.
3. Faux : il existe une centaine d'éléments stables qui résultent de transformations nucléaires au sein des étoiles.
4. Vrai.
5. Faux : les êtres vivants sont constitués de carbone, d'hydrogène, d'oxygène et d'azote.
6. Faux : la Terre est surtout constituée d'oxygène, d'hydrogène, de fer, de silicium et de magnésium.
7. Faux : les éléments chimiques sont majoritairement formés dans les étoiles par des réactions de fusion nucléaire.
8. Vrai.

Exercice 1.2

1. Au sein des étoiles les noyaux des atomes de la centaine d'éléments chimiques stables sont créés par des réactions nucléaires comme la fusion ou la fission (par exemple la fusion de l'hydrogène et de son isotope le deutérium donne de l'hélium).
2. La matière de l'Univers est principalement formée d'hydrogène et d'hélium.
3. La Terre est surtout constituée d'oxygène, d'hydrogène, de fer, de silicium et de magnésium.
4. Les êtres vivants sont surtout constitués de carbone, d'hydrogène, d'oxygène et d'azote.
5. Les éléments chimiques sont dispersés dans l'Univers grâce aux vents stellaires ou suite à la désagrégation des étoiles à la fin de leur vie.

Exercice 1.3

1. La demi-vie d'un noyau radioactif, notée $t_{1/2}$, est la durée nécessaire pour que la moitié des noyaux initialement présents dans un échantillon macroscopique se soit désintégrée.

2. Non, on ne peut pas prévoir le moment où un atome va se désintégrer car l'instant de désintégration est aléatoire.

3. Certains noyaux se désintègrent spontanément car ils sont instables.

4. La demi-vie est caractéristique du noyau radioactif puisqu'elle est unique pour chaque noyau.

   Par exemple $t_{1/2}$ pour le carbone 14 vaut $5{,}7 \cdot 10^3$ ans, alors que $t_{1/2}$ pour l'iode 131 vaut 8,02 jours.

5. Si un échantillon contient N_0 noyaux radioactifs à l'instant t_0, il restera $\frac{N_0}{2}$ noyaux radioactifs au bout de $t_{1/2}$; $\frac{N_0}{4} = \frac{N_0}{2^2}$ au bout de 2 $t_{1/2}$; $\frac{N_0}{2^{10}}$ au bout de 10 $t_{1/2}$ et $\frac{N_0}{2^n}$ au bout de n demi-vies.

Exercice 1.4

1. Les éléments les plus abondants sur Terre d'après le diagramme circulaire sont l'oxygène, le silicium, le magnésium et de fer (l'hydrogène représente 0,2 %).

Élément présent dans le globe terrestre	Abondance
Oxygène	48,8 %
Magnésium	16,5 %
Fer	14,3 %
Silicium	13,8 %
Soufre	3,7 %
Aluminium	1,6 %
Nickel	0,8 %
Chrome	0,2 %
Hydrogène	0,2 %
Autres éléments	0,1 %

2. Diagramme bâton représentant l'abondance de chaque élément présent dans le globe terrestre :

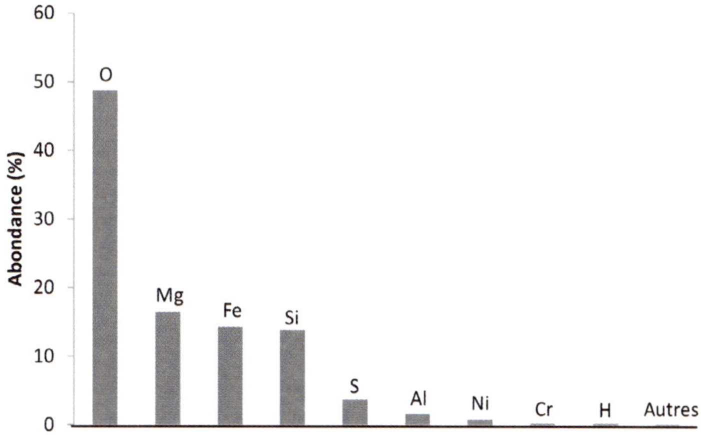

Exercice 1.5

L'Univers est constitué de 90 % d'hydrogène, 9 % d'hélium et 1 % d'autres éléments. Pour construire un diagramme circulaire donnant l'abondance des éléments chimiques dans l'Univers, il faut déterminer l'angle correspondant à chaque pourcentage.

100 % correspond à 360°, donc par produits en croix, on détermine les angles correspondants aux autres pourcentages :

- 90 % sera représenté par un angle de 324° (le calcul réalisé est : $\frac{90 \times 360}{100} = 324°$).
- 9 % sera représenté par un angle de 32,4°.
- 1 % sera représenté par un angle de 3,6°.

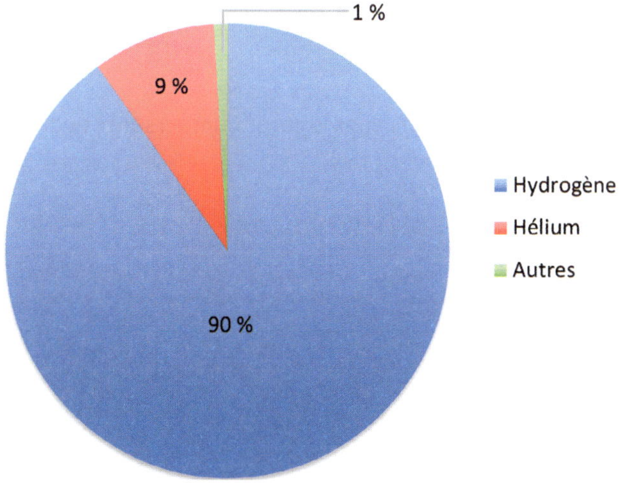

Exercice 1.6

1. 100 % correspond à 360°, donc par produits en croix, on détermine les angles correspondants aux autres pourcentages :

   61,00 % sera représenté par un angle de 219,6° (le calcul réalisé est : $\frac{61{,}00 \times 360}{100} = 219{,}6°$).

   24,10 % sera représenté par un angle de 86,76°.

   12,80 % sera représenté par un angle de 46,08°.

   1,40 % sera représenté par un angle de 5,04°.

   0,25 % sera représenté par un angle de 0,90°.

   0,24 % sera représenté par un angle de 0,86°.

   0,21 % sera représenté par un angle de 0,76°.

   Diagramme circulaire donnant l'abondance des éléments chimiques le corps humain :

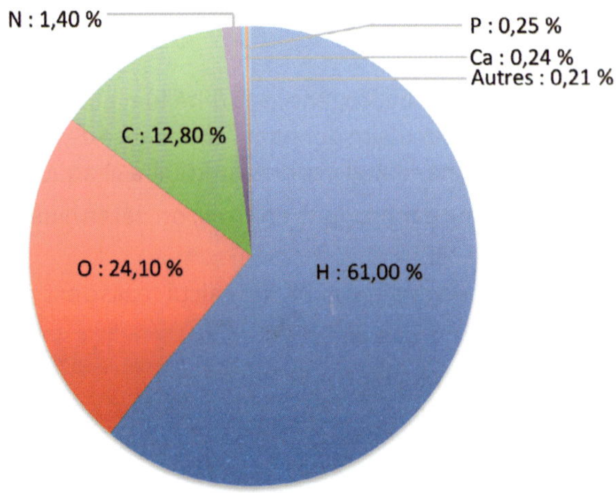

2. Les éléments les plus abondants dans le corps humain sont l'hydrogène, l'oxygène, le carbone et l'azote.

Exercice 1.7

1. Fusion.
2. Fusion.
3. Fusion.
4. Fission.

5. Fusion.

6. Fusion.

Les réactions de fusion semblent majoritairement former les éléments chimiques présents dans les étoiles.

Exercice 1.8

1. La demi-vie d'un noyau radioactif, notée $t_{1/2}$, est la durée nécessaire pour que la moitié des noyaux initialement présents dans un échantillon macroscopique se soit désintégrée.

2. Après une demi-vie, il reste 5 000 noyaux de cobalt 60 dans l'échantillon ;
   Après 2 demi-vies, il reste 2 500 noyaux de cobalt 60 dans l'échantillon ;
   Après 3 demi-vies, il reste 1 250 noyaux de cobalt 60 dans l'échantillon ;
   Après 4 demi-vies, il reste 625 noyaux de cobalt 60 dans l'échantillon ;
   Après 5 demi-vies, il reste 312,5 ≈ 313 noyaux de cobalt 60 dans l'échantillon ;
   Après 10 demi-vies, il reste 9,8 ≈ 10 noyaux de cobalt 60 dans l'échantillon ;
   Il faut donc 52 ans pour diviser par 1 000 le nombre de noyaux de cobalt 60 dans l'échantillon.

3. Courbe représentant le nombre de noyaux N de cobalt 60 en fonction du temps t :

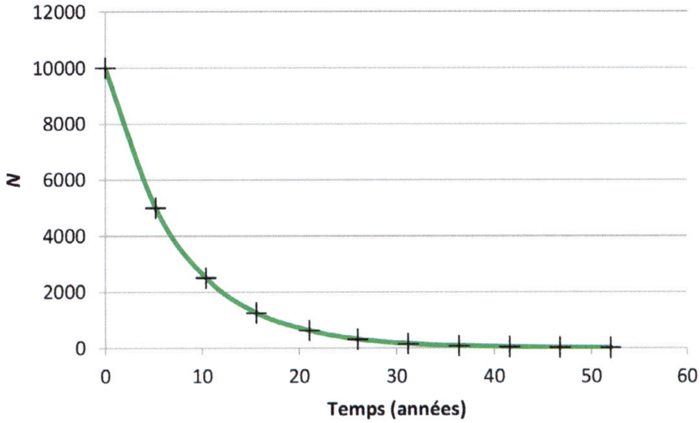

Exercice 1.9

1. Après 8 jours, soit une demi-vie, il reste 500 noyaux d'iode 131.

2. Après 16 jours, soit deux demi-vies, il reste 250 noyaux d'iode 131.

3. Après 24 jours, soit 3 demi-vies, il reste 125 noyaux d'iode 131.

Exercice 1.10

1. La proportion de fluor 18 restante sera égale à 25 % au bout de 2 demi-vies, soit au bout de 220 min.

2. La proportion de fluor 18 restante sera égale à 6,25 % au bout de 4 demi-vies, soit au bout de 440 min.

Exercice 1.11

1. La demi-vie d'un noyau radioactif, notée $t_{1/2}$, est la durée nécessaire pour que la moitié des noyaux initialement présents dans un échantillon macroscopique se soit désintégrée.

2. Pour déterminer graphiquement la demi-vie du carbone 14, on se place à un rapport de 0,5 et on lit l'abscisse correspondante :

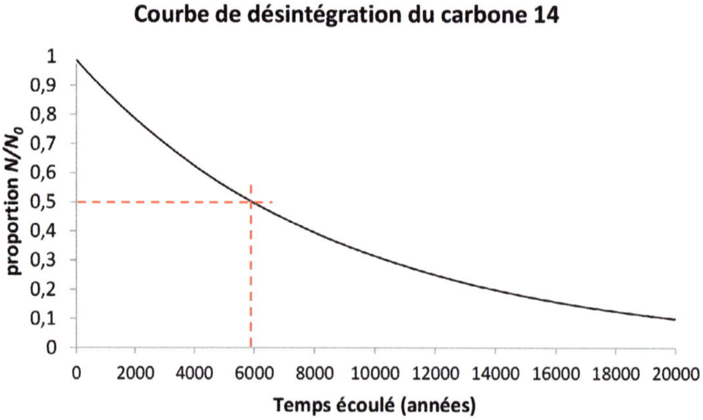

La demi-vie du carbone 14 est de $5{,}7.10^3$ ans.

3. Pour déterminer graphiquement la durée au bout de laquelle la proportion de carbone 14 restant dans l'échantillon vaut 60 %, on se place à un rapport de 0,6 et on lit l'abscisse correspondante :

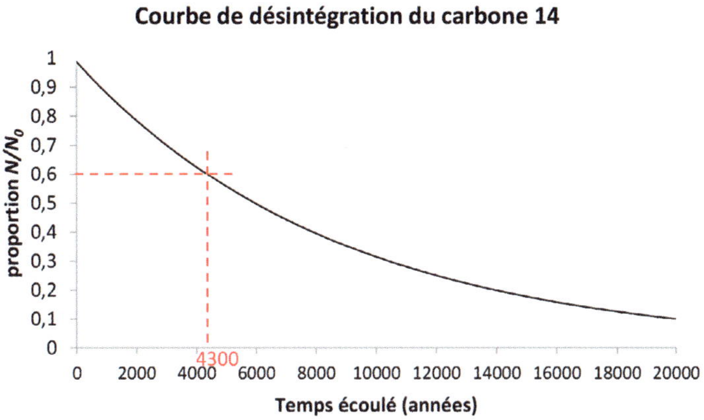

On trouve 4 300 ans.

Exercice 1.12

Tout au long de sa vie, un organisme va contenir du carbone 14 (isotope radioactif du carbone 12) qui se forme naturellement dans l'atmosphère.

On considère qu'il existe environ un atome de carbone 14 pour 10^{12} atomes de carbone 12.

Après la mort de l'organisme vivant considéré, la quantité de carbone 14 va décroître progressivement puisque celui-ci se transforme en azote 14 (par désintégration β^-) :

$${}^{14}_{6}C \rightarrow {}^{14}_{7}N + {}^{0}_{-1}e$$

Pour les organismes vivants ce processus ne peut être mesuré qu'à partir de leur mort car il n'y a plus de renouvellement du carbone 14.

En 5 730 ans (demi-vie du carbone 14), la moitié des noyaux de carbone 14 aura disparu et plus on avance dans le temps, plus la quantité de carbone 14 dans l'échantillon diminue.

Cette méthode permet de dater des objets jusqu'à 35 000 ans (Paléolithique supérieur).

Pour connaître l'âge d'un échantillon, on mesure pour celui-ci le rapport r entre le nombre de noyaux de carbone 14 (noté $N(^{14}C)$) et le nombre de noyaux de carbone 12 (noté $N(^{12}C)$).

On se sert ensuite d'une courbe d'étalonnage $r = f(t)$ pour déterminer l'âge de l'échantillon.

Exercice 1.13

On place le point d'ordonnée $r = \dfrac{N(^{14}\mathrm{C})}{N(^{12}\mathrm{C})} = 9{,}11 \cdot 10^{-13}$ sur la courbe fournie :

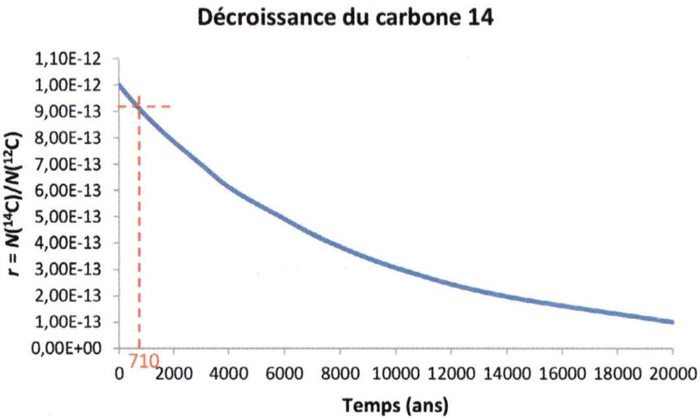

L'âge du suaire est d'environ 710 ans.

Chapitre 2

Des édifices ordonnés : les cristaux

Cours

Les entités chimiques (atomes, ions ou molécules) constituant la matière s'organisent selon un état condensé dit état solide. Il existe deux types de solides : les solides amorphes et les solides cristallins.

Comment est ordonné l'édifice cristallin au sein du monde minéral et vivant ?

1 Le solide cristallin

A Présentation

L'état solide est un **état condensé** de la matière.

Il existe deux types de solides :

- les solides **amorphes**, comme le verre. L'empilement des entités (atomes, ions ou molécules) constituant ces solides se fait sans ordre géométrique ;
- les solides **cristallins**, comme le chlorure de sodium (de formule NaCl), que l'on trouve dans les roches, ou qui est issu de l'évaporation de l'eau de mer.

Le chlorure de sodium est constitué d'un **empilement régulier d'ions** (Na^+ et Cl^-), c'est ce que l'on appelle **l'état cristallin**.

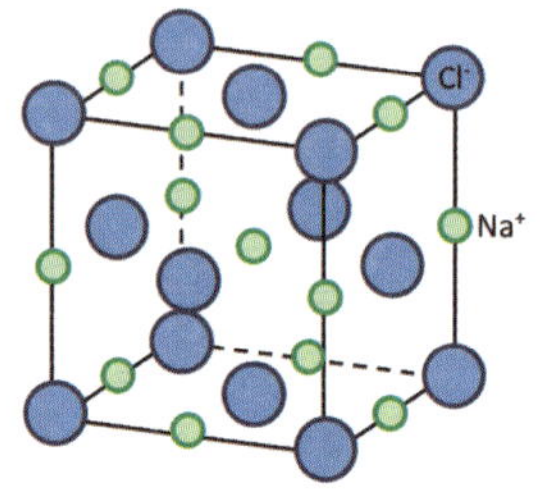

Représentation 3D du cristal de chlorure de sodium (maille élémentaire)

Cristal de chlorure de sodium

La **maille élémentaire** du cristal de chlorure de sodium se répète à l'identique dans les trois directions de l'espace (les ions sont représentés par des sphères).

Par conséquent :

- un ion positionné au sommet du cube est partagé avec les 8 autres mailles élémentaires voisines (il compte pour 1/8e) ;
- un ion positionné sur une face du cube est partagé avec une autre maille voisine (il compte pour ½) ;
- un ion positionné sur une arête du cube est partagé avec les 4 mailles voisines (il compte pour ¼) ;
- un ion positionné à l'intérieur du cube n'appartient qu'à cette maille (il compte pour 1).

Détermination du nombre d'ions par maille :

- Il y a un ion sodium sur chaque arête (il y a 12 arêtes) et un au milieu du cube.
  Donc le nombre d'ion sodium est : $N(\text{Na}^+) = 12 \times \frac{1}{4} + 1 \times 1 = 4$.
- Il y a un ion chlorure à chaque sommet (il y a 8 sommets) et un au milieu de chaque face (il y a 6 faces).
  Donc le nombre d'ions chlorure est : $N(\text{Cl}^-) = 8 \times \frac{1}{8} + 6 \times \frac{1}{2} = 4$.

Il y a donc autant d'ions chlorure que d'ions sodium. On peut simplifier et écrire qu'il y a un ion sodium pour un ion chlorure, d'où la formule chimique du chlorure de sodium : NaCl.

On observe une corrélation entre l'organisation de la maille du chlorure de sodium au niveau microscopique (la maille) et la structure cubique du cristal de chlorure de sodium à l'état macroscopique (voir photographies du cristal).

B Généralisation

Une structure cristalline est définie par une maille élémentaire (motif géométrique) répétée périodiquement.

Un type cristallin est défini par la forme géométrique de la maille, la nature et la position dans cette maille des entités qui le constituent.

Les cristaux les plus simples peuvent être décrits par une **maille cubique** que la géométrie du cube permet de caractériser.

La position des entités dans cette maille distingue les réseaux :

- cubique simple ;
- cubique à faces centrées.

C Le réseau cubique simple

Les entités (représentées par des sphères de rayon R) se placent au sommet d'un cube d'arête a.

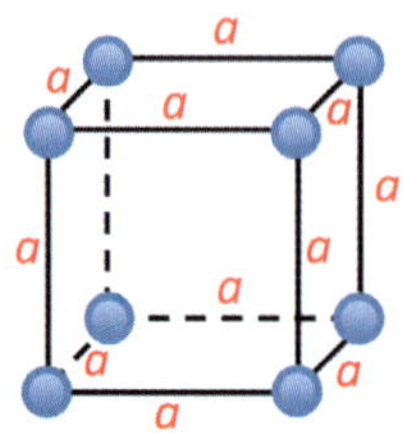

Maille d'un réseau cubique simple en perspective cavalière

Calcul du nombre d'entités par maille :

Il y a une entité à chaque sommet du cube et il y a 8 sommets, donc $N = 8 \times \frac{1}{8} = 1$. La maille cubique simple contient une entité par maille.

Calcul de la compacité dans le cas où les entités chimiques sphériques sont tangentes :

La compacité C permet de calculer le taux d'occupation (en pourcentage) des entités dans la maille, c'est-à-dire de comparer leur volume (sachant que $V_{\text{sphère}} = \frac{4}{3} \times \pi \times R^3$) avec celui de la maille ($V_{\text{maille}} = a^3$).

$$C = \frac{\text{Nombre entités par maille} \times \text{volume d'une entité}}{\text{Volume de la maille}} = \frac{N \times \left(\frac{4}{3} \times \pi \times R^3\right)}{a^3}$$

Les sphères étant tangentes sur une face du cube, alors : $a = 2 \times R$.

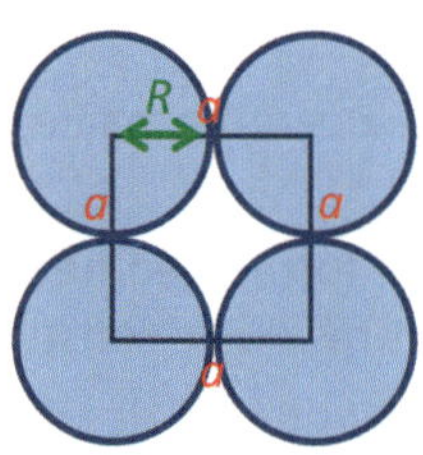

Face du cube d'arrête a

Ainsi : $C = \frac{N \times \left(\frac{4}{3} \times \pi \times \left(\frac{a}{2}\right)^3\right)}{a^3} = \frac{N \times \pi}{6} = \frac{1 \times \pi}{6} = 0{,}52 = 52\,\%$.

Les entités dans un cubique simple occupent 52 % du volume de la maille.

D Le réseau cubique à faces centrées

Les entités (représentées par des sphères de rayon R) se placent au sommet d'un cube d'arête a ainsi qu'au centre de chaque face.

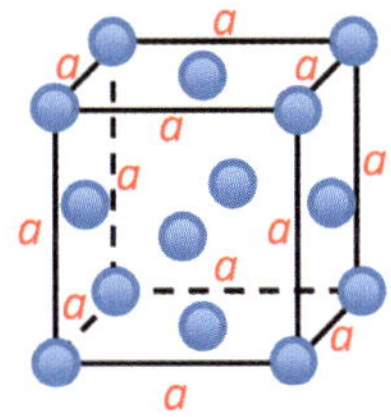

Maille cubique à faces centrées, d'arrête a

Calcul du nombre d'entités par maille :

Il y a une entité à chaque sommet du cube (il y a 8 sommets) et une entité au centre de chaque face (il y a 6 faces).

Donc $N = 8 \times \frac{1}{8} + 6 \times \frac{1}{2} = 4$. La maille cubique à faces centrées contient 4 entités par maille.

Calcul de la compacité dans le cas où les entités chimiques sphériques sont tangentes :

$$C = \frac{\text{Nombre entités par maille} \times \text{volume d'une entité}}{\text{Volume de la maille}} = \frac{N \times \left(\frac{4}{3} \times \pi \times R^3\right)}{a^3}$$

Les sphères étant tangentes sur une face du cube, alors : $a \times \sqrt{2} = 4 \times R$.

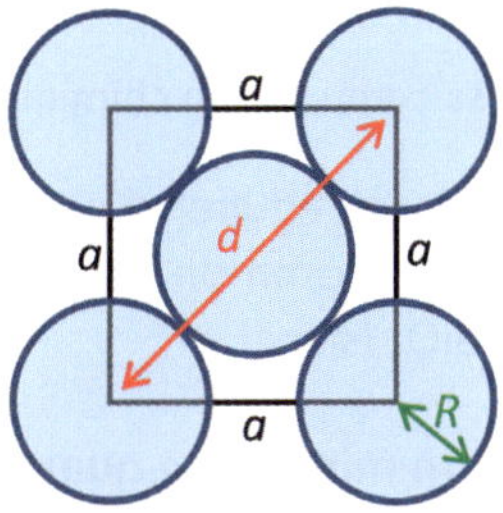

Sphères tangentes sur une face du cube

En effet, la diagonale d d'une face d'arête a vaut $a \times \sqrt{2}$ (d'après le théorème de Pythagore).

Ainsi : $C = \frac{N \times \left(\frac{4}{3} \times \pi \times \left(\frac{a \times \sqrt{2}}{4}\right)^3\right)}{a^3} = \frac{N \times \pi \times \sqrt{2}}{3 \times 8} = \frac{4 \times \pi \times \sqrt{2}}{24} = 0,74 = 74\,\%$.

Les entités dans un cubique à faces centrées occupent 74 % du volume de la maille.

E Lien entre la structure microscopique du cristal et ses propriétés macroscopiques

La structure microscopique du cristal conditionne certaines de ses propriétés macroscopiques comme par exemple sa **masse volumique**.

Dans le cas d'un réseau cubique simple ou cubique à faces centrées, la masse volumique ρ (en $g.m^{-3}$) se détermine par la formule :

$$\rho = \frac{N \times M}{N_A \times a^3}$$

Avec N : le nombre d'entités de la maille, M la masse molaire de l'entité ($g.mol^{-1}$), N_A la constante d'Avogadro ($N_A = 6{,}02.10^{23}\ mol^{-1}$), a l'arête du cube de la maille considérée (m).

2 Les cristaux dans la nature

Dans notre environnement, on retrouve des composés cristallisés aux propriétés macroscopiques différentes.

A Des cristaux dans les structures géologiques

Les roches sont constituées de nombreux **minéraux.**

Définition

Minéral : solide caractérisé par sa composition chimique et son organisation cristalline.

Le minéral possède un assemblage régulier d'entités chimiques ordonnées, c'est un **cristal**. Un des minéraux le plus commun est le quartz, composé de dioxyde de silicium de formule chimique : SiO_2 (silice).

Un minéral, le quartz

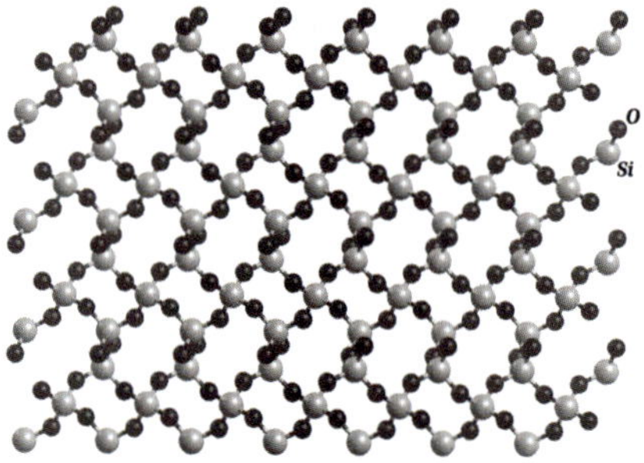

Selon les conditions de pression et de température, certaines entités chimiques vont cristalliser sous différents types de structures. Parmi ces structures il y a le **système cubique**. Les minéraux sont caractérisés par leur système cristallin associé à des propriétés physiques, chimiques et optiques propres à chaque minéral. Ainsi lorsque l'on observe une lame mince de roche à l'aide d'un microscope polarisant, ses minéraux dévient la lumière selon leur structure cristalline ce qui permet de les identifier.

Certaines roches notamment les roches calcaires tel le marbre constitué de cristaux de calcite $CaCO_3$, sont formées par l'**association** de plusieurs **cristaux** d'un **même minéral**. D'autres roches sont formées par l'**association** de **minéraux différents**. Ainsi le granite comprend du quartz, des feldspaths et de la biotite.

Lors de la formation des roches volcaniques, du fait d'un refroidissement rapide de la lave en surface, les entités chimiques n'ont pas pu toutes s'organiser selon un ordre géométrique. Les cristaux n'ont pas le temps de se former et un solide amorphe, sans arrangement régulier et périodique, appelé **verre,** se met alors en place.

B Des cristaux dans les organismes biologiques

Le monde vivant possède aussi des structures cristallines. Des cristaux de carbonate de calcium ($CaCO_3$) composent les coquilles d'œuf ou encore certaines aiguilles appelée raphides formées par le pissenlit, la misère et de nombreux autres végétaux.

Des raphides

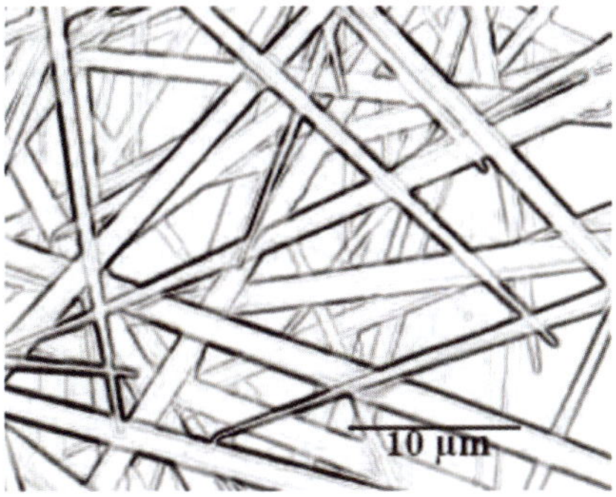

Chez l'espèce humaine, des cristaux d'oxalate de calcium peuvent être produits et se concentrent dans les reins où ils forment les calculs rénaux (du latin, *calculus* qui signifie caillou).

En résumé

Les entités chimiques s'organisent en édifices stables, les solides cristallins, caractérisés par une extrême régularité géométrique ce qui induit des propriétés mécaniques, optiques, électroniques et même esthétiques particulières. On les retrouve aussi bien dans les roches que les organismes vivants.

Exercices

Savoirs

Le chlorure de sodium solide (présent dans les roches, ou issu de l'évaporation de l'eau de mer) est constitué d'un empilement régulier d'ions : c'est l'état cristallin.

Exercice 2.1

Restituer des connaissances

Par quoi se caractérise l'état cristallin ? Citer un exemple de solide cristallin. Où trouve-t-on ce solide dans la nature ?

Compétence *attendue*

- Utiliser une représentation 3D informatisée du cristal de chlorure de sodium. Relier l'organisation de la maille au niveau microscopique à la structure du cristal au niveau macroscopique.

Exercice 2.2

Restituer des connaissances
Exploiter des documents
Organiser, effectuer et contrôler des calculs

La maille du chlorure de sodium est représentée ci-après.

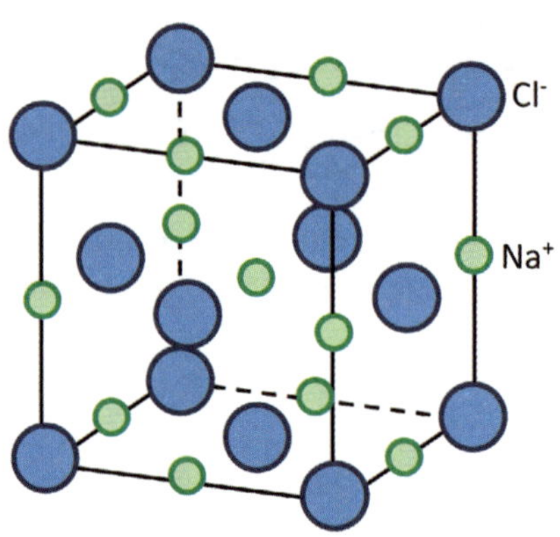

Données

- $M(\text{Na}) = 23{,}0\ \text{g.mol}^{-1}$; $M(\text{Cl}) = 35{,}5\ \text{g.mol}^{-1}$; $N_A = 6{,}022.10^{23}\ \text{mol}^{-1}$;
- Masse de la maille de chlorure de sodium : $m_{\text{maille}} = \dfrac{N(\text{Na}^+) \times M(\text{Na}) + N(\text{Cl}^-) \times M(\text{Cl})}{N_A}$;
- La masse volumique est égale au rapport entre la masse de la maille m_{maille} et le volume d'une maille ; le chlorure de sodium cristallise dans un système cubique d'arête $a = 564$ pm.

1. Quelles sont les positions des ions sodium et des ions chlorure dans la maille cubique d'arête a ?
2. Le chlorure de sodium cristallise-t-il dans une maille cubique simple ?
3. Calculer le nombre d'ions sodium $N(\text{Na}^+)$ par maille.
4. Calculer le nombre d'ions chlorure $N(\text{Cl}^-)$ par maille.
5. Les réponses aux questions 3 et 4 sont-elles en accord avec la formule du chlorure de sodium : NaCl ?
6. Calculer la masse volumique du chlorure de sodium et expliquer que la masse volumique (propriété macroscopique) varie en fonction de la structure cristalline du composé.

Exercices

Exercice 2.3

Exploiter des documents
Organiser, effectuer et contrôler des calculs

Le chlorure de lithium LiCl est utilisé principalement pour produire du lithium métallique par électrolyse ou comme desséchant pour l'air.

Les ions Li^+ (de rayon $R_{\text{Li}+} = 76$ pm) et Cl^- (de rayon $R_{\text{Cl}-} = 181$ pm) cristallisent dans un système cristallin identique au chlorure de sodium :

- les ions Li^+ se trouvent au milieu des arêtes et au centre du cube ;
- les ions Cl^- se trouvent aux sommets du cube et au centre des faces.

Données

- $M(\text{Li}) = 6{,}9\ \text{g.mol}^{-1}$; $M(\text{Cl}) = 35{,}5\ \text{g.mol}^{-1}$; $N_A = 6{,}022.10^{23}\ \text{mol}^{-1}$;
- Masse de la maille de chlorure de lithium : $m_{\text{maille}} = \dfrac{N(\text{Li}^+) \times M(\text{Li}) + N(\text{Cl}^-) \times M(\text{Cl})}{N_A}$;
- La masse volumique est égale au rapport entre la masse de la maille et le volume d'une maille.

1. Dessiner en perspective cavalière la maille élémentaire du chlorure de lithium.
2. Calculer le nombre d'ions Cl^- et Li^+ dans la maille élémentaire. Est-ce en accord avec la formule du chlorure de lithium ?
3. Déterminer la valeur du paramètre de maille a, dans l'hypothèse où les ions Li^+ et Cl^- sont représentés par des sphères tangentes (on regardera pour cela une face du cube).
4. Calculer la masse volumique du cristal de chlorure de lithium.

Savoirs

- Une structure cristalline est définie par une maille élémentaire répétée périodiquement. Un type cristallin est défini par la forme géométrique de la maille, la nature et la position dans cette maille des entités qui le constituent.
- Les cristaux les plus simples peuvent être décrits par une maille cubique que la géométrie du cube permet de caractériser. La position des entités dans cette maille distingue les réseaux cubique simple et cubique à faces centrées. La structure microscopique du cristal conditionne certaines de ses propriétés macroscopiques, dont sa masse volumique.

Exercice 2.4

Restituer des connaissances

Vrai ou faux ? Corriger l'affirmation si nécessaire.

1. Dans une maille cubique simple, il y a 4 entités par maille.
2. Le volume d'un cube d'arête a est $V = a^2$.
3. Dans une maille cubique à faces centrées, il y a 3 entités par maille.
4. La masse volumique est une propriété microscopique.
5. Dans une maille cubique simple, les entités sont placées à chaque sommet d'un cube d'arête a.
6. La diagonale d d'un carré de côté a vaut : $a \times \sqrt{2}$
7. Dans une maille cubique à faces centrées, les entités sont placées à chaque sommet d'un cube d'arête a et au milieu du cube.
8. La valeur de la masse volumique d'un cristal s'explique par sa structure microscopique.
9. Le réseau cubique à faces centrées est moins compact que le réseau cubique simple.
10. Dans un solide amorphe, on peut repérer une maille élémentaire qui se répète dans les 3 directions de l'espace, de façon périodique.

Exercice 2.5

Restituer des connaissances

Expliquer comment déterminer la masse volumique d'un cristal.

Compétence attendue

- Pour chacun des deux réseaux (cubique simple et cubique à faces centrées) : représenter la maille en perspective cavalière ; calculer la compacité dans le cas d'entités chimiques sphériques tangentes ; dénombrer les atomes par maille et calculer la masse volumique du cristal.

Exercice 2.6

Restituer des connaissances

1. Expliquer comment calculer la compacité pour une maille donnée (et donner la formule).
2. Expliquer comment dénombrer les entités pour une maille donnée.

Exercice 2.7

Organiser, effectuer et contrôler des calculs
Restituer des connaissances

Le polonium Po cristallise dans un réseau cubique simple. Les atomes de polonium seront représentés par des sphères tangentes de rayon R = 190,0 pm.

Données

- M(Po) = 208,9 g.mol^{-1} ;
- N_A = 6,02.10^{23} mol^{-1}.

1. Représenter la maille en perspective cavalière.
2. Déterminer le nombre d'atomes N de polonium par maille.
3. Déterminer le paramètre de maille a.
4. Calculer la compacité. Commenter.
5. Déterminer la masse volumique du polonium.
6. Expliquer en quoi la structure microscopique du cristal conditionne certaines propriétés macroscopiques comme la masse volumique.

Exercice 2.8

Organiser, effectuer et contrôler des calculs

Le fer γ, également appelé austénite, cristallise dans une structure cubique à faces centrées. Les atomes de fer seront représentés par des sphères tangentes de rayon R_{Fer} = 124,0 pm.

Données

- M(Fe) = 56,0 g.mol^{-1} ;
- N_A = 6,02.10^{23} mol^{-1}.

1. Représenter la maille en perspective cavalière.
2. Déterminer le nombre d'atomes N de fer par maille.
3. Déterminer le paramètre de maille a.
4. Calculer la compacité. Commenter.
5. Déterminer la masse volumique du fer.

Exercice 2.9

Organiser et effectuer des calculs

L'or (symbole Au) cristallise dans une structure cubique à faces centrées. Les atomes d'or seront représentés par des sphères tangentes de rayon R_{Au} = 144,0 pm.

Données

- M(Au) = 197,0 g.mol^{-1} ;
- N_A = 6,02.10^{23} mol^{-1}.

1. Représenter la maille en perspective cavalière.
2. Déterminer le paramètre de maille a.
3. Déterminer la masse volumique de l'or.

Exercice 2.10

Organiser et effectuer des calculs

L'argent (Ag), cristallise dans une structure cubique à faces centrées.

Données

- M(Ag) = 107,9 g.mol^{-1} ;
- Paramètre de maille a = 407,0 pm ;
- N_A = 6,02.10^{23} mol^{-1}.

1. En considérant que les atomes d'argent sont représentés par des sphères tangentes, déterminer la valeur du rayon de l'argent R_{Ag}.
2. Déterminer la masse volumique de l'argent.

Savoirs

Une roche est formée de l'association de cristaux d'un même minéral ou de plusieurs minéraux.

Des structures cristallines existent aussi dans les organismes biologiques (coquille, squelette, calcul rénal, etc.).

Exercice 2.11

Restituer des connaissances

Vrai ou faux ? Corriger les propositions fausses.

1. Une roche est toujours cristallisée.
2. Une roche peut être formée de plusieurs minéraux.
3. Une roche peut être formée d'un seul minéral.
4. Les cristaux n'existent que dans les roches.
5. Les coquilles d'animaux, les os et les dents sont constitués de cristaux.
6. Les végétaux comme les animaux ne peuvent fabriquer des cristaux.

Compétence attendue

- Distinguer, en termes d'échelle et d'organisation spatiale, maille, cristal, minéral, roche.

Exercice 2.12

Restituer des connaissances

1. Classer par ordre de grandeur croissant les éléments suivants : roche, minéral, maille, cristal.
2. Indiquer comment s'organisent dans l'espace les uns par rapport aux autres, les éléments suivants :

Lame mince d'une roche, le granite observé au microscope polarisant (× 40)

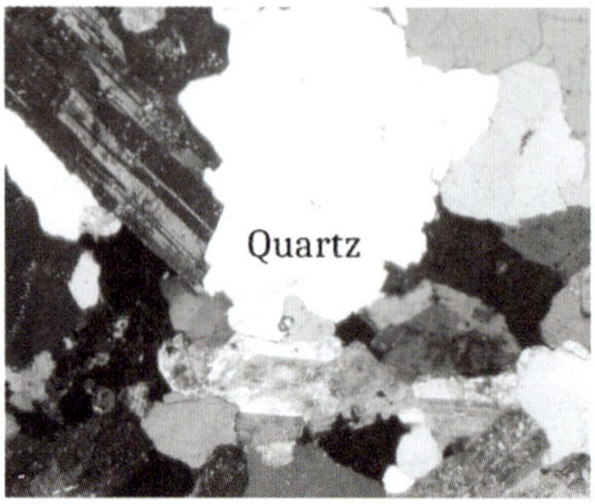

La silice, élément chimique

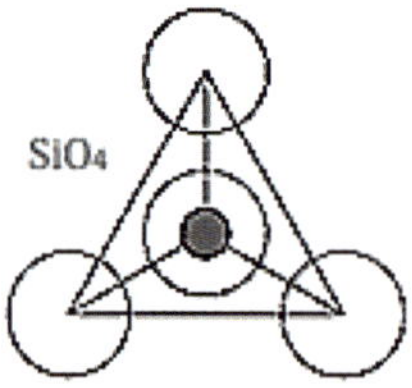

Le quartz, minéral

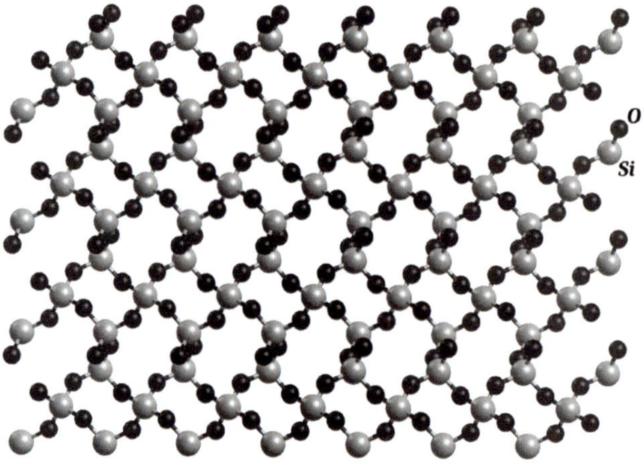

La roche, le granite observé à l'œil nu

Savoirs

Dans le cas des solides amorphes, l'empilement d'entités se fait sans ordre géométrique. C'est le cas du verre. Certaines roches volcaniques contiennent du verre, issu de la solidification très rapide d'une lave.

Exercice 2.13

Restituer des connaissances

L'andésite est une roche de couleur grise plutôt claire.

Dessin d'observation de la lame mince d'andésite (LPNA) × 40

1. Indiquer si les constituants 1 et 2 sont des solides amorphes ou cristallins.
2. Nommer chacun de ces constituants.
3. En déduire à quel type de roche appartient l'andésite.

Compétence *attendue*

- Identifier les minéraux sur un échantillon ou une image. Mettre en relation la structure amorphe ou cristalline d'une roche et les conditions de son refroidissement.

Exercice 2.14

Exploiter des documents
Restituer des connaissances
Rédiger une argumentation scientifique

Steeve, doit ranger les lames minces des roches du laboratoire de SVT. Il trouve une lame mince (document 1) portant une étiquette en partie arrachée sur laquelle est indiqué : roche magmatique. Il vous sollicite pour l'aider à nommer cette roche afin de la ranger correctement.

1. Identifier les différents éléments du document 1 et préciser son nom.
2. À l'aide des documents mis en relation avec vos connaissances, expliquer les conditions de formation de cette roche en mettant en relation la présence de solide amorphe ou cristalline.

Document 1 Observation au microscope polarisant de la lame mince de nature inconnue (LPNA × 40)

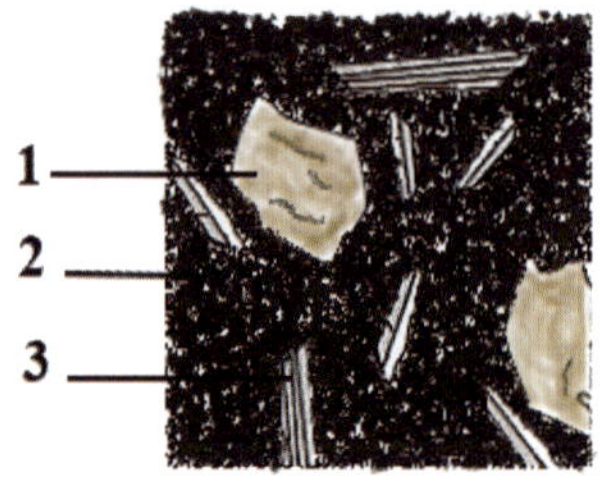

Les minéraux ne sont pas jointifs

Document 2 Composition chimique de deux roches magmatiques issues du même magma

Roches	gabbro	basalte
Type	plutonique	volcanique
Minéraux	Feldspaths plagioclases	
	Pyroxènes	
Verre	Absence	Présence

Document 3 Clé de détermination de quelques minéraux de roches magmatiques, observés au microscope polarisant

		OLIVINE	PYROXENES	MICAS	FELDSPATHS	
			Augite	Biotite	Orthose ou Sanidine	Plagioclases
AU MICROSCOPE avec le grossissement minimum	En LPNA sans analyseur	Minéral verdâtre. De nombreuses craquelures. Forme globuleuse.	Sections rectangulaires à angles tronqués. Couleur beige rosé ou vert pâle. Deux séries de fissures parallèles (clivages).	Minéral brun foncé à beige dont la couleur varie avec l'orientation. Sections rectangulaires avec fines fissures parallèles dans le sens de la longueur (clivages)	Minéral incolore avec nombreuses impuretés lui donnant un aspect sale. Sections grossièrement rectangulaires à extrémités arrondies.	Minéral incolore. Sections en baguettes plus ou moins allongées. Présence de fissures parallèles perpendiculaires à l'allongement (clivages).
	En LPA avec analyseur	Teintes vives de polarisation : rouge, orange, bleu	Teintes de polarisation : jaune, orange, rouge ou magenta. Présence éventuelle de plusieurs teintes séparées par une ligne (macle).	Teintes vives de polarisation : rouge, magenta, bleu, vert, jaune, très atténuées par la couleur naturelle.	Teintes de polarisation : gris plus ou moins foncé présentant des marbrures. Présence éventuelle de deux moitiés de cristal séparées par une ligne.	Teintes de polarisation : gris plus ou moins clairs répartis en bandes dans le sens de l'allongement (macle polysynthétique).
	En lumière polarisée mais non analysée (LPNA)	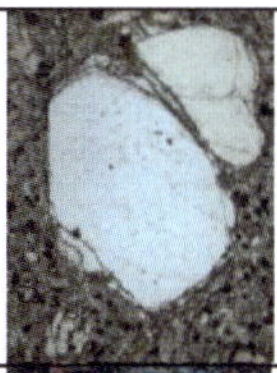	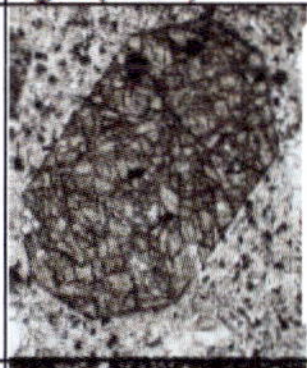	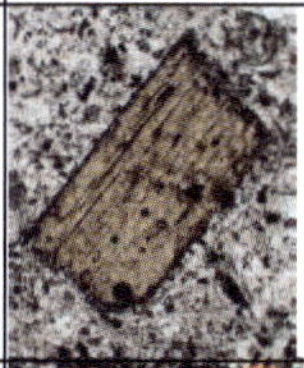	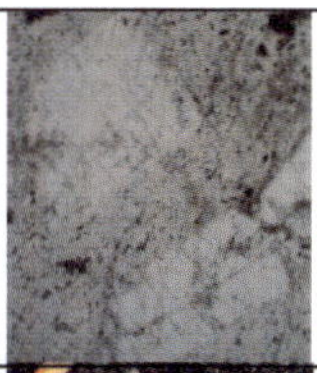	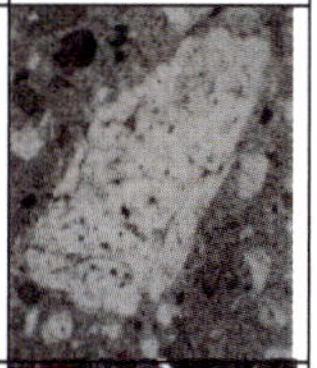
	En lumière polarisée et analysée (LPA)	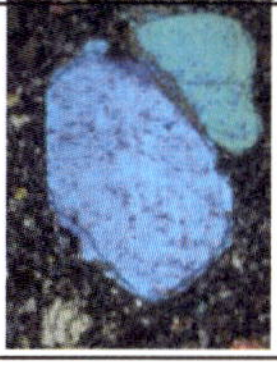	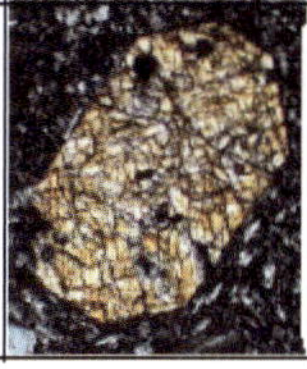	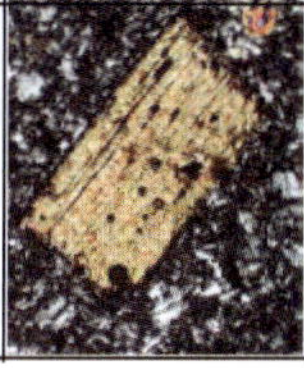		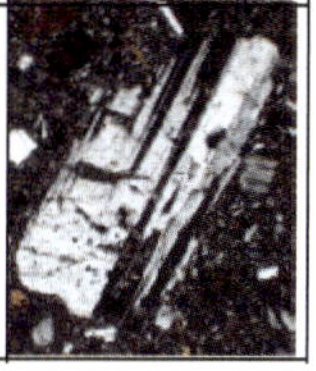

Document 4 Des vitesses de refroidissement

Il faut distinguer le magma, masse de roche en fusion enfouie en profondeur et la lave, issue du magma, qui s'écoule en surface de la Terre. En profondeur, le magma refroidit très lentement. Par exemple, un magma granitique dont l'ascension a cessé et qui reste enfoui à 5 km de profondeur, met des millions d'années pour se refroidir et donner du granite, roche plutonique. Dans le cas d'une coulée de lave, elle refroidit assez vite en surface et déjà au bout de quelques mois on peut marcher sur la roche ainsi formée.

D'après Jacques Deferne, Conservateur honoraire du Muséum de Genève. Novembre 2008

Corrigé des exercices

Exercice 2.1

L'état cristallin se caractérise par un empilement régulier d'ions. Par exemple le chlorure de sodium (NaCl) est constitué d'un empilement régulier d'ions chlorure et sodium. On le trouve dans les roches (halite) ou on l'obtient après évaporation de l'eau de mer (dans les marais salants).

Exercice 2.2

1. Les ions chlorure se situent aux 8 sommets du cube et au milieu des 6 faces. Les ions sodium se situent au milieu de chacune des 12 arêtes et au centre du cube.
2. Dans une maille cubique simple il y a uniquement une entité sur chacun des 8 sommets, le chlorure de sodium ne cristallise donc pas dans une maille cubique simple.
3. Nombre d'ions sodium $N(Na^+)$ par maille vaut :

   $$N(\text{Na}^+) = 12 \times \frac{1}{4} + 1 \times 1 = 4$$
4. Le nombre d'ions chlorure $N(Cl^-)$ par maille vaut :

   $$N(\text{Cl}^-) = 8 \times \frac{1}{8} + 6 \times \frac{1}{2} = 4$$
5. Les réponses aux questions 3 et 4 sont en accord avec la formule du chlorure de sodium, NaCl, puisqu'il y a autant d'ions sodium que d'ions chlorure.
6. On sait que $m_{\text{maille}} = \dfrac{N(\text{Na}^+) \times M(\text{Na}) + N(\text{Cl}^-) \times M(\text{Cl})}{N_A}$ et que la masse volumique ρ est égale au rapport entre la masse de la maille et le volume d'une maille ($V_{\text{maille}} = a^3$, avec a = 564 pm).

   Donc : $$\rho = \frac{N(\text{Na}^+) \times M(\text{Na}) + N(\text{Cl}^-) \times M(\text{Cl})}{N_A \times a^3}$$

   $$\rho = \frac{4 \times 23{,}0 + 4 \times 35{,}5}{6{,}02 \cdot 10^{23} \times \left(564 \cdot 10^{-12}\right)^3} = 2{,}17 \cdot 10^6 \text{ g} \cdot \text{m}^{-3}$$

   La masse volumique du chlorure de sodium vaut $2{,}17.10^6$ g.m^{-3}.

La masse volumique (propriété macroscopique) varie en fonction de la structure cristalline du composé, puisque dans la formule nous voyons que ρ dépend de *N*, le nombre d'entités par maille, ce qui est une grandeur microscopique.

Exercice 2.3

1.

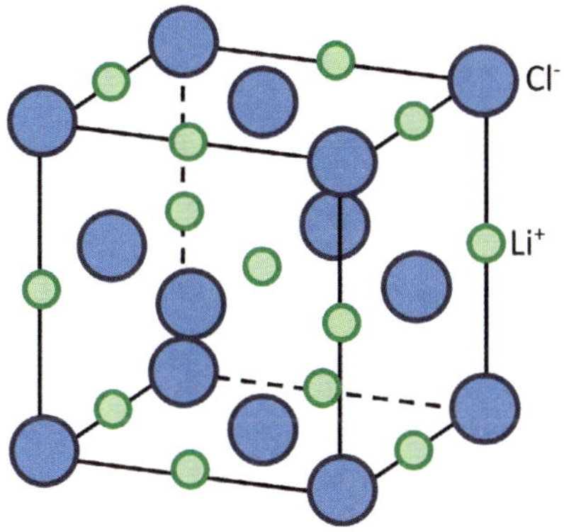

2. Nombre d'ions lithium $N(Li^+)$ par maille vaut :

$$N(Li^+) = 12 \times \frac{1}{4} + 1 \times 1 = 4$$

Le nombre d'ions chlorure $N(Cl^-)$ par maille vaut :

$$N(Cl^-) = 8 \times \frac{1}{8} + 6 \times \frac{1}{2} = 4$$

Ces résultats sont en accord avec la formule du chlorure de lithium, LiCl, puisqu'il y a autant d'ions lithium que d'ions chlorure.

3. Dans l'hypothèse où les ions Li^+ et Cl^- sont représentés par des sphères tangentes et si on regarde une face du cube :

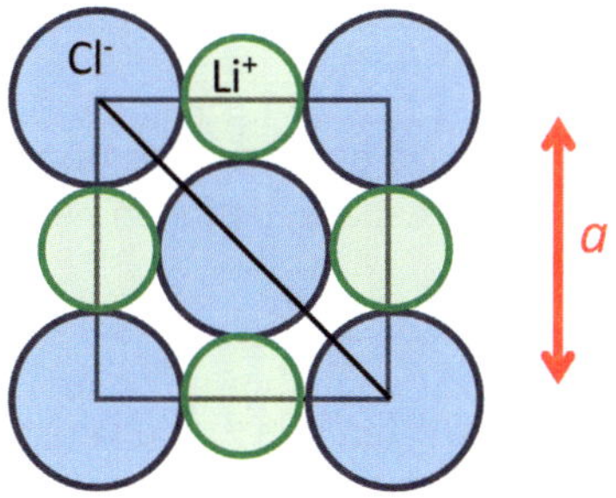

$$a = 2 \times R_{Li^+} + 2 \times R_{Cl^-} = 2 \times 76 + 2 \times 181 = 514\,\text{pm}$$

Le paramètre de maille *a* vaut 541 pm.

4. On sait que $m_{\text{maille}} = \dfrac{N(\text{Li}^+) \times M(\text{Li}) + N(\text{Cl}^-) \times M(\text{Cl})}{N_\text{A}}$ et que la masse volumique ρ est égale au rapport entre la masse de la maille et le volume d'une maille ($V_{\text{maille}} = a^3$, avec a = 541 pm).

Donc : $\rho = \dfrac{N(\text{Li}^+) \times M(\text{Li}) + N(\text{Cl}^-) \times M(\text{Cl})}{N_\text{A} \times a^3}$

$$\rho = \frac{4 \times 6{,}9 + 4 \times 35{,}5}{6{,}02 \cdot 10^{23} \times \left(541 \cdot 10^{-12}\right)^3} = 1{,}8 \cdot 10^6 \text{ g} \cdot \text{m}^{-3}$$

La masse volumique du chlorure de lithium vaut 1,8.10^6 g.m^{-3}.

Exercice 2.4

1. Faux. Dans une maille cubique simple, il y a 1 entité par maille.
2. Faux. Le volume d'un cube d'arête a est $V = a^3$.
3. Faux. Dans une maille cubique à faces centrées, il y a 4 entités par maille.
4. Faux. La masse volumique est une propriété macroscopique.
5. Vrai.
6. Vrai.
7. Faux. Dans une maille cubique à faces centrées, les entités sont placées à chaque sommet d'un cube d'arête a et au milieu des faces du cube.
8. Vrai.
9. Faux. Le réseau cubique à faces centrées est plus compact que le réseau cubique simple (la compacité du cubique à faces centrées plus grande que celle du cubique simple).
10. Faux. Dans un solide cristallin, on peut repérer une maille élémentaire qui se répète dans les 3 directions de l'espace, de façon périodique.

Exercice 2.5

On détermine la masse volumique ρ (en g.m^{-3}) d'un cristal dans le cas d'un réseau cubique simple ou cubique à faces centrées par la formule :

$$\rho = \frac{N \times M}{N_A \times a^3}$$

Avec N : le nombre d'entités de la maille, M la masse molaire de l'entité ($g.mol^{-1}$), N_A la constante d'Avogadro ($N_A = 6{,}02.10^{23}\ mol^{-1}$), a l'arête du cube de la maille considérée (m).

Il faut donc au préalable avoir dessiné la maille en perspective cavalière et compté le nombre d'entités par maille N.

Exercice 2.6

1. La compacité C permet de calculer le taux d'occupation (en pourcentage) des entités dans la maille, c'est-à-dire comparer leur volume à celui de la maille.

Sachant que le volume d'une entité (assimilée à une sphère de rayon R) est égal au volume d'une sphère : $V_{\text{sphère}} = \frac{4}{3} \times \pi \times R^3$ et que le volume de la maille est égal à : $V_{\text{maille}} = a^3$.

$$C = \frac{\text{Nombre entités par maille} \times \text{volume d'une entité}}{\text{Volume de la maille}} = \frac{N \times \left(\frac{4}{3} \times \pi \times R^3\right)}{a^3}$$

Avec a : la longueur des arêtes du cube ; R : rayon de la sphère représentant l'entité ; N le nombre d'entités par maille.

Erreur à éviter

R et a doivent être dans la même unité, car la compacité C est sans unité.

2. Pour dénombrer les entités d'une maille, il faut regarder avec combien d'autres mailles cette entité est partagée.

- une entité positionnée au sommet du cube est partagée avec les 8 autres mailles élémentaires voisines, donc compte pour $\frac{1}{8}$;
- une entité positionnée sur une face du cube est partagée avec une autre maille voisine donc compte pour $\frac{1}{2}$;
- une entité positionnée sur une arête du cube est partagée avec les 4 mailles voisines donc compte pour $\frac{1}{4}$;
- une entité positionnée à l'intérieur du cube n'appartient qu'à cette maille, donc compte pour 1.

Dans le cas d'un réseau cubique simple par exemple, il y a une entité par sommet du cube, donc $N = 8 \times \frac{1}{8} = 1$, il y a une entité par maille.

Exercice 2.7

1\.

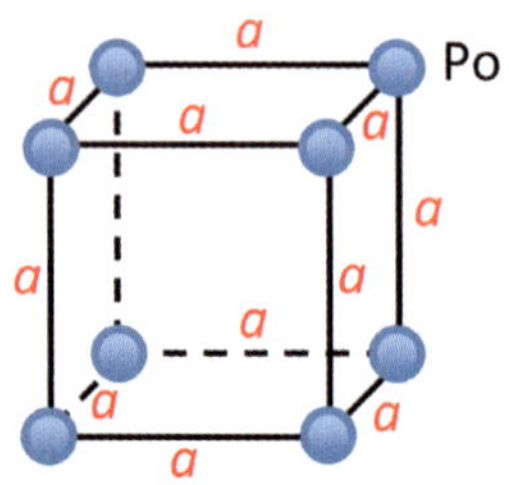

2\. Il s'agit d'un réseau cubique simple, il y a un atome de polonium à chaque sommet du cube (il y a 8 sommets). Chaque atome de polonium compte pour $\frac{1}{8}$ car il est partagé avec 8 autres mailles voisines.

Le nombre d'atomes N de polonium par maille vaut : $N = 8 \times \frac{1}{8} = 1$.

3\. Pour déterminer le paramètre de maille a on se place suivant une face du cube et on considère que les atomes de polonium sont représentés par des sphères tangentes de rayon R :

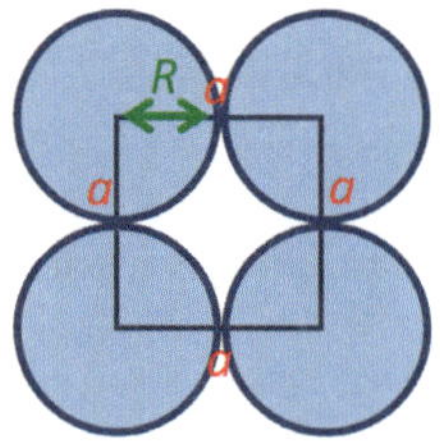

Face du cube d'arrête a

On a la relation : $a = 2 \times R = 2 \times 190 = 380\,\text{pm}$.

Le paramètre de maille a vaut 380 pm.

4\. La compacité permet de calculer le taux d'occupation (en pourcentage) des atomes de polonium dans la maille, c'est-à-dire comparer leur volume $V_{\text{sphère}} = \frac{4}{3} \times \pi \times R^3$ à celui de la maille ($V_{\text{maille}} = a^3$).

$$C = \frac{\text{Nombre d'atomes par maille} \times \text{volume d'un atome}}{\text{Volume de la maille}} = \frac{N \times \left(\frac{4}{3} \times \pi \times R^3\right)}{a^3}$$

or on a montré que : $a = 2 \times R$.

$$\text{Donc : } C = \frac{N \times \left(\frac{4}{3} \times \pi \times \left(\frac{a}{2}\right)^3\right)}{a^3} = \frac{N \times \pi}{6} = \frac{1 \times \pi}{6} = 0{,}52 = 52\,\%.$$

Les atomes de polonium occupent 52 % du volume de la maille, cela signifie donc qu'il y a 48 % de vide dans la maille.

5. La masse volumique ρ (en $g.m^{-3}$) du polonium se détermine par la formule :

$$\rho = \frac{N \times M(\text{Po})}{N_A \times a^3}$$

Avec N : le nombre d'atomes de polonium de la maille, M(Po) la masse molaire du polonium ($g.mol^{-1}$), N_A la constante d'Avogadro (N_A = $6{,}02.10^{23}$ mol^{-1}), a l'arête du cube de la maille considérée (m).

$$\rho = \frac{N \times M(\text{Po})}{N_A \times a^3} = \frac{1 \times 208{,}9}{6{,}02 \cdot 10^{23} \times \left(380 \cdot 10^{-12}\right)^3} = 6{,}32 \cdot 10^6 \text{ g} \cdot \text{m}^{-3}$$

6. La masse volumique étant reliée au nombre d'entités N qui composent la maille (échelle microscopique), elle varie en fonction de la structure cristalline du composé.

Exercice 2.8

1.

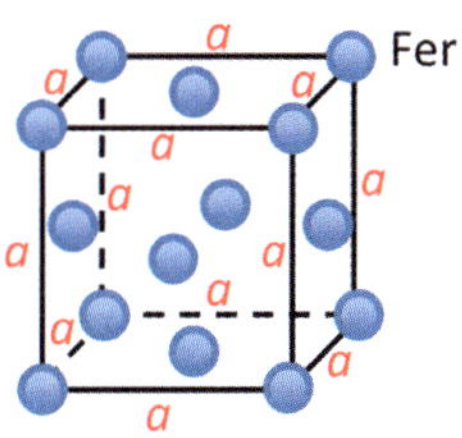

Maille cubique à faces centrées d'arrête a

2. Pour calculer le nombre d'atomes N de fer par maille, il faut regarder la position des atomes de fer et si ils sont partagés entre plusieurs mailles :
   - il y a un atome de fer à chaque sommet du cube (il y a 8 sommets), qui est partagé avec les 8 mailles voisines (donc il compte pour $\frac{1}{8}$) ;
   - il y a un atome de fer au centre de chaque face (il y a 6 faces), qui est partagé avec une maille voisine (donc il compte pour $\frac{1}{2}$).

   $N = 8 \times \frac{1}{8} + 6 \times \frac{1}{2} = 4.$

   Il y a 4 atomes de fer par maille.

Corrigés

3. Pour déterminer le paramètre de maille *a* on se place suivant une face du cube et on considère que les atomes de fer sont représentés par des sphères tangentes de rayon *R* :

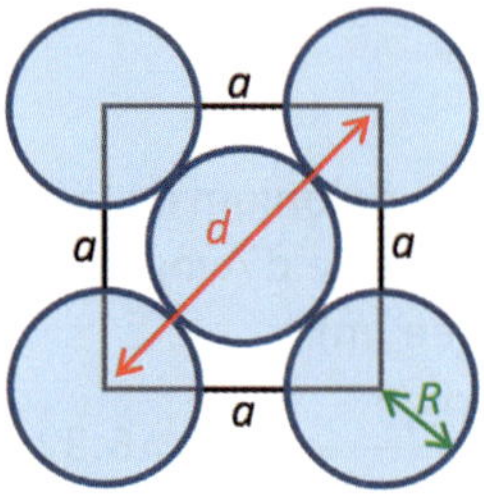

Sphères tangentes sur une face du cube

D'après le théorème de Pythagore on a : $d^2 = a^2 + a^2$. Donc $d = \sqrt{2} \times a$ et on a : $d = 4 \times R_{Fer}$, puisqu'on trouve 4 fois le rayon de la sphère le long de la diagonale *d*.

$\sqrt{2} \times a = 4 \times R_{Fer}$

$$a = \frac{4 \times R_{Fer}}{\sqrt{2}} = \frac{4 \times 124{,}0}{\sqrt{2}} = 350{,}7\,\text{pm}$$

Le paramètre de maille *a* vaut 350,7 pm.

4. Calcul de la compacité dans le cas où les entités chimiques sphériques sont tangentes :

$$C = \frac{\text{Nombre d'atomes de fer par maille} \times \text{volume d'un atome de fer}}{\text{Volume de la maille}} = \frac{N \times \left(\frac{4}{3} \times \pi \times R_{Fer}{}^3\right)}{a^3}$$

$$C = \frac{4 \times \left(\frac{4}{3} \times \pi \times 124{,}0^3\right)}{350{,}7^3} = 0{,}74 = 74\,\%$$

Les atomes de fer occupent 74 % du volume de la maille.

5. La masse volumique ρ (en $g.m^{-3}$) du fer se détermine par la formule :

$$\rho = \frac{N \times M(\text{Fe})}{N_A \times a^3}$$

Avec *N* : le nombre d'atomes de fer de la maille, *M*(Fe) la masse molaire du fer ($g.mol^{-1}$), N_A la constante d'Avogadro ($N_A = 6{,}02.10^{23}\ mol^{-1}$), *a* l'arête du cube de la maille considérée (m).

$$\rho = \frac{N \times M(\text{Fe})}{N_A \times a^3} = \frac{4 \times 56{,}0}{6{,}02 \cdot 10^{23} \times \left(350{,}7 \cdot 10^{-12}\right)^3} = 8{,}63 \cdot 10^6\ g \cdot m^{-3}$$

La masse volumique du fer vaut $8{,}63.10^6\ g.m^{-3}$.

Exercice 2.9

1.

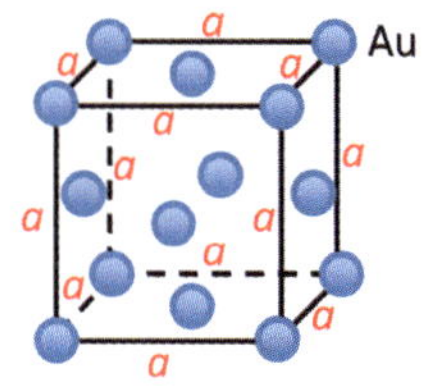

Maille cubique à faces centrées
d'arrête a

2. Pour déterminer le paramètre de maille a on se place suivant une face du cube et on considère que les atomes d'or sont représentés par des sphères tangentes de rayon R :

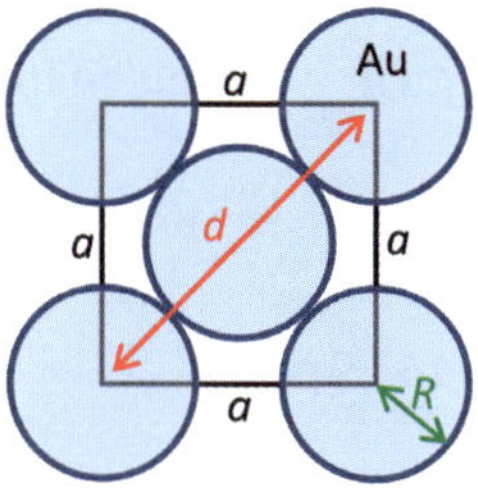

Sphères tangentes sur une face du cube

D'après le théorème de Pythagore on a : $d^2 = a^2 + a^2$. Donc $d = \sqrt{2} \times a$ et on a : $d = 4 \times R_{Au}$, puisqu'on trouve 4 fois le rayon de la sphère le long de la diagonale d.

$\sqrt{2} \times a = 4 \times R_{Au}$

$a = \frac{4 \times R_{Au}}{\sqrt{2}} = \frac{4 \times 144{,}0}{\sqrt{2}} = 407{,}3\,\text{pm}$

Le paramètre de maille a vaut 407,3 pm.

3. La masse volumique ρ (en $g.m^{-3}$) de l'or se détermine par la formule :

$$\rho = \frac{N \times M(\text{Au})}{N_A \times a^3}$$

Avec N : le nombre d'atomes d'or de la maille, M(Au) la masse molaire de l'or ($g.mol^{-1}$), N_A la constante d'Avogadro ($N_A = 6{,}02.10^{23}\ mol^{-1}$), a l'arête du cube de la maille considérée (m).

$\rho = \frac{N \times M(\text{Au})}{N_A \times a^3} = \frac{4 \times 197{,}0}{6{,}02 \cdot 10^{23} \times \left(407{,}3 \cdot 10^{-12}\right)^3} = 19{,}4 \cdot 10^6\ \text{g} \cdot \text{m}^{-3}$

La masse volumique de l'or vaut $19{,}4.10^6\ g.m^{-3}$.

Corrigés

Exercice 2.10

1. On regarde selon la face d'un côté du cube de la maille :

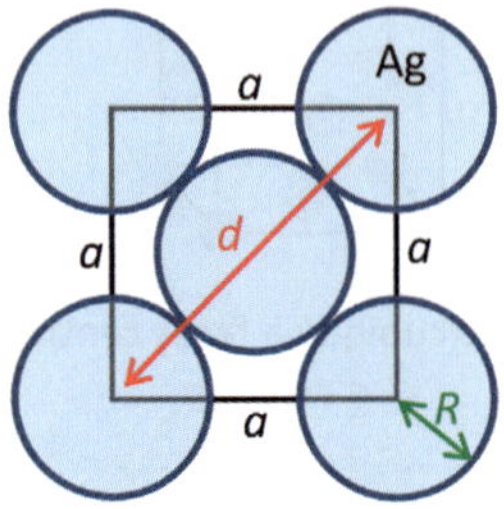

Sphères tangentes sur une face du cube d'arrête a

D'après le théorème de Pythagore on a : $d^2 = a^2 + a^2$

Donc $d = \sqrt{2} \times a$ et on a : $d = 4 \times R_{Ag}$, puisqu'on trouve 4 fois le rayon de la sphère le long de la diagonale d.

$\sqrt{2} \times a = 4 \times R_{Ag}$

$$R_{Ag} = \frac{\sqrt{2} \times a}{4} = \frac{\sqrt{2} \times 407{,}0}{4} = 143{,}9\,\text{pm}$$

Le rayon de l'argent R_{Ag} = 143,9 pm.

2. La masse volumique ρ (en $g.m^{-3}$) de l'argent se détermine par la formule :

$$\rho = \frac{N \times M(\text{Ag})}{N_A \times a^3}$$

Avec N : le nombre d'atomes d'argent de la maille, M(Ag) la masse molaire de l'argent ($g.mol^{-1}$), N_A la constante d'Avogadro ($N_A = 6{,}02.10^{23}$ mol^{-1}), a l'arête du cube de la maille considérée (m).

$$\rho = \frac{N \times M(\text{Ag})}{N_A \times a^3} = \frac{4 \times 107{,}9}{6{,}02 \cdot 10^{23} \times \left(407{,}0 \cdot 10^{-12}\right)^3} = 10{,}6 \cdot 10^6\ \text{g} \cdot \text{m}^{-3}$$

La masse volumique de l'argent vaut $10{,}6.10^6$ $g.m^{-3}$.

Exercice 2.11

1. Faux, une roche peut contenir du verre c'est-à-dire un solide amorphe qui est non cristallisé.
2. Vrai.
3. Vrai.
4. Faux, les organismes biologiques possèdent aussi des cristaux.

5. Vrai.
6. Faux, les végétaux comme les animaux peuvent fabriquer des cristaux qui entrent dans la constitution de l'organisme lui-même ou qui apportent à l'organisme de nouvelles propriétés.

Exercice 2.12

1. maille – cristal – minéral – roche.
2. La silice constitue une forme géométrique qui se répète au sein du solide cristallin qu'est le quartz. Ce dernier est un minéral de la roche, le granite.

Exercice 2.13

1. Le constituant 1 est un solide cristallin et le constituant 2 est un solide amorphe.
2. Le solide cristallin constituant la roche est un minéral alors que le solide amorphe est appelé un verre.
3. L'andésite contient du verre, c'est donc une roche volcanique.

Exercice 2.14

1. Le minéral 1 est un pyroxène, le 2 est du verre alors que le 3 est un minéral, le feldspath. D'après le document 2, il s'agit d'un basalte.
2. Ces deux roches sont issues du même magma, possèdent les mêmes minéraux mais se distinguent par l'existence de verre dans le basalte (documents 1 et 2). Or on sait que le verre est un solide amorphe contrairement aux minéraux qui sont cristallisés. D'après le document 4 quand une roche se forme en surface, la vitesse de refroidissement est accélérée et une roche volcanique se forme. C'est le cas du basalte. Du verre a pu se former, car les cristaux n'ont pas eu le temps de se développer de façon à être totalement jointifs.

Chapitre 3

Une structure complexe : la cellule vivante

Cours

La matière vivante s'organise en cellule, unité structurale et fonctionnelle de tous les êtres vivants qu'ils soient uni ou pluricellulaires. L'échelle cellulaire constitue un ordre supérieur à l'échelle moléculaire étudiée précédemment.

Comment la cellule a-t-elle été découverte et quelle est la particularité de sa membrane plasmique ?

1 La découverte de la cellule

La cellule, élément invisible à l'œil nu, a été découverte grâce au développement de la microscopie.

Dès l'Antiquité, le philosophe **Aristote** était parvenu à la conclusion que les animaux et les plantes, si complexes soient-ils, étaient formés de peu d'éléments qui se répètent. Des siècles plus tard, avec l'invention du microscope, il a été possible de confirmer ces hypothèses par l'observation directe.

Définition

Microscope : instrument qui permet de voir des objets invisibles à l'œil nu par agrandissement.

C'est **R. Hooke**, savant anglais, qui en 1662 a observé à l'aide d'un microscope rudimentaire un morceau de liège, fragment d'écorce d'un chêne. Il découvrit de petits compartiments répétés à l'identique. Il constata la même organisation avec d'autres observations de végétaux. Il nomma alors "**cellule**" (*cellula*, chambre en latin) chaque petit compartiment des végétaux.

Coupe d'écorce de chêne

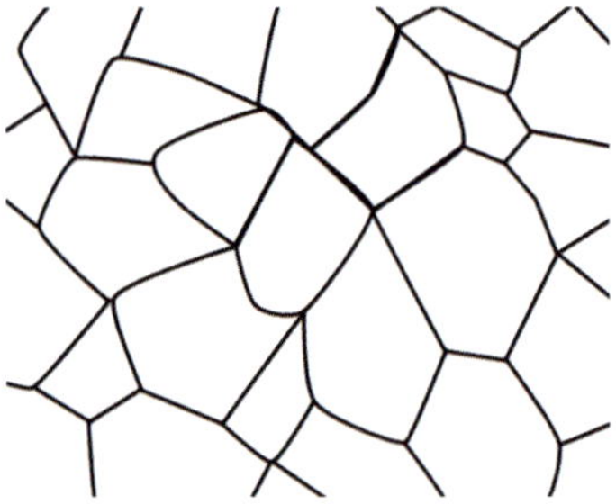

Au XVIIe siècle de nombreuses observations par plusieurs scientifiques appuyèrent la **théorie cellulaire** aussi bien chez les individus pluricellulaires, végétaux comme animaux, que chez les individus unicellulaires.

Le premier vrai microscope fût fabriqué par un drapier hollandais, **A. Van Leuwenhoeck**, qui permettait de grossir 50 à 300 fois les objets observés au travers d'une minuscule lentille.

Rappel : Le microscope optique

Le microscope optique ou photonique des laboratoires scolaires est un instrument qui permet grâce à des lentilles, d'obtenir une image agrandie d'objets placés sur une lame et traversées par les photons de la lumière blanche. Actuellement il peut grossir jusqu'à 1 500 fois avec une résolution pouvant atteindre 20 nm.

Le développement de l'optique au XIXe siècle a engendré un perfectionnement des microscopes permettant d'observer des éléments cellulaires comme le noyau en 1831 par **R. Brown**.

C'est en 1839, que la théorie cellulaire fût formulée par deux allemands, le botaniste **M. Schleiden** et le zoologiste **T. Schwann**. Ils établirent que tout être vivant, unicellulaire comme pluricellulaire, est constitué d'une même unité structurale, la cellule.

2 Les niveaux d'organisation du vivant

Dans les années 1950, la création du microscope électronique a permis d'observer des constituants de la cellule et d'établir leurs structures moléculaires. Ainsi l'établissement du lien entre les échelles moléculaires et cellulaires a été possible.

Le microscope électronique utilise des électrons et peut avoir un grossissement de 2 millions de fois avec une résolution pouvant atteindre 0,1 nm. Le premier fût commercialisé en 1965.

Les premiers microscopes électroniques sont tellement volumineux et onéreux qu'ils ne sont réservés qu'à certains laboratoires dans le monde. Ils ont permis d'élargir l'échelle d'observation du vivant.

L'échelle d'observation du vivant

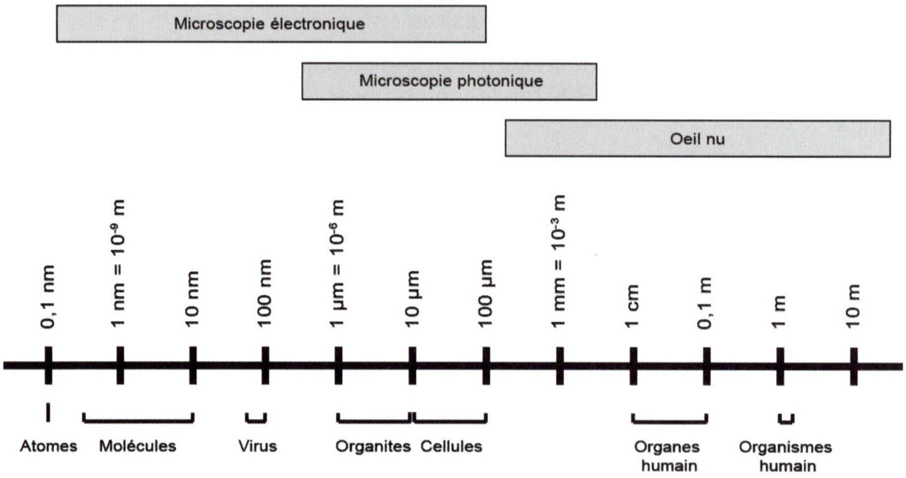

Le développement des techniques d'observation microscopique a rendu possible la découverte de structures cellulaires comme celle de la membrane plasmique.

3 La membrane plasmique, une interface entre deux milieux

La cellule est limitée du milieu extérieur par une membrane plasmique dont l'observation fût possible grâce à la microscopie électronique. C'est en 1972 qu'elle fût décrite par **J. Singer** et **G. Nicholson**.

Elle est constituée d'une **bicouche** de 7,5 nm d'épaisseur comportant principalement des **lipides** ainsi que des protéines et quelques glucides.

Sa structure en double couche est possible grâce aux propriétés des lipides, majoritairement des **phospholipides** : ils sont bipolaires c'est-à-dire constitués d'une **tête hydrophile** et d'une **queue lipophile**. Les parties hydrophiles sont orientées vers l'extérieur de la membrane et vers le cytoplasme, deux milieux aqueux. Les parties lipophiles constituent l'intérieur de la membrane plasmique.

Définitions

Hydrophile : qui a de l'affinité pour l'eau.

Lipophile : qui a de l'affinité avec la matière grasse.

La membrane plasmique

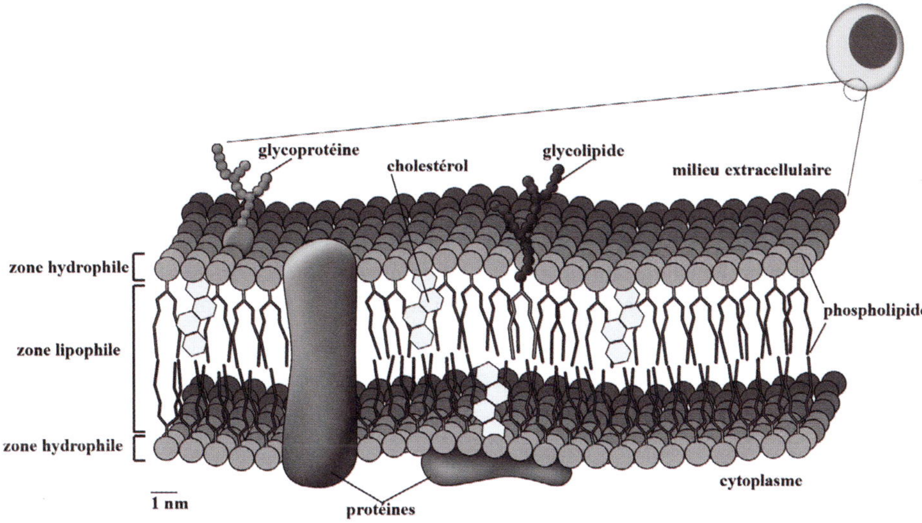

Les propriétés physico-chimiques des phospholipides leurs permettent de s'assembler automatiquement sans liaison covalente conférant ainsi une grande stabilité à la structure membranaire.

En résumé

Le perfectionnement de la microscopie a permis d'étudier de façon détaillée les êtres vivants et de comprendre les liens structuraux de leurs constituants.

Les débuts de la théorie cellulaire furent établis à partir d'observations microscopiques comparées à savoir que :

- la cellule est l'unité de base de tout être vivant
- tous les organismes se composent d'une ou de plusieurs cellules

Exercices

Savoirs

La découverte de l'unité cellulaire est liée à l'invention du microscope.

L'observation de structures semblables dans de très nombreux organismes a conduit à énoncer le concept général de cellule et à construire la théorie cellulaire.

Plus récemment, l'invention du microscope électronique a permis l'exploration de l'intérieur de la cellule et la compréhension du lien entre échelle moléculaire et cellulaire.

Exercice 3.1

Restituer des connaissances

1. Quel outil a permis aux scientifiques d'établir la théorie cellulaire ?
2. Quelles observations ont permis d'effectuer les microscopes électroniques ?
3. Quels sont les constituants de la membrane plasmique ?
4. Quelles sont les avancées scientifiques qui ont été permises par la création du microscope électronique ?

Savoirs

La cellule est un espace séparé de l'extérieur par une membrane plasmique.

Cette membrane est constituée d'une bicouche lipidique et de protéines.

Exercice 3.2

Restituer des connaissances

Légender la représentation schématique d'une membrane plasmique.

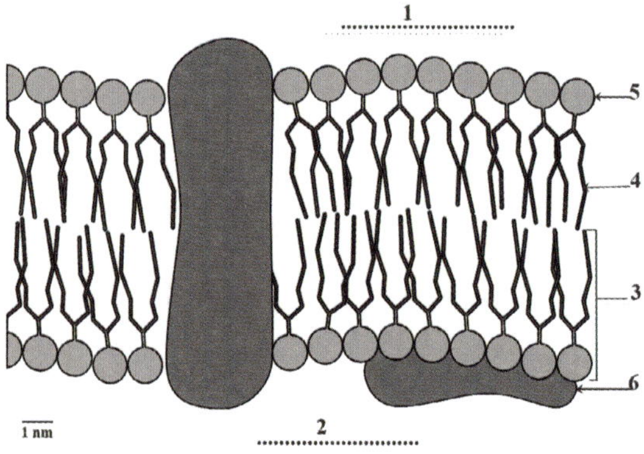

Compétence attendue

- Analyser et interpréter des documents historiques relatifs à la théorie cellulaire.

Exercice 3.3

Exploiter des documents

À l'aide des différents documents, construire une frise chronologique sur les avancées de chaque savant et leur contribution à la théorie cellulaire.

Document 1 Antoine van Leeuwenhoek (1632-1723)

Néerlandais, il exerce la profession de drapier. Il fabrique des lentilles pour examiner les fibres textiles qu'il achète. À l'aide de scientifiques, il construit des microscopes qui permettent de grossir jusqu'à 300 fois les objets observés. Il réalise de nombreuses observations de spermatozoïdes. Ces observations menèrent à l'idée que ces spermatozoïdes contiennent l'être vivant déjà formé en miniature. Pour l'être humain, on parle d'homoncule.

Document 2 Robert Hooke (1635-1703)

Chimiste, mathématicien, physicien et inventeur anglais, il observe à l'aide d'un microscope rudimentaire un fragment d'écorce de chêne, le liège. Il y découvre de nombreuses petites « chambres » qu'il décrivit dans son ouvrage *Micrographia* et nomma cellules. Il fait des observations identiques chez d'autres plantes. Il pense alors que seuls les végétaux sont composés de cellules.

Document 3 Theodor Schwann (1810-1882)

Docteur en médecine et biologiste allemand, il proposa que tous les êtres vivants soient formés d'un ensemble d'unités de construction de même type, les cellules. La théorie de Schwann énonce que tous les êtres vivants sont constitués d'unités microscopiques, les cellules et chaque cellule possède les propriétés caractéristiques du vivant.

Document 4 Robert Brown (1773-1858)

Gardien des collections botaniques du *British Museum*, il exposa ses observations sur la présence d'un organite sphérique au sein des cellules végétales. Il affirma que cet organite n'était pas un défaut de fixation ou de coloration, comme certains le prétendaient. Il ne put affirmer s'il s'agissait d'une structure permanente des cellules végétales.

Document 5 R. Wagner (1805-1864)

C'est en 1835 que cet anatomiste observa le noyau des cellules animales.

Compétence *attendue*

- Situer les ordres de grandeur : atome, molécule, organite, cellule, organisme.

Exercice 3.4

Restituer des connaissances

1. Classer par ordre de grandeur décroissant les éléments suivants : cœur, carbone, virus, chat, mitochondrie, lipide.
2. Classer par ordre de grandeur croissant les éléments suivants : feuille, azote, bactérie, lavande, chloroplaste, amidon.

Compétence *attendue*

- Relier l'échelle de la cellule et celle de la molécule.

Exercice 3.5

Effectuer des calculs

Un lymphocyte est une cellule animale spécialisée dans les défenses de l'organisme ayant une taille d'environ 7 micromètres et une membrane plasmique de 8 nanomètres. La cellule végétale d'une feuille de laurier a une taille d'environ 90 micromètres.

Document 1 Dessin d'un lymphocyte

Document 2 Dessin d'une membrane plasmique

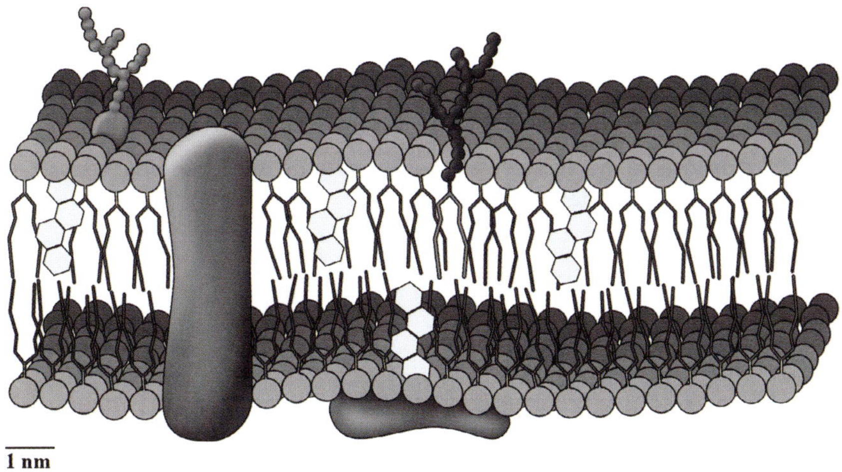

Document 3 Dessin d'une cellule végétale

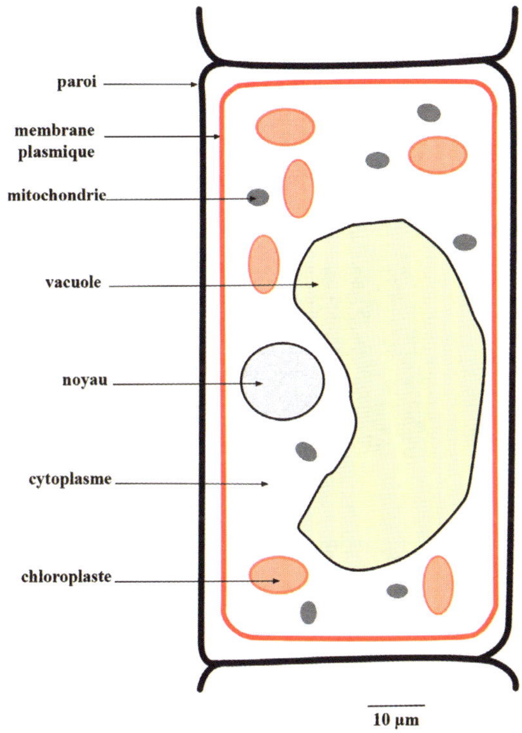

À partir des documents, calculer l'agrandissement (rapport entre la taille du dessin réalisé et la taille réelle de l'objet) du lymphocyte, de sa membrane plasmique, de son noyau et de la cellule végétale d'une feuille de laurier.

Compétence *attendue*

- Schématiser la membrane plasmique à partir de molécules dont les parties hydrophile/lipophile sont identifiées.

Exercice 3.6

Restituer des connaissances
Exploiter des documents

Les phospholipides sont le principal constituant de la membrane plasmique. Ils sont constitués d'une partie lipophile et d'une partie hydrophile.

Document 1 Représentation schématique d'un phospholipide

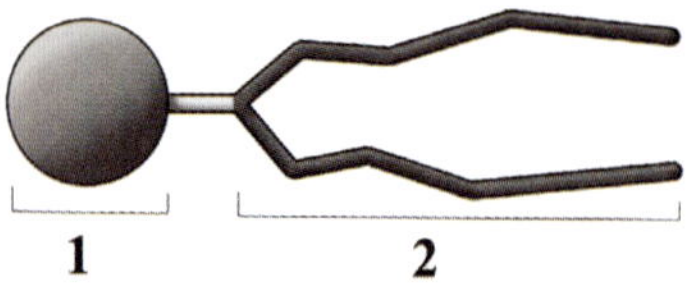

Document 2 Micrographie d'une membrane plasmique au microscope électronique

La membrane plasmique observée au microscope électronique apparaît formée d'un feuillet clair entouré de deux feuillets sombres.

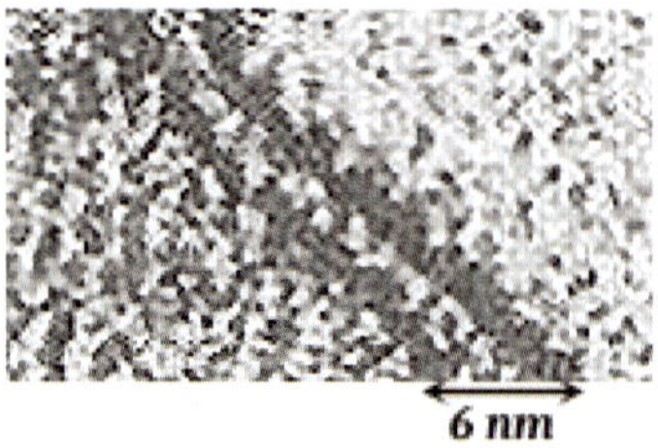

1. Indiquer les légendes des parties hydrophile et lipophile du phospholipide du document 1.

2. À l'aide de la représentation du document 1 schématiser l'organisation des phospholipides de la membrane plasmique (document 2). Préciser les deux milieux aqueux et les zones hydrophiles et lipophiles.

Corrigé des exercices

Exercice 3.1

1. Le microscope optique est l'outil qui a permis d'établir la théorie cellulaire.
2. Les microscopes électroniques ont permis d'observer des molécules et assemblages de molécules comme la membrane plasmique.
3. La membrane plasmique est principalement constituée de phospholipides mais aussi de protéines et un peu de glucides.
4. Le microscope électronique a permis l'exploration de l'intérieur de la cellule et la compréhension du lien entre échelle moléculaire et cellulaire.

Exercice 3.2

1. milieu extracellulaire / 2. cytoplasme / 3. phospholipide / 4. partie lipophile / 5. partie hydrophile / 6. protéine.

Exercice 3.3

Nom du savant	R. Hooke	A. Van Leeuwenhoek	T. Schwann	R. Brown	R. Wagner
Contribution à la théorie cellulaire	Cellule végétale	Cellule animale	Théorie cellulaire	Noyau de cellules végétales	Noyau de cellules animales

Exercice 3.4

1. Chat – cœur – mitochondrie – virus – lipide – carbone.
2. Azote – amidon – bactérie – chloroplaste – feuille – lavande.

Exercice 3.5

Pour calculer l'agrandissement faire le rapport entre la taille du dessin et la taille réelle de l'objet.

Il faut tout d'abord mesurer la taille de l'objet dessiné.

Corrigés

Précision

Pour des raisons éditoriales, nous ne pouvons vous donner les réponses, cela dépendra de la taille de l'image faite pour l'impression. Nous vous donnons un exemple.

Par exemple si le lymphocyte mesure 2,6 cm sur le dessin, on a :

$$\text{Agrandissement} = \frac{\text{taille du dessin}}{\text{taille réelle de l'objet}}$$

$$\text{Agrandissement} = \frac{26.10^3}{7} = \times\ 3{,}7.10^3 = \times\ 3\ 700$$

Attention

Toutes les unités doivent être identiques pour calculer le rapport.

Exercice 3.6

1. 1. tête hydrophile / 2. queue lipophile.
2. Schéma de l'organisation des phospholipides de la membrane plasmique.

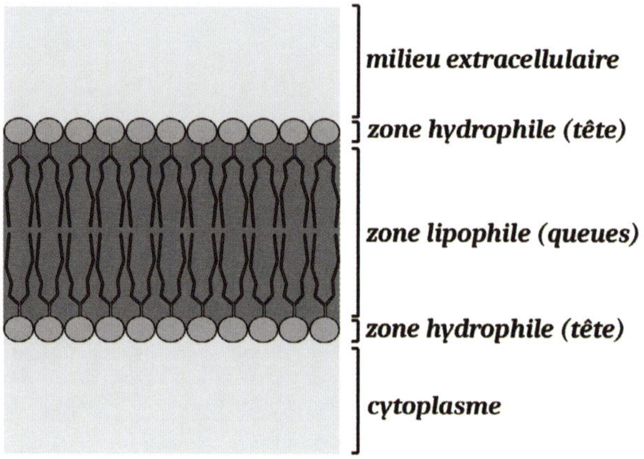

Chapitre 4

Le rayonnement solaire

Cours

La Terre reçoit par rayonnement l'essentiel de son énergie du Soleil. Cette énergie conditionne la température de surface de la Terre et détermine les climats et les saisons.

Quelle est l'origine du rayonnement solaire et quelles en sont les conséquences à la surface de la Terre ?

1 L'énergie des étoiles

A Réactions de fusion

C'est l'énergie dégagée par les **réactions de fusion de l'hydrogène** se produisant dans les étoiles qui les maintient à une température très élevée.

Pour les étoiles de faible masse comme notre Soleil, leur énergie provient de la chaîne proton-proton :

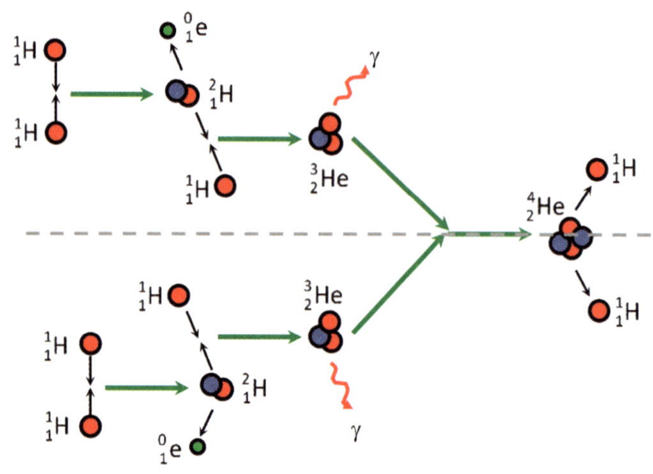

Chaine proton-proton

^0_1e : positon (ou positron), particule identique à l'électron mais de charge opposée.

γ : rayonnement gamma, photon de haute énergie, très pénétrant.

^0_1e : position (ou positron), particule identique à l'électron mais de charge opposée.

γ : rayonnement gamma, photon de haute énergie, très pénétrant.

L'ensemble des réactions de fusion se déroulant dans le noyau de ces étoiles est modélisé par l'équation :

$$4\,{}^{1}_{1}\text{H} \rightarrow {}^{4}_{2}\text{He} + 2\,{}^{0}_{1}\text{e}$$

Pour les étoiles plus massives que le Soleil, leur énergie provient du cycle de réactions nucléaires dit « CNO » (carbone-azote-oxygène) :

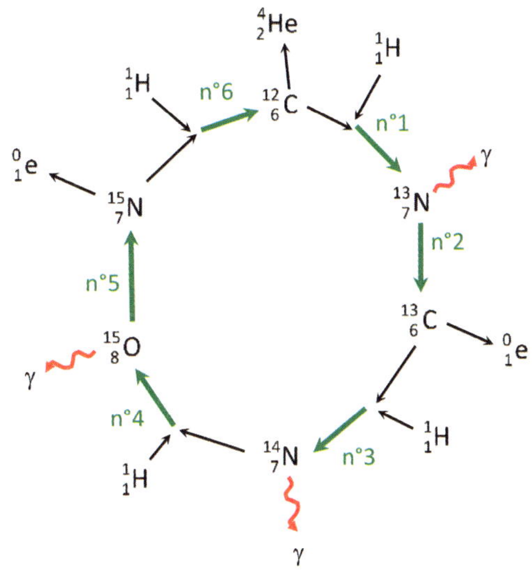

L'ensemble des réactions de fusion se déroulant dans le noyau de ces étoiles massives est aussi modélisé par l'équation :

$$4\,{}^{1}_{1}\text{H} \rightarrow {}^{4}_{2}\text{He} + 2\,{}^{0}_{1}\text{e}$$

B Équivalence masse-énergie

- Lors d'une réaction nucléaire, la masse des produits est toujours inférieure à la masse des réactifs.

  On appelle Δm la **perte de masse**. Avec : $\Delta m = m(\text{produits}) - m(\text{réactifs})$.
- Équivalence masse-énergie ou relation d'Einstein : $E = m \times c^2$.

  Avec l'énergie E en joule (J), la masse m en kilogramme (kg), la vitesse de la lumière c dans le vide en mètre par seconde (m.s^{-1}).

  On en déduit qu'une variation de masse équivaut à une valeur d'énergie :

$$E_{\text{libérée}} = |\Delta m| \times c^2$$

- Du fait de l'équivalence masse-énergie, les relations de fusion se déroulant dans le noyau des étoiles s'accompagnent d'une **diminution de la masse solaire** au cours du temps.

Point méthode : Calculer la masse solaire transformée chaque seconde en énergie

- *Connaissant la puissance P rayonnée par le Soleil, on peut calculer l'énergie libérée. En effet :* $E = P \times \Delta t$. Avec E en joule (J), P en watt (W), Δt en seconde (s). On prendra $\Delta t = 1$ s.
- *Connaissant la relation d'Einstein :* $E_{\text{libérée}} = |\Delta m| \times c^2$, on isole la masse solaire transformée Δm :

$$\Delta m = \frac{E_{\text{libérée}}}{c^2} = \frac{P \times \Delta t}{c^2}$$

2 Température de surface d'une étoile – loi de Wien

A Profil spectral d'un corps noir

Comme tous les corps matériels, les étoiles et le Soleil émettent des ondes électromagnétiques et perdent donc de l'énergie par rayonnement.

Rappel

- *Le rayonnement visible s'étend de 400 à 800 nm ;*
- *Pour $\lambda > 800$ nm c'est le domaine des infra-rouge ;*
- *Pour $\lambda < 400$ nm c'est le domaine des ultra-violets.*

Le spectre du rayonnement émis par la surface d'une étoile (qui peut être modélisée par un corps noir) dépend seulement de la température de surface de l'étoile.

Un **corps noir** est un objet idéal et théorique qui absorbe toutes les radiations qu'il reçoit, mais qui ne les réfléchit pas et ne les transmet pas.

Si on observe le profil spectral (c'est-à-dire l'intensité lumineuse en fonction de la longueur d'onde) d'un corps noir, on voit que plus sa température T augmente, plus la longueur d'onde λ_{max} émise avec le maximum d'intensité diminue. On dit que le maximum de la courbe se décale vers les petites longueurs d'onde.

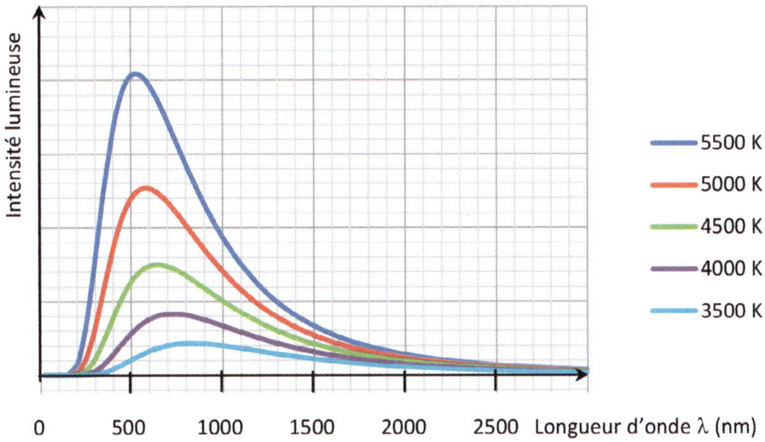

Point méthode : déterminer la longueur d'onde d'émission maximale à partir d'une représentation graphique

On repère le maximum de la courbe et on lit l'abscisse correspondante.

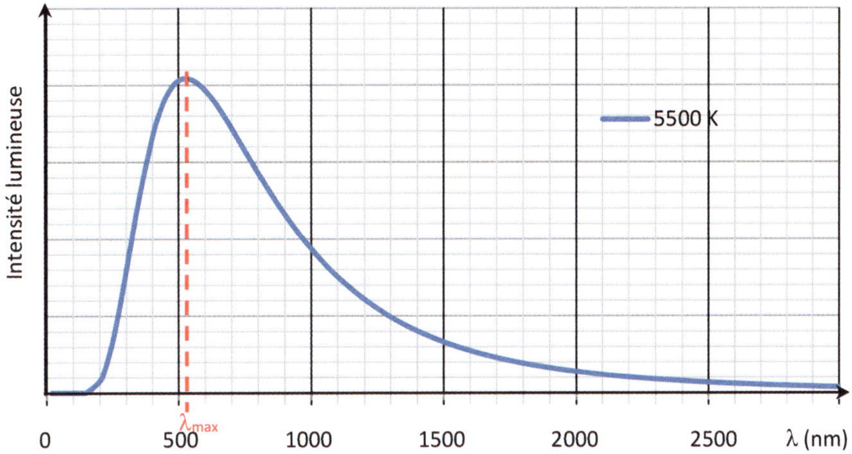

B Loi de Wien

La longueur d'onde d'émission maximale λ_{max} est inversement proportionnelle à la température absolue T de la surface de l'étoile :

$$\lambda_{max} \times T = 2{,}9 \cdot 10^{-3}\ \text{K} \cdot \text{m}.$$

Avec la température T en kelvin (K) et la longueur d'onde λ_{max} en mètre (m).

Point méthode : passer des degrés Celsius aux Kelvin

On détermine la température absolue T, en Kelvin (K), en ajoutant 273,15 à la température θ *en degré Celsius (°C) :* $T(\text{K}) = \theta(°\text{C}) + 273{,}15$

Exemple

Considérons une étoile dont la longueur d'onde correspondant au maximum d'intensité lumineuse $\lambda_{max} = 483\,\text{nm}$ (Rappel : 1 nm = 10^{-9} m).

On peut déterminer sa température de surface T grâce à la loi de Wien :

$$\lambda_{max} \times T = 2{,}9 \cdot 10^{-3}\ \text{K} \cdot \text{m}$$

On isole T de l'expression : $T = \dfrac{2{,}9 \cdot 10^{-3}}{\lambda_{max}} = \dfrac{2{,}9 \cdot 10^{-3}}{483 \cdot 10^{-9}} = 6{,}0 \cdot 10^{3}\ \text{K}$.

Ce qui donne en degré Celsius une température θ :

$\theta = T - 273{,}15 = 6{,}0 \cdot 10^{3} - 273{,}15 = 5{,}7 \cdot 10^{3}\ °\text{C}$

3 La réception de l'énergie solaire sur Terre

A La puissance radiative reçue par la Terre

Dans le système solaire où la distance Soleil-Terre ($d = 1{,}50 \times 10^{11}$ m) est importante, la surface de la Terre apparaît comme un disque plat dont l'aire de la surface est égale à $S_{disque} = \pi \times r^2$.

Schématisation du rayonnement solaire sur un disque plat

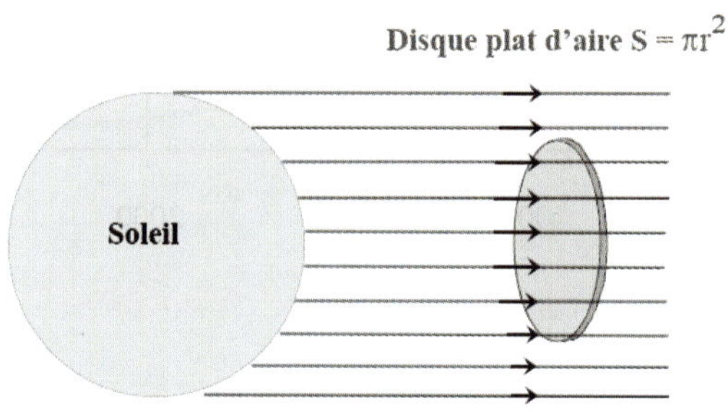

D'autre part, on peut modéliser le rayonnement solaire arrivant sur la surface terrestre sous la forme d'un faisceau de rayons parallèles.

Dans ce modèle, chaque mètre carré reçoit à chaque seconde environ 1 367 W.

Ainsi, la puissance radiative reçue du Soleil par une surface plane est proportionnelle à l'aire de la surface.

La puissance radiative reçue par la Terre dépend aussi de l'angle entre la normale à la surface et la direction du Soleil.

Schématisation des angles d'incidence sur une surface de référence

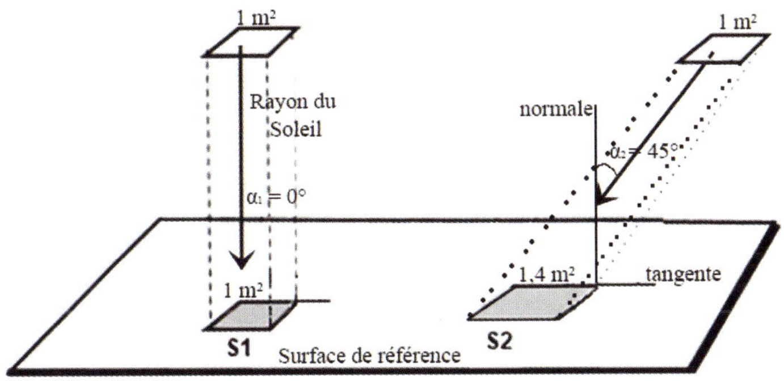

Si le rayon incident est incliné, pour une même puissance solaire émise, l'aire de surface S2 éclairée est plus grande que l'aire de surface S1 éclairée. Ainsi, la puissance reçue par unité de surface est plus faible en S2 qu'en S1.

Rappel : mesure de l'inclinaison

> *L'inclinaison correspond à l'angle alpha entre la normale à la surface et la direction du Soleil.*
> *La normale est la droite perpendiculaire au plan tangent à la surface terrestre.*

À la surface de la Terre, la **puissance solaire totale reçue** est proportionnelle à la surface éclairée avec

$$P_{tot} = P_{surf.reçue} \times S$$

P_{tot} en W

$P_{surf.reçue}$ la puissance reçue par mètre carré en $W.m^{-2}$

S la surface éclairée en m^2

Ainsi, la puissance reçue par unité de surface est maximale à l'équateur et minimale aux pôles.

Pourcentage de rayonnement intercepté par une paroi en fonction de l'angle d'incidence

Angle d'incidence α (°)	0	30	60	90
Rayonnement intercepté (%)	100,0	86,6	50,0	0,0

Ainsi l'angle que font les rayons lumineux avec la surface éclairée détermine la puissance radiative reçue par la surface terrestre.

B Les variations de la puissance radiative reçue à la surface de la Terre

La puissance solaire reçue par unité de surface terrestre dépend de trois facteurs :

- de l'heure
- du moment de l'année
- de la latitude

Les variations diurnes

Au cours d'une journée de 24 h, la position du Soleil varie dans le ciel du fait de la rotation de la Terre sur elle-même. Cette position du Soleil modifie l'inclinaison des rayons solaires et ainsi la puissance reçue à la surface terrestre. Cette variation de la puissance reçue provoque une variation des températures de surface.

Variations de la température de surface terrestre et du rayonnement solaire en été dans l'hémisphère nord

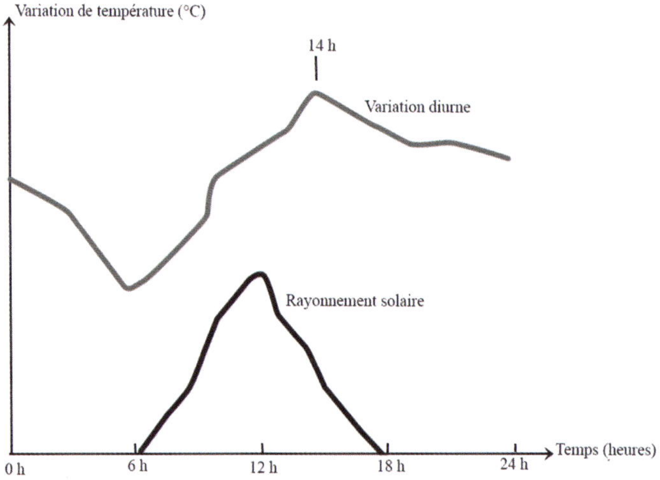

Ainsi la **période de rotation de la Terre** conduit à une différence de la puissance solaire reçue entre le jour et la nuit, c'est le phénomène temporel des **variations diurnes**.

Les variations climatiques

L'inclinaison des rayons solaires est maximale aux pôles avec des rayons du Soleil rasants et elle est minimale à l'équateur avec des rayons perpendiculaires. La surface éclairée aux pôles est alors supérieure à celle de l'équateur.

Surfaces éclairées en fonction de la latitude

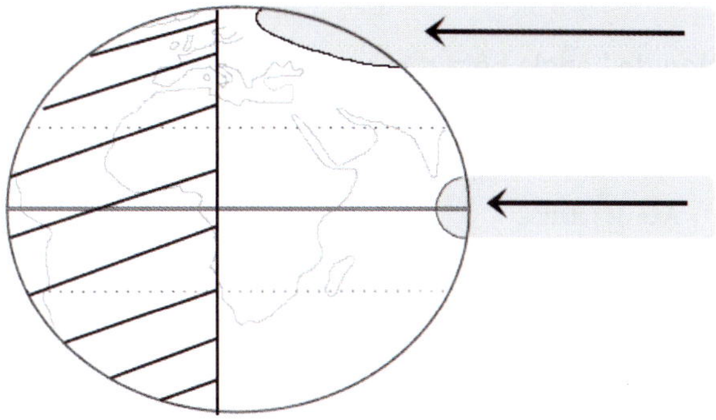

Localisation	Équateur	Pôle Nord
Latitude	0°	90° N
Angle d'incidence	0°	89°
Surface recevant l'énergie	1,0 m^2	57,0 m^2

L'angle d'incidence est variable en fonction de la latitude ce qui engendre des variations de températures à la surface de la Terre.

Répartition des températures à la surface de la Terre en été

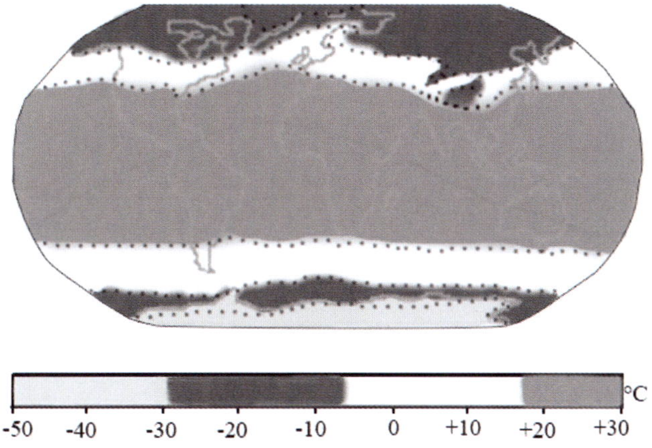

La **sphéricité de la Terre** provoque une inégale répartition de la puissance solaire reçue à la surface et ainsi sur plusieurs années une **zonation climatique** terrestre.

Les variations saisonnières

Au cours d'une année, la Terre se déplace autour du Soleil en décrivant une ellipse.

Variation de l'angle bêta des rayons avec la surface terrestre au cours d'une année en France

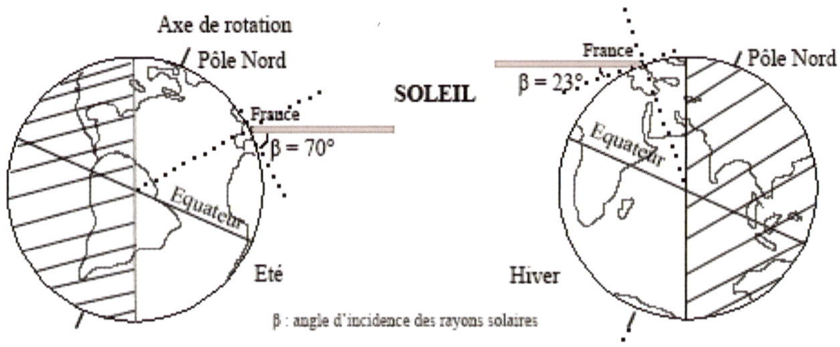

Selon la position de la Terre sur son orbite, l'angle des rayons solaires avec la surface terrestre n'est pas le même. Ainsi en été la surface éclairée est plus faible qu'en hiver, la puissance solaire reçue est alors plus importante en été et les températures plus élevées.

Évolution de la température moyenne en France en 2018

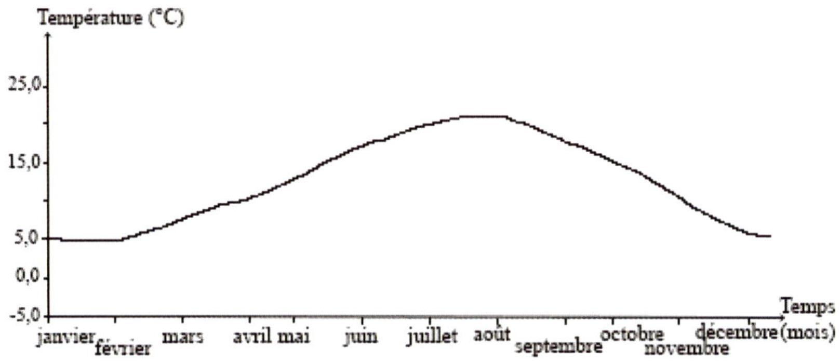

L'**inclinaison de l'axe de révolution de la Terre** autour du Soleil par rapport au plan de révolution sur une année engendre à une variation des températures de surface en fonction du temps, c'est le phénomène des **saisons**.

Exercices

Savoirs

L'énergie dégagée par les réactions de fusion de l'hydrogène qui se produisent dans les étoiles les maintient à une température très élevée. Du fait de l'équivalence masse-énergie (relation d'Einstein), ces réactions s'accompagnent d'une diminution de la masse solaire au cours du temps.

Comme tous les corps matériels, les étoiles et le Soleil émettent des ondes électromagnétiques donc perdent de l'énergie par rayonnement.

Le spectre du rayonnement émis par la surface (modélisé par un spectre de corps noir) dépend seulement de la température de surface de l'étoile. La longueur d'onde d'émission maximale est inversement proportionnelle à la température absolue de la surface de l'étoile (loi de Wien).

Exercice 4.1

Restituer des connaissances

Vrai ou faux ? Corriger les propositions fausses.

1. L'énergie dégagée par les étoiles provient des réactions de fission qui se produisent dans leur noyau.
2. Des réactions de fusion se déroulent dans le noyau des étoiles.
3. La Terre reçoit de l'énergie du Soleil par convection.
4. Les réactions de fusion se déroulant dans le noyau des étoiles s'accompagnent d'une augmentation de la masse solaire au cours du temps.
5. D'après Einstein il y a une équivalence entre un gain de masse et une énergie libérée $E_{\text{libérée.}}$
6. L'équivalence masse-énergie ou relation d'Einstein s'écrit : $E_{\text{libérée}} = |\Delta m| \times c^2$.
7. L'énergie libérée est inversement proportionnelle à la perte de masse.
8. Dans la relation d'Einstein, l'énergie est en joule, la masse en gramme et la vitesse de la lumière en mètre par seconde.
9. Le Soleil perd de la masse au cours du temps.
10. Le spectre du rayonnement émis par la surface d'une étoile dépend de la surface de l'étoile et de sa masse.

11. Mars ne peut pas être un corps noir car sa couleur de surface est rouge.

12. Une lampe à incandescence qui absorberait toutes les radiations reçues mais sans les réfléchir ni les transmettre pourrait être considérée comme un corps noir.

13. D'après la loi de Wien, la longueur d'onde d'émission maximale d'une étoile est proportionnelle à la température absolue de sa surface.

14. On donne la loi de Wien : $\lambda_{max} \times T = 2{,}9 \cdot 10^{-3}$ K·m . Si la longueur d'onde est $\lambda_{max} = 5{,}8 \cdot 10^{-7}$ m, alors la température de l'étoile vaut : $1{,}7.10^{-9}$ K.

15. Sachant que $T(\text{K}) = \theta(°\text{C}) + 273{,}15$ alors la température absolue correspondant à 25 °C est 298,15 K.

Exercice 4.2

Restituer des connaissances

1. D'où provient l'énergie libérée par les étoiles ?

2. Expliquer comment déterminer la longueur d'onde d'émission maximale d'une étoile à partir de son profil spectral.

3. Expliquer pourquoi le Soleil perd de la masse au cours du temps.

4. Expliquer comment déterminer la température de surface d'une étoile à partir de sa longueur d'onde d'émission maximale.

5. Représenter l'allure du profil spectral d'un corps noir. Comment évolue la longueur d'onde maximum d'émission quand la température diminue ?

6. Qu'est-ce qu'un corps noir ? Donner des exemples de corps noirs.

7. Comment déterminer la température de surface d'une étoile à partir du spectre du rayonnement qu'elle émet ?

Exercice 4.3

Exploiter des documents
Organiser et effectuer des calculs

Les étoiles qui ont une masse similaire à celle du Soleil tirent leur énergie de la chaîne proton-proton :

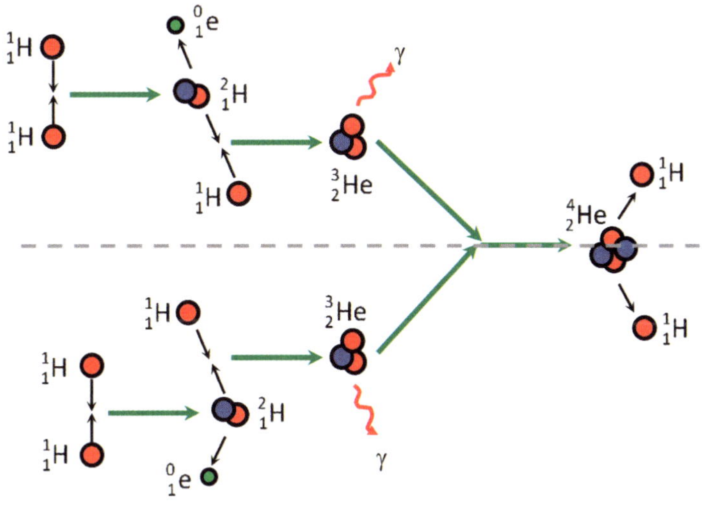

Chaine proton-proton

$^{0}_{1}e$: positon (ou positron), particule identique à l'électron mais de charge opposée.
γ : rayonnement gamma, photon de haute énergie, très pénétrant.

Données

- $m(^{1}_{1}H) = 1{,}67262 \cdot 10^{-27}$ kg ;
- $m(^{4}_{2}He) = 6{,}64466 \cdot 10^{-27}$ kg ;
- $m(^{0}_{1}e) = 9{,}11 \cdot 10^{-31}$ kg ;
- c = 299 792 458 m.s^{-1}.

1. À partir du schéma fourni, écrire l'équation nucléaire modélisant l'ensemble des réactions de fusion de la chaîne proton-proton.
2. Calculer l'énergie libérée ($E_{\text{libérée}}$) par la fusion de 4 noyaux d'hydrogène $^{1}_{1}H$.

Exercice 4.4

Exploiter des documents
Organiser et effectuer des calculs

Les étoiles qui ont une masse plus importante que le Soleil tirent leur énergie du cycle de réactions nucléaires dit « CNO » (carbone-azote-oxygène) :

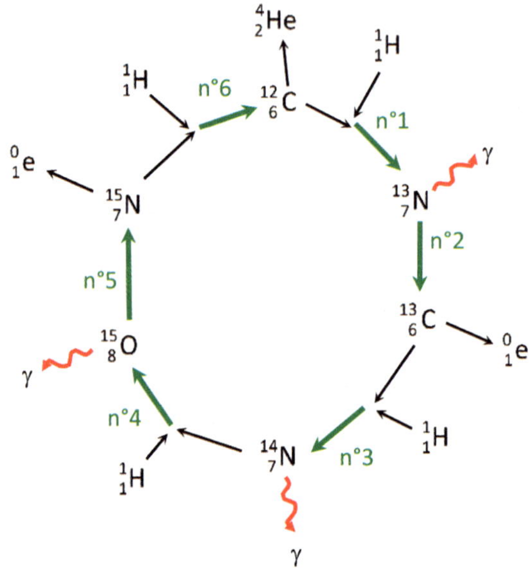

Données

- $m(^{1}_{1}H) = 1{,}67262 \cdot 10^{-27}$ kg ;
- $m(^{4}_{2}He) = 6{,}64466 \cdot 10^{-27}$ kg ;
- $m(^{0}_{1}e) = 9{,}11 \cdot 10^{-31}$ kg ;
- c = 299 792 458 m.s^{-1}.

1. À partir du schéma fourni, écrire l'équation nucléaire modélisant l'ensemble des réactions nucléaires du cycle « CNO ».
2. Calculer l'énergie libérée ($E_{\text{libérée}}$) pour chaque noyau d'hélium $^{4}_{2}He$ produit.

Compétence attendue

- Déterminer la masse solaire transformée chaque seconde en énergie à partir de la donnée de la puissance rayonnée par le Soleil.

Exercice 4.5

Restituer des connaissances

Comment déterminer la masse solaire transformée chaque seconde en énergie à partir de la donnée de la puissance rayonnée par le Soleil ?

Exercice 4.6

Organiser et effectuer des calculs

La puissance rayonnée par le Soleil vaut $P = 3{,}95.10^{26}$ W.

Calculer la masse solaire transformée chaque seconde en énergie.

Donnée $c = 299\,792\,458$ m.s^{-1}.

Compétence attendue

- À partir d'une représentation graphique du spectre d'émission du corps noir à une température donnée, déterminer la longueur d'onde d'émission maximale.

Exercice 4.7

Exploiter des documents

À partir du profil spectral du Soleil ci-dessous, déterminer la longueur d'onde d'émission maximale λ_{max}.

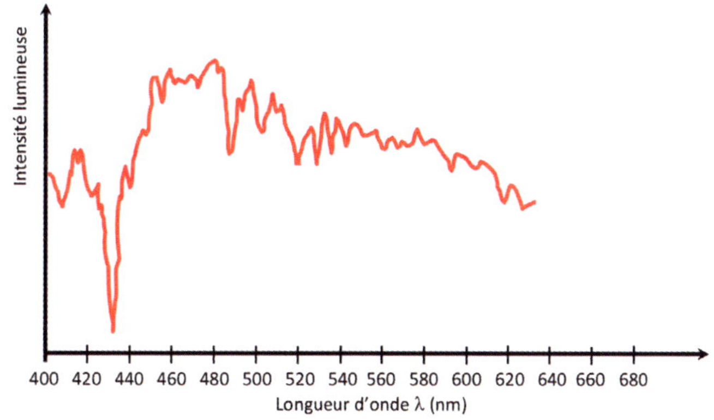

Compétence attendue

- Appliquer la loi de Wien pour déterminer la température de surface d'une étoile à partir de la longueur d'onde d'émission maximale.

Exercice 4.8

Effectuer des calculs

Véga, également appelée Alpha Lyrae est l'étoile la plus brillante de la constellation de la Lyre. Sa longueur d'onde d'émission maximale est égale à $\lambda_{max} = 302\,\text{nm}$. Déterminer sa température de surface en Kelvin et en degré Celsius.

Données

- loi de Wien $\lambda_{max} \times T = 2{,}9 \cdot 10^{-3}\ \text{K} \cdot \text{m}$;
- $T(\text{K}) = \theta(°\text{C}) + 273{,}15$.

Compétence attendue

- À partir d'une représentation graphique du spectre d'émission du corps noir à une température donnée, déterminer la longueur d'onde d'émission maximale. Appliquer la loi de Wien pour déterminer la température de surface d'une étoile à partir de la longueur d'onde d'émission maximale.

Exercice 4.9

Exploiter des documents
Effectuer des calculs

Le profil spectral du Soleil est donné ci-dessous :

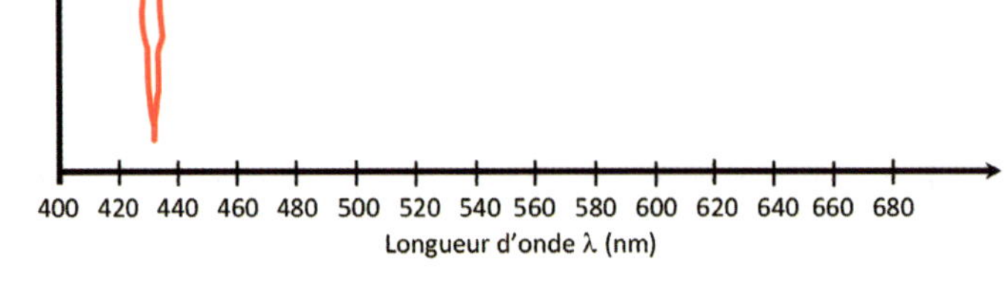

Données

- loi de Wien $\lambda_{max} \times T = 2{,}9 \cdot 10^{-3}$ K·m ;
- $T(K) = \theta(°C) + 273{,}15$.

1. Déterminer la longueur d'onde d'émission maximale du Soleil.
2. Appliquer la loi de Wien pour déterminer la température de surface du Soleil (à donner en Kelvin et en degré Celsius).

Exercice 4.10

Exploiter des documents
Organiser et effectuer des calculs

69 Leo est une étoile de la constellation du Lion. Son profil spectral est donné ci-dessous :

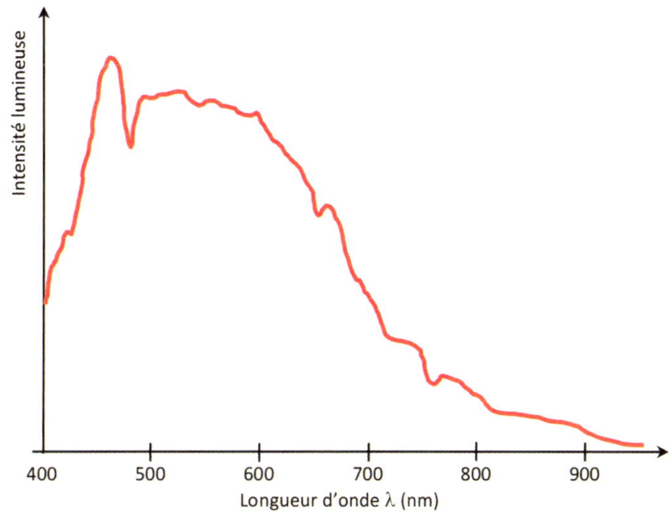

Données

- on considère que l'étoile se comporte comme un corps noir ;
- loi de Wien : $\lambda_{max} \times T = 2{,}9 \cdot 10^{-3}$ K·m.

1. Déterminer la longueur d'onde d'émission maximale de l'étoile 69 Leo.
2. La radiation émise avec le maximum d'intensité pour cette étoile appartient-elle au domaine visible des ondes électromagnétiques ?
3. Déterminer la température de surface T de l'étoile 69 Leo.

Exercices

Compétence *attendue*

- À partir d'une représentation graphique du spectre d'émission du corps noir à une température donnée, déterminer la longueur d'onde d'émission maximale. Appliquer la loi de Wien pour déterminer la température de surface d'une étoile à partir de la longueur d'onde d'émission maximale. Déterminer la masse solaire transformée chaque seconde en énergie à partir de la donnée de la puissance rayonnée par le Soleil.

Exercice 4.11

Exploiter des documents
Organiser et effectuer des calculs

V838 Monocerotis (V838 Mon) est une étoile de la constellation de la Licorne. Son profil spectral est donné ci-dessous :

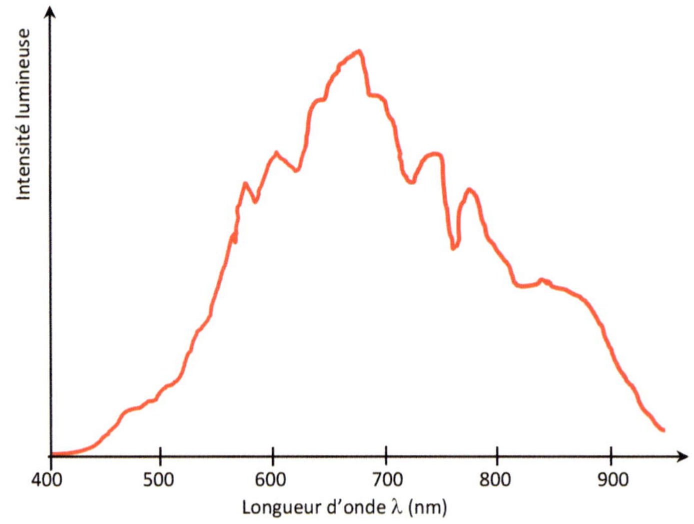

Données

- on considère que l'étoile se comporte comme un corps noir ;
- $c = 299\,792\,458$ m.s^{-1} ;
- loi de Wien : $\lambda_{max} \times T = 2{,}9 \cdot 10^{-3}$ K·m.

1. Déterminer la longueur d'onde d'émission maximale de l'étoile V838 Mon.
2. La radiation émise avec le maximum d'intensité pour cette étoile appartient-elle au domaine visible des ondes électromagnétiques ?

3. Déterminer la température de surface T de l'étoile V838 Mon.

4. La puissance rayonnée par cette étoile vaut $P = 6,02.10^{27}$ W. Calculer la masse de cette étoile transformée chaque seconde en énergie.

Savoirs

La puissance radiative reçue du Soleil par une surface plane est proportionnelle à l'aire de la surface et dépend de l'angle entre la normale à la surface et la direction du Soleil. De ce fait, la puissance solaire reçue par unité de surface terrestre dépend :

- de l'heure (variation diurne) ;
- du moment de l'année (variation saisonnière) ;
- de la latitude (zonation climatique).

Exercice 4.12

Restituer des connaissances

1. Quels sont les facteurs dont dépend la puissance radiative reçue du Soleil à la surface de la Terre ?
2. Expliquer et illustrer les causes des variations diurnes.
3. Expliquer et illustrer les causes des variations saisonnières.
4. Expliquer et illustrer les causes des variations climatiques.

Compétence *attendue*

- Sur un schéma, identifier les configurations pour lesquelles la puissance reçue par une surface est maximale ou minimale.

Exercices

Exercice 4.13

Restituer des connaissances

Au cours d'une année, la Terre décrit une ellipse autour du Soleil.

Position de la Terre par rapport au Soleil au cours d'une année

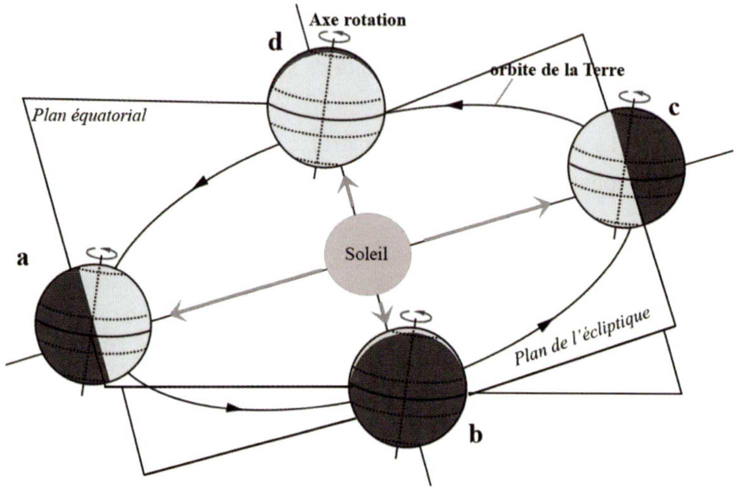

1. Indiquer sur le document les quatre saisons.
2. Identifier les configurations pour lesquelles la puissance solaire reçue par unité de surface est maximale et minimale en France métropolitaine.
3. Quel phénomène est mis en évidence avec ce document ?

Compétences attendues

- Analyser, interpréter et représenter graphiquement des données de températures.
- Calculer des moyennes temporelles de températures.
- Comparer des distributions temporelles de températures.

Exercice 4.14

Exploiter des documents
Effectuer des calculs

On a relevé les températures moyennes au cours de l'année 2018 en France métropolitaine.

Évolution de la température moyenne en France métropolitaine en 2018

Mois	Températures
Janvier	5
Février	5
Mars	7
Avril	10
Mai	12
Juin	15
Juillet	20
Août	22
Septembre	16
Octobre	12
Novembre	8
Décembre	5

1. Tracer le graphique de l'évolution de la température moyenne en France en 2018.
2. Calculer la température moyenne au cours de l'année 2018 en France métropolitaine.
3. Analyser et interpréter les données de température au cours de l'année 2018 en France métropolitaine.

Exercice 4.15

Exploiter des documents

On a relevé les températures moyennes au cours d'une journée dans le sud de la France.

Variation de la température de surface terrestre et du rayonnement solaire en été dans le sud de la France

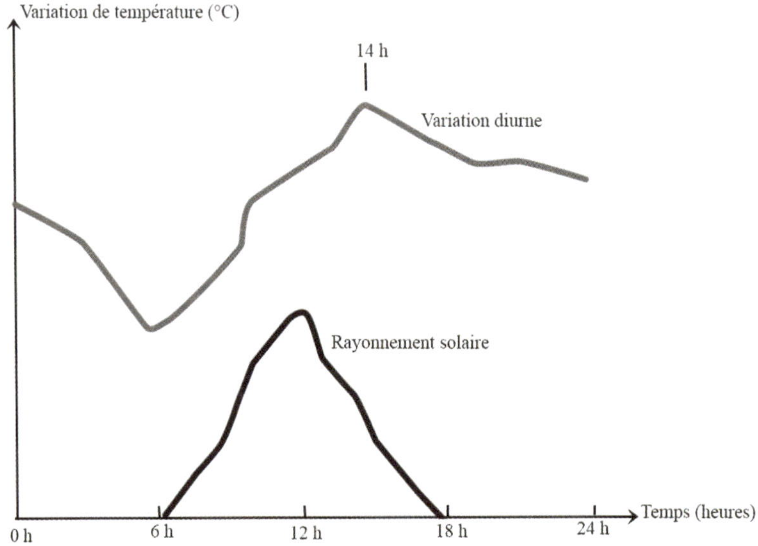

1. À l'aide du document, expliquer les variations de température au cours d'une journée d'été dans le sud de la France.
2. Quelle est l'origine de ces variations de température et comment se nomme ce phénomène ?

Exercice 4.16

Exploiter des documents
Effectuer des calculs

Depuis 1850, des mesures instrumentales ont permis de relever les températures à la surface du globe. En raison d'une forte variabilité naturelle, la température moyenne du globe peut, certaines années, être plus élevée ou plus basse que celle des années précédentes.

On calcule les anomalies de la température moyenne annuelle de l'air en surface par rapport à la normale de référence, la température moyenne du globe. Le zéro correspond à la moyenne de l'indicateur sur la période 1961-1990 soit 14 °C.

Écart de température à la surface du globe de 1850 à 2015

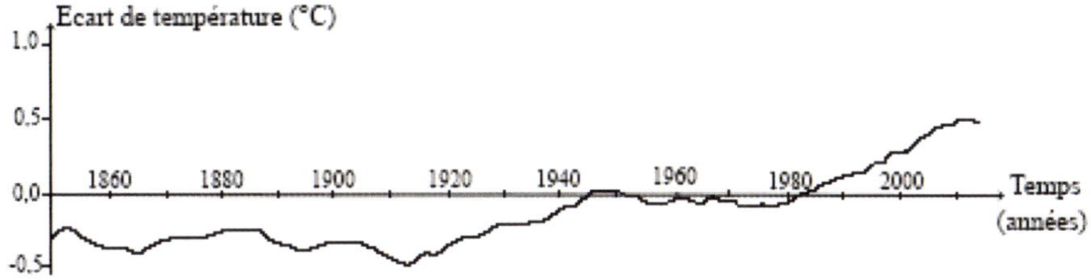

1. Calculer les moyennes temporelles des extrema de températures de 1850 à 2015.
2. Préciser l'évolution climatique générale.

Corrigé des exercices

Exercice 4.1

1. Faux. L'énergie dégagée par les étoiles provient des réactions de fusion qui se produisent dans leur noyau.
2. Vrai.
3. Faux. La Terre reçoit de l'énergie du Soleil par rayonnement.
4. Faux. Les réactions de fusion se déroulant dans le noyau des étoiles s'accompagnent d'une diminution de la masse solaire au cours du temps.
5. Faux. D'après Einstein il y a une équivalence entre une perte de masse et une énergie libérée $E_{\text{libérée.}}$
6. Vrai.
7. Faux. L'énergie libérée est proportionnelle à la perte de masse.
8. Faux. Dans la relation d'Einstein, l'énergie est en joule, la masse en kilogramme et la vitesse de la lumière en mètre par seconde.
9. Vrai.
10. Faux. Le spectre du rayonnement émis par la surface d'une étoile dépend seulement de sa température de surface.
11. Faux. Un corps noir n'est pas forcément de couleur noire.
12. Vrai.
13. Faux. D'après la loi de Wien, la longueur d'onde d'émission maximale d'une étoile est inversement proportionnelle à la température absolue de sa surface.
14. Faux. Si la longueur d'onde $\lambda_{max} = 5{,}8 \cdot 10^{-7}$ m, alors la température de l'étoile vaut : 5 000 K.
15. Vrai.

Exercice 4.2

1. L'énergie libérée par les étoiles provient des réactions de fusion de l'hydrogène qui se déroulent dans leur noyau.

2. Sur le graphique du profil spectral de l'étoile, on repère l'abscisse correspondant à l'intensité lumineuse maximale, celle-ci correspond à la longueur d'onde d'émission maximale λ_{max}.
3. Au sein du noyau du Soleil se déroule la fusion de son hydrogène :

$$4\,{}^{1}_{1}\text{H} \rightarrow {}^{4}_{2}\text{He} + 2\,{}^{0}_{1}\text{e}$$

Cette réaction va s'accompagner d'une perte de masse, d'après l'équivalence masse-énergie : $E_{libérée} = |\Delta m| \times c^2$, avec $\Delta m < 0$.
4. On peut déterminer la température de surface T d'une étoile à partir de sa longueur d'onde d'émission maximale λ_{max} grâce à la loi de Wien :

$$\lambda_{max} \times T = 2{,}9 \cdot 10^{-3}\ \text{K} \cdot \text{m}$$

T est inversement proportionnel à λ_{max}. En isolant T de la formule, on obtient :

$$T = \frac{2{,}9 \cdot 10^{-3}}{\lambda_{max}}$$

5. Allure du profil spectral d'un corps noir :

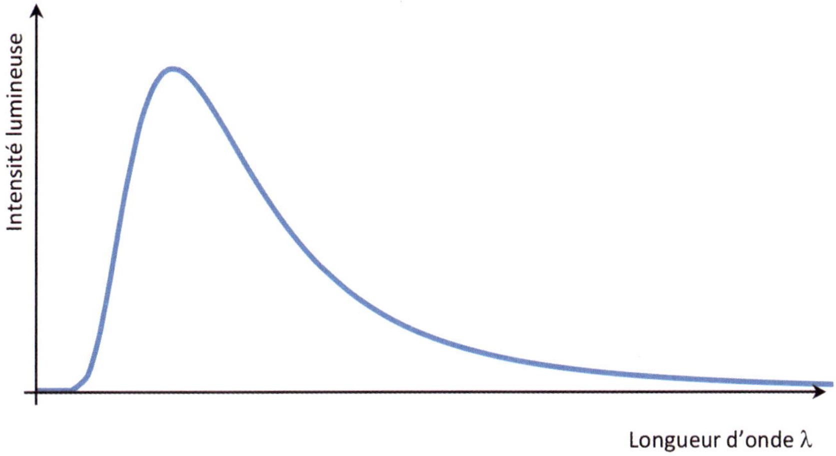

La longueur d'onde maximum d'émission augmente quand la température diminue, puisque d'après la loi de Wien T et λ_{max} sont inversement proportionnelles.

6. Un corps noir est un objet idéal et théorique qui absorbe toutes les radiations qu'il reçoit, mais qui ne les réfléchit pas et ne les transmet pas.

Remarque : la qualification de « noir » vient de ce que la lumière visible est entièrement absorbée.

Exemples

Une lampe à incandescence, une étoile, un four.

Corrigés

7. Grâce au graphique, en se plaçant au maximum d'intensité lumineuse, on trouve la valeur de la longueur d'onde d'émission maximale λ_{max}, puis en utilisant la loi de Wien (T est inversement proportionnelle à λ_{max}), on peut calculer la température de surface de l'étoile.

Exercice 4.3

1. L'équation nucléaire modélisant l'ensemble des réactions de fusion de la chaîne proton-proton est : $4\,{}_{1}^{1}\text{H} \rightarrow {}_{2}^{4}\text{He} + 2\,{}_{1}^{0}\text{e}$.
2. D'après l'équivalence masse-énergie : $E_{\text{libérée}} = |\Delta m| \times c^2$

$$E_{\text{libérée}} = \left| m({}_{2}^{4}\text{He}) + 2 \times m({}_{1}^{0}\text{e}) - 4 \times m({}_{1}^{1}\text{H}) \right| \times c^2$$

$$E_{\text{libérée}} = \left| 6{,}64466 \cdot 10^{-27} + 2 \times 9{,}11 \cdot 10^{-31} - 4 \times 1{,}67262 \cdot 10^{-27} \right| \times (299\,792\,458)^2$$

$$E_{\text{libérée}} = 3{,}95 \cdot 10^{-12}\ \text{J}$$

L'énergie libérée par la fusion de 4 noyaux d'hydrogène ${}_{1}^{1}\text{H}$ vaut $3{,}95.10^{-12}$ J.

Exercice 4.4

1. L'équation nucléaire modélisant l'ensemble des réactions nucléaires du cycle « CNO » est : $4\,{}_{1}^{1}\text{H} \rightarrow {}_{2}^{4}\text{He} + 2\,{}_{1}^{0}\text{e}$.
2. D'après l'équivalence masse-énergie : $E_{\text{libérée}} = |\Delta m| \times c^2$

$$E_{\text{libérée}} = \left| m({}_{2}^{4}\text{He}) + 2 \times m({}_{1}^{0}\text{e}) - 4 \times m({}_{1}^{1}\text{H}) \right| \times c^2$$

$$E_{\text{libérée}} = \left| 6{,}64466 \cdot 10^{-27} + 2 \times 9{,}11 \cdot 10^{-31} - 4 \times 1{,}67262 \cdot 10^{-27} \right| \times (299\,792\,458)^2$$

$$E_{\text{libérée}} = 3{,}95 \cdot 10^{-12}\ \text{J}$$

L'énergie libérée pour chaque noyau d'hélium ${}_{2}^{4}\text{He}$ produit vaut $3{,}95.10^{-12}$ J.

Exercice 4.5

Méthode permettant de déterminer la masse solaire transformée chaque seconde en énergie :

- Connaissant la puissance P rayonnée par le Soleil, on peut calculer l'énergie libérée. En effet : $E = P \times \Delta t$. Avec E en joule (J), P en watt (W), Δt en seconde (s). On prendra $\Delta t = 1\,\text{s}$.
- Connaissant la relation d'Einstein : $E_{\text{libérée}} = |\Delta m| \times c^2$, on isole la masse solaire transformée Δm : $\Delta m = \dfrac{E_{\text{libérée}}}{c^2} = \dfrac{P \times \Delta t}{c^2}$

Exercice 4.6

On sait que : $E = P \times \Delta t$, avec E en joule (J), P en watt (W), Δt en seconde (s).

$E = 3{,}95 \cdot 10^{26} \times 1 = 3{,}95 \cdot 10^{26}$ J

Or d'après la relation d'Einstein : $E_{\text{libérée}} = |\Delta m| \times c^2$

$$\Delta m = \frac{E_{\text{libérée}}}{c^2} = \frac{P \times \Delta t}{c^2} = \frac{3{,}95 \cdot 10^{26}}{299\,792\,458^2} = 4{,}39 \cdot 10^9 \text{ kg}$$

La masse solaire transformée chaque seconde en énergie vaut $4{,}39.10^9$ kg.

Exercice 4.7

La longueur d'onde d'émission maximale λ_{max} s'obtient en lisant l'abscisse correspondant au maximum de la courbe.

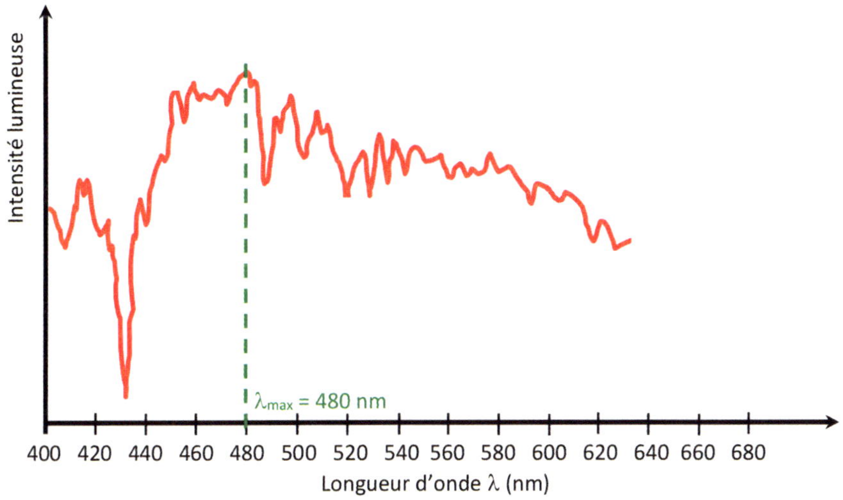

Exercice 4.8

D'après la loi de Wien : $\lambda_{max} \times T = 2{,}9 \cdot 10^{-3}$ K·m

$$T = \frac{2{,}9 \cdot 10^{-3}}{\lambda_{max}} = \frac{2{,}9 \cdot 10^{-3}}{302 \cdot 10^{-9}} = 9{,}6 \cdot 10^3 \text{ K}$$

$$\theta = T - 273{,}15 = 9{,}6 \cdot 10^3 - 273{,}15 = 9{,}3 \cdot 10^3 \text{ °C}$$

La température de surface de Véga est $9{,}6.10^3$ K, soit $9{,}3.10^3$ °C.

Exercice 4.9

1. La longueur d'onde d'émission maximale λ_{max} s'obtient en lisant l'abscisse correspondant au maximum de la courbe.

   La longueur d'onde d'émission maximale du Soleil vaut λ_{max} = 480 nm.

2. D'après la loi de Wien : $\lambda_{max} \times T = 2{,}9 \cdot 10^{-3}$ K·m

   $$T = \frac{2{,}9 \cdot 10^{-3}}{\lambda_{max}} = \frac{2{,}9 \cdot 10^{-3}}{480 \cdot 10^{-9}} = 6{,}0 \cdot 10^{3} \text{ K}$$

   $$\theta = T - 273{,}15 = 6{,}0 \cdot 10^{3} - 273{,}15 = 5{,}8 \cdot 10^{3} \text{ °C}$$

   La température de surface du Soleil est $6{,}0.10^3$ K, soit $5{,}8.10^3$ °C.

Exercice 4.10

1. La longueur d'onde d'émission maximale λ_{max} s'obtient en lisant l'abscisse correspondant au maximum de la courbe.

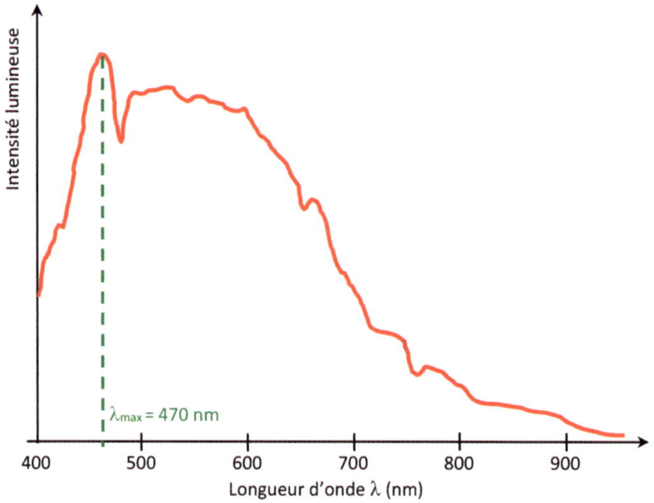

   La longueur d'onde d'émission maximale de 69 Leo vaut λ_{max} = 470 nm.

2. La radiation émise avec le maximum d'intensité pour cette étoile ($\lambda_{max} = 470$ nm) appartient au domaine visible des ondes électromagnétiques puisqu'elle est comprise entre 400 et 800 nm.

3. D'après la loi de Wien : $\lambda_{max} \times T = 2{,}9 \cdot 10^{-3}$ K·m

   $$T = \frac{2{,}9 \cdot 10^{-3}}{\lambda_{max}} = \frac{2{,}9 \cdot 10^{-3}}{470 \cdot 10^{-9}} = 6{,}2 \cdot 10^{3} \text{ K}$$

   La température de surface de l'étoile 69 Leo est $6{,}2.10^3$ K.

Exercice 4.11

1. La longueur d'onde d'émission maximale λ_{max} s'obtient en lisant l'abscisse correspondant au maximum de la courbe.

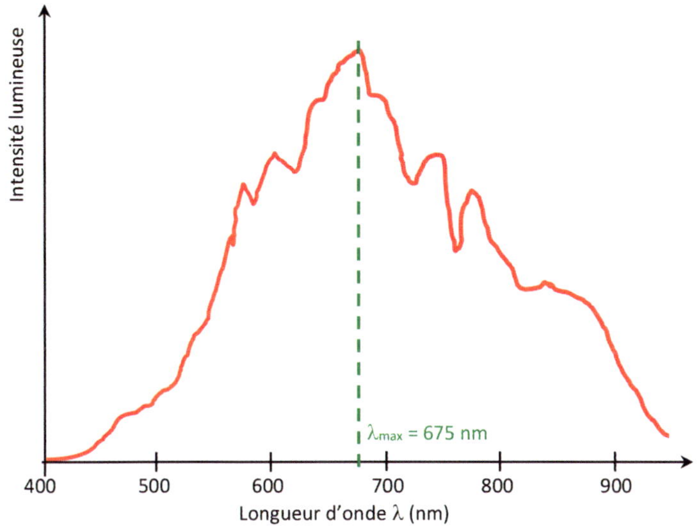

La longueur d'onde d'émission maximale de l'étoile V838 Mon vaut $\lambda_{max} = 675\,\text{nm}$.

2. La radiation émise avec le maximum d'intensité pour cette étoile ($\lambda_{max} = 675\,\text{nm}$) appartient au domaine visible des ondes électromagnétiques puisqu'elle est comprise entre 400 et 800 nm.

3. D'après la loi de Wien : $\lambda_{max} \times T = 2{,}9 \cdot 10^{-3}\ \text{K} \cdot \text{m}$

$$T = \frac{2{,}9 \cdot 10^{-3}}{\lambda_{max}} = \frac{2{,}9 \cdot 10^{-3}}{675 \cdot 10^{-9}} = 4{,}3 \cdot 10^{3}\ \text{K}$$

La température de surface de l'étoile V838 Mon est $4{,}3.10^{3}$ K.

4. On sait que : $E = P \times \Delta t$, avec E en joule (J), P en watt (W), Δt en seconde (s).

$E = 6{,}02 \cdot 10^{27} \times 1 = 6{,}02 \cdot 10^{27}$ J

Or d'après la relation d'Einstein : $E_{libérée} = |\Delta m| \times c^2$

$$\Delta m = \frac{E_{libérée}}{c^2} = \frac{P \times \Delta t}{c^2} = \frac{6{,}02 \cdot 10^{27}}{299\,792\,458^2} = 6{,}70 \cdot 10^{10}\ \text{kg}$$

La masse de cette étoile transformée chaque seconde en énergie vaut $6{,}70.10^{10}$ kg.

Corrigés

Exercice 4.12

1. La puissance radiative reçue du Soleil est proportionnelle à l'aire de la surface et dépend de l'angle entre la normale à la surface et la direction du Soleil.
2. En un point donné, la période de rotation de la Terre sur elle-même en 24 h conduit à une différence de la puissance solaire reçue entre le jour et la nuit, c'est le phénomène des variations diurnes.

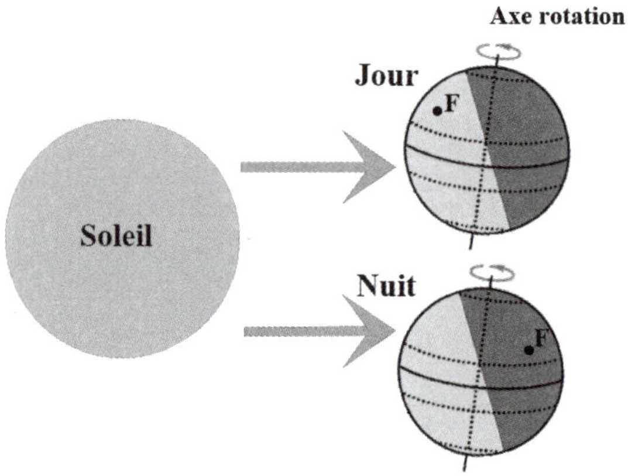

3. Du fait de la sphéricité de la Terre, l'angle d'incidence du rayonnement solaire sur la surface terrestre est variable en fonction de la latitude. La surface éclairée augmente lorsqu'on s'éloigne de l'équateur ce qui conduit à une inégale répartition de la puissance solaire reçue à la surface. Ceci a pour conséquence une répartition inégale des températures. Ainsi sur plusieurs années apparaît une zonation climatique de la surface terrestre.

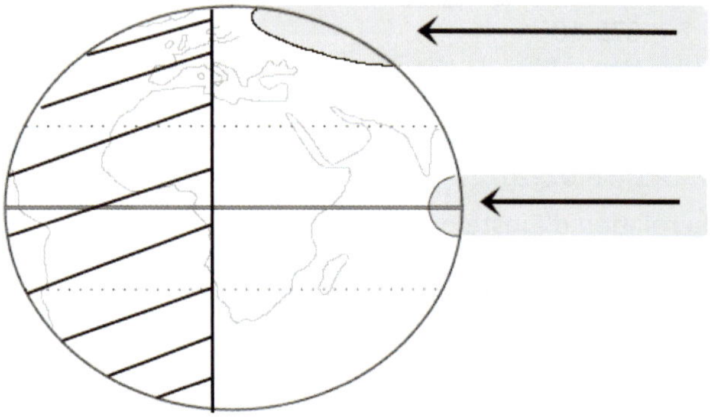

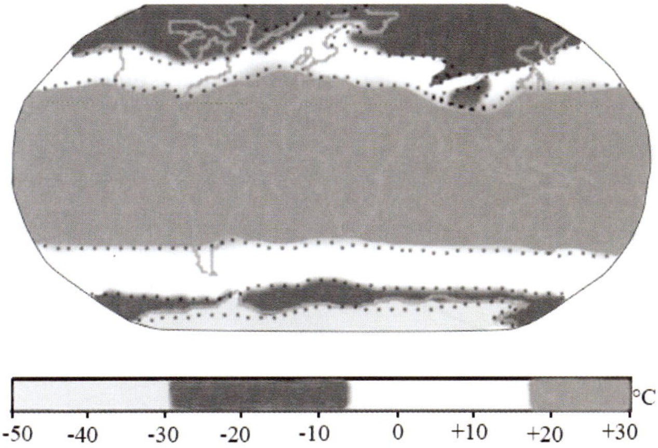

4. Au cours d'une année, la Terre décrit une ellipse autour du Soleil. Dans l'hémisphère Nord, en été, l'axe de rotation de la Terre est incliné vers le Soleil. L'angle d'incidence des rayons solaires est alors plus important qu'en hiver. Ainsi la puissance solaire reçue par unité de surface est la plus importante de l'année. L'inclinaison en direction opposée en hiver engendre un angle des rayons solaires avec la surface terrestre plus faible et ainsi une puissance solaire reçue la plus faible dans l'année.

Erreur à éviter

Attention de ne pas confondre l'angle d'incidence des rayons solaires qui est avec la normale et l'angle bêta des rayons avec la surface terrestre.

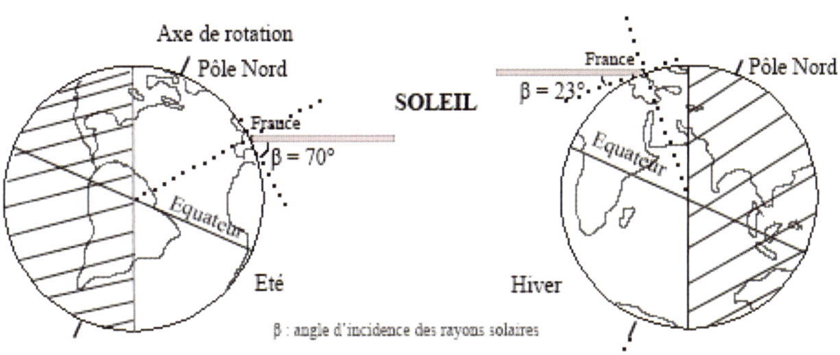

Exercice 4.13

1. a-été, b-automne, c-hiver et d-printemps.
2. La puissance solaire reçue par unité de surface est maximale en a et minimale en c.
3. Le phénomène mis en évidence est celui des saisons.

Exercice 4.14

1. Graphique de l'évolution de la température moyenne en France en 2018.

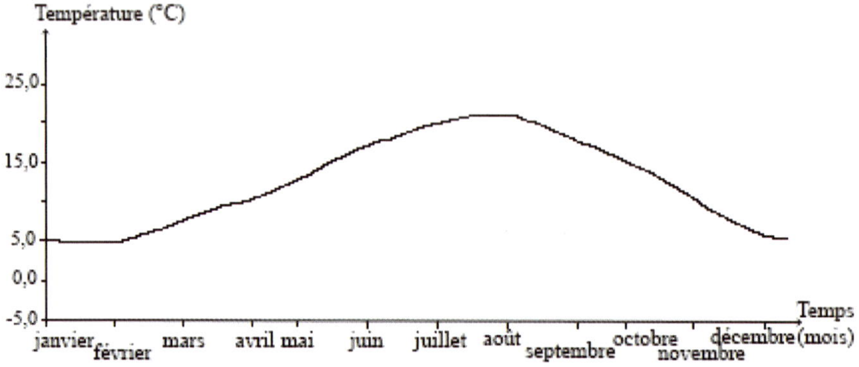

2. La température moyenne en 2018 en France métropolitaine est de 11,4 °C.
3. On observe des températures variant de 5 °C en hiver à 22 °C en été. Sur l'année 2018 en France le phénomène des saisons est observable par ces écarts de températures entre l'hiver et l'été.

Exercice 4.15

1. En un point donné, la température de surface terrestre varie avec l'intensité du rayonnement solaire reçu au cours de 24 h. La nuit, il n'y a pas de rayonnement solaire reçu, la température est la plus basse. Le jour, le rayonnement solaire reçu augmente la température de surface.
2. La période de rotation de la Terre conduit à une différence de la puissance solaire reçue entre le jour et la nuit, c'est le phénomène des variations diurnes.

Exercice 4.16

1. La température minimale est en 1910 soit de –0,4 °C correspondant à une température de 14 – 0,4 = 13,6 °C. La température maximale est en 2015 soit de +0,5 °C correspondant à une température de 14 + 0,5 = 14,5 °C. La température a augmenté en moyenne de 0,9 °C en 165 ans.
2. Depuis 165 ans nous sommes dans une phase de réchauffement climatique.

Chapitre 5

Le bilan radiatif terrestre

Cours

La Terre reçoit le rayonnement solaire et émet elle-même un rayonnement. Le bilan énergétique conditionne le milieu de vie.

Comment le bilan énergétique terrestre influe-t-il sur la température de surface de la Terre ?

1 La puissance solaire reçue à la surface de la Terre

A Puissance totale émise par le Soleil

Il est possible de calculer la puissance surfacique $P_{surf,\ Soleil}$ émise à la surface du Soleil, grâce à deux lois :

- **la loi de Wien** (vue dans le chapitre précédent) : $\lambda_{max} \times T = 2{,}898 \times 10^{-3}$, avec λ_{max} en mètre (m) et T en kelvin (K). On considère que le Soleil se comporte comme un corps noir.
- **la loi de Stefan-Boltzmann** (qui n'est pas à connaître) : $P_{surf} = \sigma \times T^4$, avec P_{surf} la puissance par unité de surface (dite aussi puissance surfacique) en Watt par mètre carré (W.m^{-2}), σ la constante de Stefan-Boltzmann (σ = 5,670367.10^{-8} W.m^{-2}.K^{-4}) et T la température de la surface du Soleil en kelvin (K).

  Le Soleil émet un rayonnement dont l'intensité maximale est obtenue pour une longueur d'onde égale à λ_{max} = 500 nm.
- **Calcul de la température de surface sur Soleil :**

  D'après la loi de Wien : $\lambda_{max} \times T = 2{,}898 \times 10^{-3}$

  D'où : $T = \dfrac{2{,}898 \times 10^{-3}}{\lambda_{max}} = \dfrac{2{,}898 \times 10^{-3}}{500 \cdot 10^{-9}} = 5{,}80 \times 10^3$ K

  La température de surface du Soleil vaut environ 5,80.10^3 K.
- **Calcul de la puissance surfacique émise par le Soleil :**

  D'après la loi de Stefan-Boltzmann : $P_{surf} = \sigma \times T^4$

  D'où : $P_{surf,Soleil} = 5{,}670367 \times 10^{-8} \times \left(5{,}80 \times 10^3\right)^4 = 6{,}40 \times 10^7$ W$\cdot$m^{-2}

  La puissance surfacique émise au niveau de la surface du Soleil vaut environ 6,40.10^7 W.m^{-2}.

- **Calcul de la puissance totale émise par le Soleil à sa surface :**

  La puissance totale (en W) émise par le Soleil à sa surface s'obtient en multipliant la puissance surfacique (en $W.m^{-2}$) par la surface S (en m^2) du Soleil de rayon R_{Soleil} = 700 000 km :

  $$P_{totale} = P_{surf,Soleil} \times S = P_{surf,Soleil} \times \left(4 \times \pi \times R^2_{Soleil}\right)$$

  $$P_{totale} = 6,40 \times 10^7 \times \left[4 \times \pi \times \left(700\,000 \times 10^3\right)^2\right] = 3,94 \times 10^{26}\ W$$

  La puissance totale émise par le Soleil à sa surface vaut $3,94.10^{26}$ W.

Rappel

Aire d'une sphère de rayon R : $S = 4 \times \pi \times R^2$

B Puissance solaire reçue par la Terre

Propriété : le Soleil émet un rayonnement qui ne se dissipe pas (il n'est pas absorbé) lors de sa propagation dans l'espace.

Ainsi, à une distance D du Soleil, la puissance reçue $P_{reçue}$ par une surface S' représentée par la sphère de rayon D est la même que la puissance totale P_{totale} émise à la surface S du Soleil.

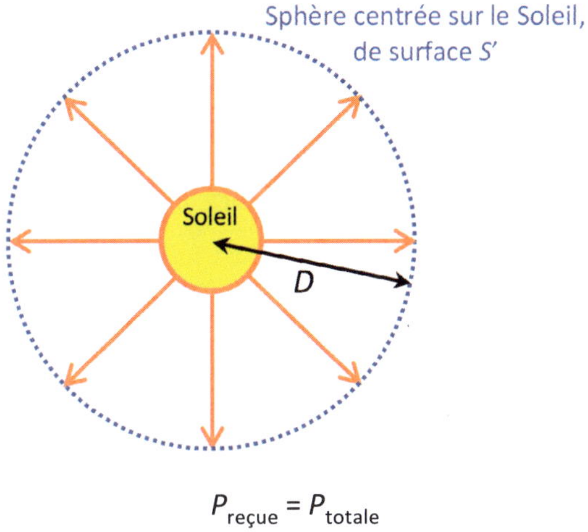

$P_{reçue} = P_{totale}$

On appelle **constante solaire** la puissance reçue par m^2 à une distance D du Soleil. La constante solaire s'exprime en $W.m^{-2}$ car il s'agit d'une puissance surfacique.

La Terre reçoit une partie du rayonnement émis par le Soleil. Donc si on se place à la distance D = distance Terre-Soleil = $1,5.10^{11}$ m :

$$P_{totale} = P_{reçue}$$

$$P_{surf,Soleil} \times S = \text{constante solaire} \times S'$$

Rappel

Aire d'une sphère de rayon D : $S' = 4 \times \pi \times D^2$

$$P_{\text{surf,Soleil}} \times 4 \times \pi \times R^2_{\text{Soleil}} = \text{constante solaire} \times 4 \times \pi \times D^2$$

$$\text{constante solaire} = \frac{P_{\text{surf,Soleil}} \times 4 \times \pi \times R^2_{\text{Soleil}}}{4 \times \pi \times D^2} = \frac{P_{\text{surf,Soleil}} \times R^2_{\text{Soleil}}}{D^2}$$

$$\text{constante solaire} = \frac{6{,}40 \times 10^7 \times \left(700\,000 \times 10^3\right)^2}{\left(1{,}5 \times 10^{11}\right)^2} = 1{,}39 \times 10^3 \text{ W}\cdot\text{m}^{-2}$$

La puissance reçue par l'ensemble Terre-atmosphère est égale à celle reçue par un disque de rayon R_{Terre} et d'aire S_{disque}.

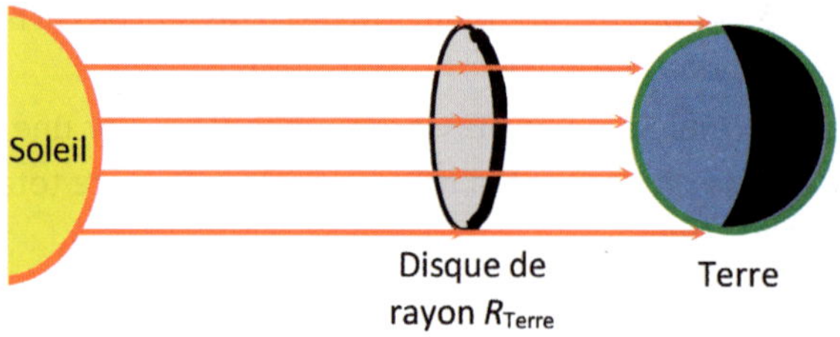

D'où : $P_{\text{reçue par la Terre}} = \text{constante solaire} \times S_{\text{disque}} = \text{constante solaire} \times \pi \times R^2_{\text{Terre}}$

Rappel

Aire S_{disque} *d'un disque de rayon R :* $S_{\text{disque}} = \pi \times R^2$

La proportion de la puissance totale émise par le Soleil et atteignant la Terre est donc déterminée par son rayon R_{Terre} et sa distance D au Soleil.

La Terre tournant sur elle-même, cette puissance est répartie sur l'ensemble de sa surface S_{Terre}.

Nous pouvons déterminer la puissance solaire reçue par la Terre par unité de surface $P_{\text{surf, Terre}}$:

$$P_{\text{surf,Terre}} = \frac{P_{\text{reçue par la Terre}}}{S_{\text{Terre}}} = \frac{\text{constante solaire} \times S_{\text{disque}}}{S_{\text{Terre}}} = \frac{\text{constante solaire} \times \pi \times R^2_{\text{Terre}}}{4 \times \pi \times R^2_{\text{Terre}}}$$

$$P_{\text{surf,Terre}} = \frac{\text{constante solaire}}{4} = \frac{1{,}39 \times 10^3}{4} = 348 \text{ W}\cdot\text{m}^{-2}$$

2 La puissance solaire absorbée par la Terre

Une fraction de la puissance émise par le Soleil est diffusée (réfléchie) par la Terre vers l'espace, le reste est absorbé. La proportion diffusée est quantifiée par l'**albédo** noté A selon la formule :

$$A = \frac{\text{Puissance solaire surfacique diffusée}}{\text{Puissance solaire surfacique reçue}}$$

L'albédo terrestre moyen est de 0,3 ; cela signifie que 30 % de la puissance solaire reçue est réfléchie.

Répartition de la puissance solaire reçue par la Terre

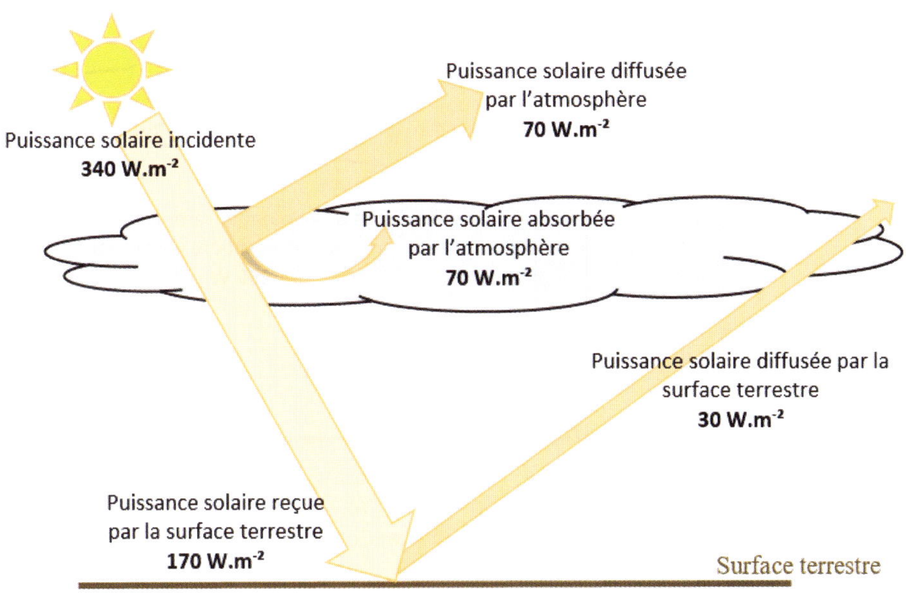

3 Le rayonnement thermique émis par la Terre

En plus du rayonnement solaire incident du domaine du visible, il existe un deuxième rayonnement dans le domaine de l'infrarouge. La puissance de ce rayonnement par unité de surface est calculable par la loi de Stefan-Boltzman, en supposant que la surface a une température uniforme $T_{éq}$:

$P_{thermique} = \sigma \times 4 \times \pi \times r^2 \times T_{éq}^2$

$P_{thermique}$ en watt, σ en $W.m^{-2}$, $T_{éq}$ en kelvin.

Ainsi la puissance thermique de la Terre dépend de la température de surface.

La surface de la Terre absorbe une partie du rayonnement solaire et émet à son tour un rayonnement infrarouge qui est partiellement absorbé par les gaz à effet de serre de l'atmosphère. À son tour, l'atmosphère émet un rayonnement infrarouge vers la surface terrestre et vers l'espace.

Répartition du rayonnement infrarouge émis par la surface terrestre

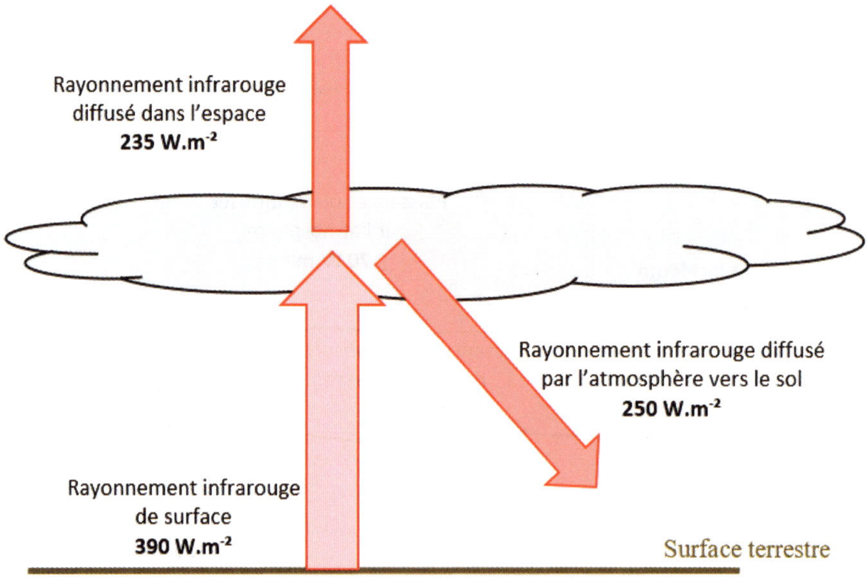

La puissance reçue par le sol en un lieu donné est égale à la somme de la puissance reçue du Soleil et de celle reçue de l'atmosphère. Ces deux dernières sont du même ordre de grandeur :

Un équilibre, qualifié de **dynamique**, est atteint lorsque le sol reçoit au total une puissance moyenne égale à celle qu'il émet. La température moyenne du sol est alors constante.

$P_{\text{surf.reçue par le sol}} = 170 + 250 = 420\ \text{W.m}^{-2}$

$P_{\text{surf.émis par le sol}} = 30 + 390 = 420\ \text{W.m}^{-2}$

En résumé

Le bilan radiatif terrestre prend en compte la puissance solaire reçue sur Terre et la réémission d'un rayonnement infrarouge par le sol. Il est globalement nul, c'est-à-dire que la température moyenne au sol est constante. Cette température conditionne la vie sur Terre.

Exercices

Savoirs

La proportion de la puissance totale, émise par le Soleil et atteignant la Terre, est déterminée par son rayon et sa distance au Soleil.

Exercice 5.1

Restituer des connaissances

1. De quels paramètres dépend la valeur de la puissance totale émise par le Soleil et qui atteint la Terre ?
2. La puissance totale émise par le Soleil varie-t-elle en fonction de la distance entre le point considéré et le Soleil ?
3. Si on se place à une distance *d* du Soleil (qui émet une puissance totale notée P_{totale}), exprimer la puissance surfacique reçue $P_{\text{surf, reçue}}$ par une surface sphérique de rayon *d*. Comment appelle-t-on également cette puissance surfacique ? Quelle est son unité ?

Compétence attendue

- En s'appuyant sur un schéma, calculer la proportion de la puissance émise par le Soleil qui atteint la Terre.

Exercice 5.2

Exploiter des documents
Restituer des connaissances
Organiser et effectuer des calculs

1. Sachant que la constante solaire au niveau de la Terre vaut 1 394 $W.m^{-2}$ et que le rayon de la Terre vaut 6 400 km, calculer la proportion de la puissance émise par le Soleil et qui atteint la Terre (notée $P_{\text{reçue par la Terre}}$).
2. En vous aidant du schéma ci-dessous, déterminer la valeur de la puissance surfacique reçue par la Terre (notée $P_{\text{surf, Terre}}$).

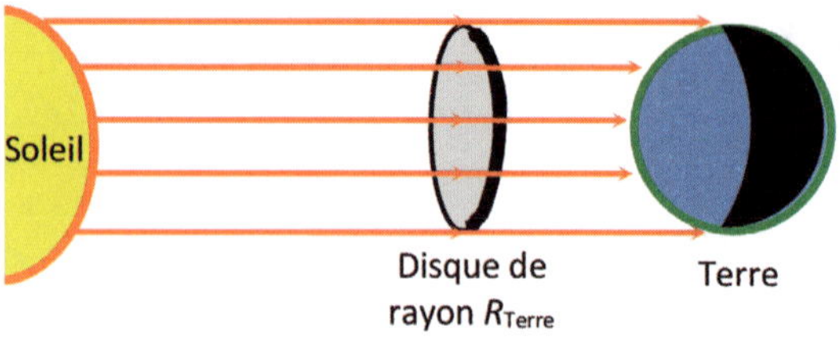

Exercice 5.3

Organiser et effectuer des calculs

La planète Mars se situe à une distance $D = 228.10^9$ m du Soleil.

Données

- Rayon du Soleil $R_{Soleil} = 700\,000$ km ; rayon de Mars $R_{Mars} = 3{,}40.10^6$ m.
- Puissance surfacique émise au niveau de la surface du Soleil :
- $P_{surf,\ Soleil} = 6{,}40.10^7$ W.m^{-2}.

1. Déterminer la valeur de la constante solaire reçue au niveau de la distance D du Soleil.
2. Déterminer la proportion de la puissance émise par le Soleil et qui atteint Mars (notée $P_{reçue\ par\ Mars}$).

Compétence attendue

- L'albédo terrestre étant donné, déterminer la puissance totale reçue par le sol de la part du Soleil.

Exercice 5.4

Restituer des connaissances
Effectuer des calculs

Sachant que l'Albédo terrestre moyen est de 0,3 et que la puissance solaire surfacique diffusée est de 51 W.m^{-2}, calculer la puissance totale reçue par le sol de la part du Soleil.

Compétence *attendue*

- Commenter la courbe d'absorption de l'atmosphère terrestre en fonction de la longueur d'onde.

Exercice 5.5

Exploiter des documents

Courbe d'absorption des longueurs d'onde par l'atmosphère terrestre

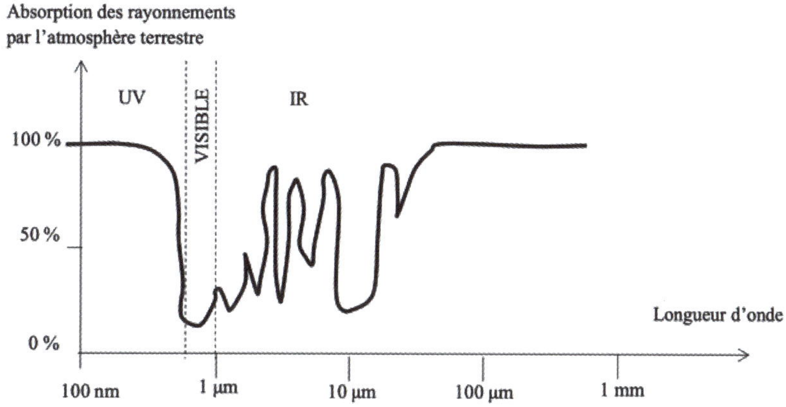

Commenter la courbe d'absorption de l'atmosphère terrestre en fonction de la longueur d'onde.

Savoirs

Une fraction de cette puissance, quantifiée par l'albédo terrestre moyen, est diffusée par la Terre vers l'espace, le reste est absorbé par l'atmosphère, les continents et les océans.

Le sol émet un rayonnement électromagnétique dans le domaine infrarouge (longueur d'onde voisine de 10 µm) dont la puissance par unité de surface augmente avec la température.

Une partie de cette puissance est absorbée par l'atmosphère, qui elle-même émet un rayonnement infrarouge vers le sol et vers l'espace (effet de serre).

La puissance reçue par le sol en un lieu donné est égale à la somme de la puissance reçue du Soleil et de celle reçue de l'atmosphère. Ces deux dernières sont du même ordre de grandeur.

Un équilibre, qualifié de dynamique, est atteint lorsque le sol reçoit au total une puissance moyenne égale à celle qu'il émet. La température moyenne du sol est alors constante.

Exercice 5.6

Restituer des connaissances

Vrai ou faux ?

1. Le Soleil émet un rayonnement dans le domaine de l'infrarouge.
2. La surface terrestre émet un rayonnement dans le domaine de la lumière visible.
3. L'atmosphère absorbe une partie de la puissance solaire et émet un rayonnement infrarouge vers le sol et vers l'espace.
4. L'albédo terrestre correspond à la puissance solaire diffusée sur la puissance solaire reçue.
5. L'albédo terrestre moyen est de 0,7.
6. À partir du calcul de l'albédo, on peut en déduire que 30 % de la puissance solaire reçue est réfléchie.
7. La puissance solaire reçue par la Terre est du même ordre de grandeur que la puissance reçue de l'atmosphère.
8. La température moyenne du sol est constante quand l'équilibre des puissances reçues et émises est dynamique.

Compétence attendue

- Représenter sur un schéma les différents rayonnements reçus et émis par le sol.

Exercice 5.7

Restituer des connaissances

Représenter sur un schéma global les différents rayonnements reçus et émis par la surface terrestre.

Compétence *attendue*

- Expliquer qualitativement l'influence des différents facteurs (albedo, effet de serre) sur la température terrestre moyenne.

Exercice 5.8

Effectuer des calculs
Rédiger une argumentation scientifique

La surface de la Terre est très variée. Elle est constituée de surface gelée comme l'Antarctique nommée le continent blanc ou de désert comme le Sahara. La puissance solaire surfacique qui arrive au sol est de 170 $W.m^{-2}$ et est plus ou moins absorbée selon la nature de l'élément de surface.

Quelques mesures d'albédo moyen

Nature du sol	Albédo moyen
Glace	0,6
Neige récente	0,85
Nuages	0,65
Sable	0,28
Prairie	0,2
Océan	0,1

1. Calculer la puissance solaire surfacique réfléchie par mètre carré à la surface de la Terre au niveau des nuages, d'un désert, de l'Antarctique, de l'océan et d'une prairie.
2. Calculer les pourcentages de rayonnement absorbé et de rayonnement réfléchi au niveau des nuages, d'un désert, de l'Antarctique, de l'océan et d'une prairie.
3. Proposer une explication de l'influence de la fonte des glaces sur le réchauffement climatique.

Corrigé des exercices

Exercice 5.1

1. La valeur de la puissance totale émise par le Soleil et qui atteint la Terre dépend du rayon de la Terre et de sa distance au Soleil.

2. Le Soleil émet un rayonnement qui ne se dissipe pas (il n'est pas absorbé) lors de sa propagation dans l'espace. La puissance totale émise par le Soleil ne varie pas en fonction de la distance entre le point considéré et le Soleil.

$$P_{\text{totale}} = P_{\text{surf,reçue}} \times S'$$

$$P_{\text{totale}} = P_{\text{surf,reçue}} \times 4 \times \pi \times d^2$$

$$P_{\text{surf,reçue}} = \frac{P_{\text{totale}}}{4 \times \pi \times d^2}$$

Cette puissance surfacique est aussi appelée constante solaire. Elle s'exprime en $W.m^{-2}$.

Exercice 5.2

1. **Données**

- constante solaire au niveau de la Terre : 1 394 $W.m^{-2}$;
- rayon de la Terre : 6 400 km.

$$P_{\text{reçue par la Terre}} = \text{constante solaire} \times S_{\text{disque}} = \text{constante solaire} \times \pi \times R_{\text{Terre}}^2$$

$$P_{\text{reçue par la Terre}} = 1\,394 \times \pi \times \left(6\,400 \times 10^3\right)^2 = 1{,}794 \times 10^{17}\ \text{W}$$

2. La Terre tournant sur elle-même, la puissance $P_{\text{reçue par la Terre}}$ est répartie sur l'ensemble de sa surface S_{Terre}.

Nous pouvons déterminer la puissance solaire reçue par la Terre par unité de surface :

$$P_{\text{surf,Terre}} = \frac{P_{\text{reçue par la Terre}}}{S_{\text{Terre}}} = \frac{P_{\text{reçue par la Terre}}}{4 \times \pi \times R_{\text{Terre}}^2} = \frac{1{,}794 \times 10^{17}}{4 \times \pi \times \left(6\,400 \times 10^3\right)^2} = 348{,}5\ \text{W} \cdot \text{m}^{-2}$$

Exercice 5.3

1. On sait que :

- la puissance totale du Soleil se conserve dans l'espace ;
- une puissance (en W) est égale à la puissance surfacique (en $W.m^{-2}$) multipliée par une surface (en m^2).

$$P_{\text{totale Soleil}} = P_{\text{reçue}}$$

$$P_{\text{surf,Soleil}} \times S = \text{constante solaire} \times S'$$

$$P_{\text{surf,Soleil}} \times \left(4 \times \pi \times R^2_{\text{Soleil}}\right) = \text{constante solaire} \times \left(4 \times \pi \times D^2\right)$$

$$\text{constante solaire} = \frac{P_{\text{surf,Soleil}} \times \left(4 \times \pi \times R^2_{\text{Soleil}}\right)}{4 \times \pi \times D^2} = \frac{P_{\text{surf,Soleil}} \times R^2_{\text{Soleil}}}{D^2}$$

$$\text{constante solaire} = \frac{6{,}40 \times 10^7 \times \left(700\,000 \times 10^3\right)^2}{\left(228 \times 10^9\right)^2} = 603\ \text{W} \cdot \text{m}^{-2}$$

La valeur de la constante solaire reçue au niveau de la distance *D* du Soleil vaut 603 $W.m^{-3}$.

2. $P_{\text{reçue par Mars}} = \text{constante solaire} \times S_{\text{disque}} = \text{constante solaire} \times \pi \times R^2_{\text{Mars}}$

$$P_{\text{reçue par Mars}} = 603 \times \pi \times \left(3{,}40 \times 10^6\right)^2 = 2{,}19 \times 10^{16}\ \text{W}$$

La proportion de la puissance émise par le Soleil et qui atteint Mars vaut $2{,}19.10^{16}$ W.

Exercice 5.4

$$A = \frac{\text{Puissance solaire surfacique diffusée}}{\text{Puissance solaire surfacique reçue}}$$

$$\text{Puissance solaire surfacique reçue} = \frac{\text{Puissance solaire surfacique diffusée}}{A}$$

$$P_{\text{solaire surfacique reçue par le sol}} = \frac{51}{0{,}3} = 170\ \text{W} \cdot \text{m}^{-2}$$

Exercice 5.5

L'atmosphère absorbe majoritairement certaines radiations, UV, IR moyen et IR thermique et en transmet d'autres, lumière visible et IR proche.

Corrigés

Exercice 5.6

1. Faux.
2. Faux.
3. Vrai.
4. Vrai.
5. Faux.
6. Vrai.
7. Vrai.
8. Vrai.

Exercice 5.7

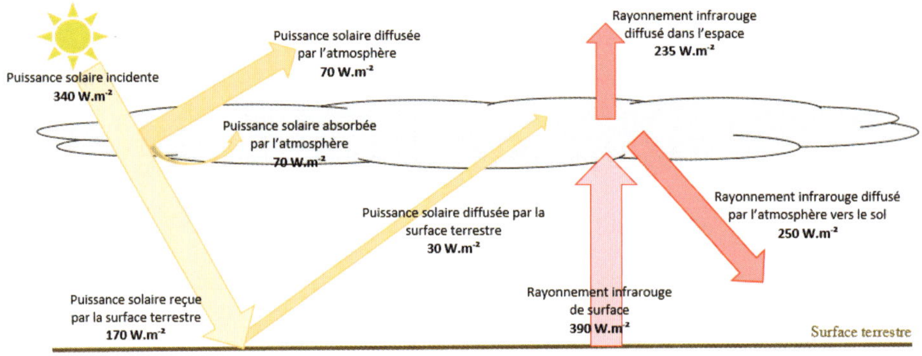

Exercice 5.8

1. $A = \dfrac{P_{\text{solaire surfacique réfléchie}}}{P_{\text{solaire surfacique reçue}}}$; $P_{\text{solaire surfacique réfléchie}} = A \times P_{\text{solaire surfacique reçue}}$

La puissance solaire réfléchie par mètre carré au niveau des nuages :

$P_{\text{solaire surfacique réfléchie}} = 0{,}65 \times 170 = 110{,}5\ \text{W.m}^{-2}$

La puissance solaire réfléchie par mètre carré au niveau d'un désert :

$P_{\text{solaire surfacique réfléchie}} = 0{,}28 \times 170 = 47{,}6\ \text{W.m}^{-2}$

La puissance solaire réfléchie par mètre carré au niveau de l'Antarctique :

$P_{\text{solaire surfacique réfléchie}} = 0{,}60 \times 170 = 102\ \text{W.m}^{-2}$

La puissance solaire réfléchie par mètre carré au niveau de l'océan :

$P_{\text{solaire surfacique réfléchie}} = 0{,}1 \times 170 = 17\ \text{W.m}^{-2}$

La puissance solaire réfléchie par mètre carré au niveau d'une prairie :

$P_{\text{solaire surfacique réfléchie}} = 0{,}2 \times 170 = 34\ \text{W.m}^{-2}$

2.

Rappel : Calcul d'un pourcentage

L'albédo est exprimé entre 0 et 1 ou en pourcentage entre 0 et 100 %.

Sachant que $A = P_{\text{solaire surfacique réfléchie}} / P_{\text{solaire surfacique reçue}}$, *lorsque l'on précise que l'albédo moyen de la Terre est de 0,3, cela signifie que 30 % du rayonnement solaire reçu sont réfléchis et que 70 % du rayonnement est réfléchi.*

Nature de la surface	Albédo moyen	Pourcentage de rayonnement absorbé	Pourcentage de rayonnement réfléchi
Nuages	0,65	35 %	65 %
Désert	0,28	72 %	28 %
Antarctique	0,60	40 %	60 %
Océan	0,1	90 %	10 %
Prairie	0,20	80 %	20 %

3. Si la glace fond, sa surface diminue au profit de l'océan. Or l'albédo de la glace est de 0,6 et celui de l'océan de 0,1. Cela signifie que la puissance réfléchie va diminuer et la puissance absorbée va augmenter. Cela entraînera une augmentation de la température terrestre.

Chapitre 6

Une conversion biologique de l'énergie solaire : la photosynthèse

Cours

Le Soleil est une inépuisable source d'énergie qui peut être convertie par les végétaux verts grâce à la photosynthèse sous forme d'énergie utilisable par d'autres êtres vivants.

Comment la photosynthèse peut-elle être source d'énergie pour le monde vivant ?

1 La photosynthèse et l'entrée de matière minérale dans la biosphère

Les **organismes chlorophylliens** absorbent une partie du rayonnement solaire. Grâce à cette énergie lumineuse, les organismes chlorophylliens synthétisent de la matière organique à partir de matière minérale, l'eau et les sels minéraux puisés dans le sol et du dioxyde de carbone (CO_2) prélevé dans l'atmosphère. Ce mécanisme est la **photosynthèse.**

Définitions

Biosphère : ensemble des êtres vivants.

Organisme chlorophyllien : individu qui possède des pigments particuliers, les chlorophylles, au sein de ses cellules notamment celles des feuilles.

Photosynthèse : mécanisme de production de la matière organique et de dioxygène à partir de matière minérale et de dioxyde de carbone en présence de lumière.

Équation bilan de la photosynthèse

$$6CO_2 + 6\,H_2O \xrightarrow{\text{Rayonnement solaire}} \underset{\text{Glucose}}{C_6H_{12}O_6} + 6O_2$$

La photosynthèse assure ainsi l'entrée de matière minérale dans la biosphère. Elle convertit également une partie de l'énergie lumineuse en énergie chimique contenue dans les liaisons entre les atomes des molécules organiques.

Rappels : matières organique et minérale

- La matière organique est composée de molécules organiques fabriquées par les êtres vivants. Les molécules organiques sont constituées d'atomes de carbone formant une chaîne principale auquelle s'ajoutent des atomes d'hydrogène et parfois d'oxygène et d'azote.
- La matière minérale quant à elle est composée de molécules minérales ne possédant pas de chaîne carbonée.

2 Des flux d'énergie à différentes échelles spatiales

A Des flux d'énergie à l'échelle de la feuille

Définition

Flux d'énergie : transfert d'énergie d'un élément à un autre

Quand on extrait des feuilles les pigments chlorophylliens et que l'on mesure leur **capacité d'absorption** en fonction de la longueur d'onde, on constate qu'à l'échelle de la feuille, la photosynthèse utilise une très faible fraction (1 %) de la puissance radiative reçue à sa surface. Cette faible proportion est notamment due à une capacité d'absorption des pigments limitées à certaines longueurs d'onde : seules les lumières bleues (entre 400 et 480 nm) et rouges (entre 620 et 690 nm) sont absorbées.

Spectre d'absorption des pigments et spectre d'action photosynthétique

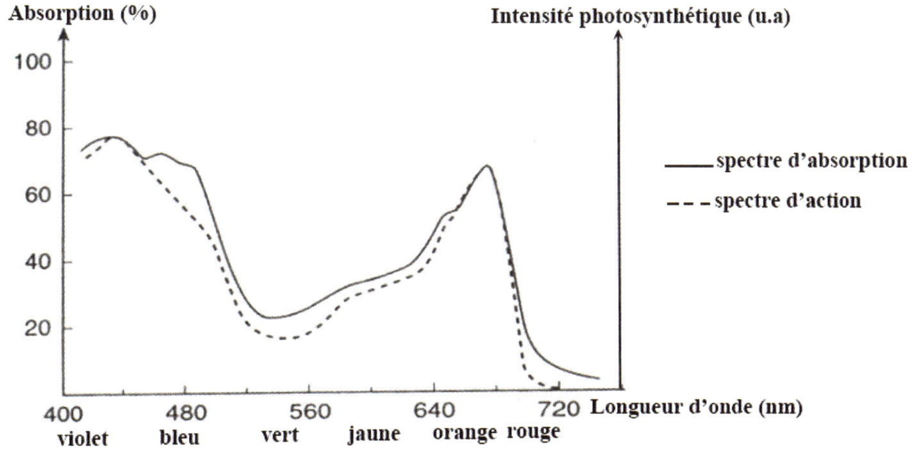

La mesure de l'intensité de la photosynthèse en fonction des longueurs d'onde appelée **spectre d'action** montre que les deux spectres sont corrélés et indique que les rayons absorbés par les pigments chlorophylliens servent à la photosynthèse.

La puissance radiative solaire restante est soit **réfléchie** par la feuille, soit **transmise** ou encore **absorbée** par l'eau de la feuille ce qui conduit à son échauffement et une évapotranspiration.

Devenir du rayonnement solaire au niveau de la feuille

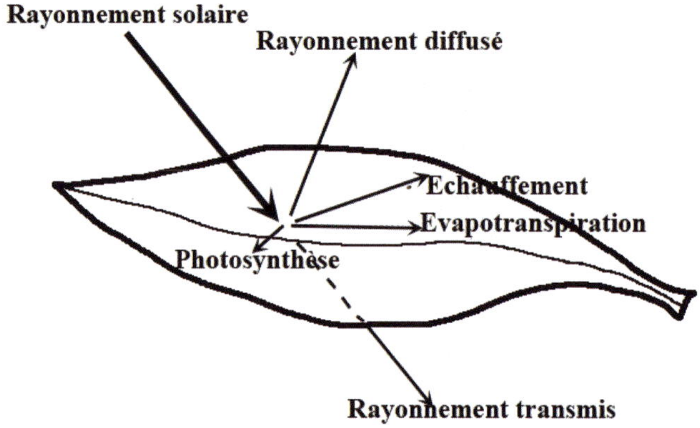

Définitions

Évapotranspiration : passage de l'eau liquide du végétal à l'état gazeux dans l'atmosphère.

Spectre d'absorption : correspond aux longueurs d'onde de la lumière absorbée par l'élément testé.

Spectre d'action : graphique représentant l'intensité de la photosynthèse d'un organisme photosynthétique en fonction de la longueur d'onde de la lumière qu'il reçoit.

B Des flux d'énergie à l'échelle de la planète

À l'échelle de la planète, la photosynthèse permet la production de matière organique par d'autres êtres vivants. Les molécules organiques produites par les végétaux chlorophylliens sont transformées lors de la **respiration** ou la **fermentation** par des organismes consommateurs de végétaux. L'énergie ainsi libérée par leur **métabolisme** sert à leur propre fonctionnement.

Rappels : des réactions du métabolisme

Le **métabolisme** est l'ensemble des réactions chimiques cellulaires qui mettent en jeu des nutriments et fournissent l'énergie nécessaire à la cellule pour fonctionner.

La **respiration** correspond à l'obtention d'énergie par une transformation complète de molécules organiques en présence de dioxygène. La **fermentation** permet l'obtention d'énergie par une transformation incomplète en absence de dioxygène.

Les végétaux verts constituent ainsi le premier maillon d'une chaîne qui permet le transfert de matière et d'énergie d'un être vivant à un autre. Appelés **producteurs primaires**, les organismes chlorophylliens sont indispensables à toutes les formes de vie dépendantes de cette conversion naturelle d'énergie solaire. Pourtant ils utilisent pour la photosynthèse seulement 0,1 % de la puissance solaire totale disponible.

3 Une énergie fossile, un flux à l'échelle des temps géologiques

À l'échelle des millions d'années, une partie de la matière organique peut s'accumuler dans les **sédiments** puis se transformer en donnant des combustibles fossiles : gaz naturel, charbon ou pétrole.

Des conditions particulières à cette production doivent être réunies avec des processus biologiques, présence abondante de matière organique qui échappe à la décomposition, et des processus géologiques, l'enfouissement. Les **combustibles fossiles** ainsi créés par accumulation et enfouissement permettent de stocker de l'énergie d'origine biologique constituée à partir notamment d'énergie solaire, c'est une **énergie fossile**. Elle est ensuite recueillie par les êtres humains et exploitée pour produire à court terme d'autres formes d'énergie, thermique comme électrique.

Définitions

Combustible fossile : produit riche en carbone organique capable de libérer l'énergie qu'il contient lorsqu'il est brûlé.

Sédiments : ensemble de particules en suspension dans l'eau, l'atmosphère ou la glace et qui finit par se déposer.

En résumé

La photosynthèse est un mécanisme qui permet l'entrée et la conversion de l'énergie solaire en matière organique. Cette énergie est à l'origine des énergies fossiles à l'échelle des temps géologiques.

Exercices

Savoirs

Une partie du rayonnement solaire absorbé par les organismes chlorophylliens permet la synthèse de matière organique à partir d'eau, de sels minéraux et de dioxyde de carbone (photosynthèse).

À l'échelle de la planète, les organismes chlorophylliens utilisent pour la photosynthèse environ 0,1 % de la puissance solaire totale disponible.

Exercice 6.1

Restituer des connaissances

1. Définir et écrire l'équation bilan de la photosynthèse.
2. Classer ces molécules dans un tableau à deux colonnes (matière minérale et matière organique) : eau (H_2O), sels minéraux (Ca^{2+}, Cl^-...), dioxyde de carbone (CO_2), glucose ($C_6H_{12}O_6$).
3. Préciser la part de la puissance solaire totale impliquée dans la photosynthèse.

Savoirs

À l'échelle de la feuille (pour les plantes), la photosynthèse utilise une très faible fraction de la puissance radiative reçue, le reste est soit diffusé, soit transmis, soit absorbé (échauffement et évapotranspiration).

Exercice 6.2

Restituer des connaissances

1. Préciser la part de la puissance radiative solaire reçue par une feuille d'une plante et impliquée dans la photosynthèse.
2. Expliquer le faible pourcentage de la puissance radiative solaire utilisée dans la photosynthèse.
3. Que devient la fraction du rayonnement solaire non utilisé dans la photosynthèse ?

Savoirs

La photosynthèse permet l'entrée dans la biosphère de matière minérale stockant de l'énergie sous forme chimique.

Ces molécules peuvent être transformées par respiration ou fermentation pour libérer l'énergie nécessaire au fonctionnement des êtres vivants.

Exercice 6.3

Restitution de connaissances

Sous forme d'un texte court correctement rédigé, expliquer :

1. comment l'énergie solaire entre dans la biosphère.
2. ce que devient le glucose produit lors de la photosynthèse quand il est consommé par un autre être vivant. matière organique.

Savoirs

À l'échelle des temps géologiques, une partie de la matière organique s'accumule dans les sédiments puis se transforme en donnant des combustibles fossiles : gaz, charbon, pétrole.

Exercice 6.4

Restitution de connaissances

Vrai ou faux ?

1. Le pétrole est un combustible fossile issu de la matière minérale. faux
2. L'utilisation de combustible fossile par l'Homme libère du dioxygène dans l'atmosphère. faux
3. La formation de combustible fossile se fait rapidement. faux
4. Le charbon est un combustible fossile issu de la matière organique. Vrai
5. La production de combustible fossile nécessite une accumulation importante dans des roches magmatiques. faux
6. Le gaz est un combustible fossile. Vrai
7. Les combustibles fossiles ont tous une origine biologique. Vrai

Compétence attendue

- Recenser, extraire et organiser des informations pour prendre conscience de l'importance planétaire de la photosynthèse.

Exercice 6.5

Exploiter des documents
Effectuer des calculs

Il existe de nombreux écosystèmes à la surface de la Terre qui ont tous leurs spécificités. On se propose d'étudier un écosystème forestier.

Document 1 Définition d'un écosystème

Un écosystème est un ensemble d'êtres vivants en relation les uns avec les autres et en lien avec le milieu dans lequel ils vivent.

Document 2 Les productions primaires d'un écosystème forestier

La production primaire brute (PPB) d'un écosystème est la production totale de matière organique produite par photosynthèse, par unité de temps et de surface.

La production primaire nette (PPN) est la quantité d'énergie accumulée dans la biomasse de la plante (croissance et reproduction). C'est donc la PPB diminuée de la matière utilisée pour la respiration par la plante. C'est elle qui est disponible pour les autres êtres vivants.

Résultats d'un écosystème forestier :

Énergie solaire totale reçue ($kJ/m^2/an$)	PPB ($kJ/m^2/an$)	PPN ($kJ/m^2/an$)
5 248 617	43 529	6 877

Document 3 Flux de matière dans la biosphère

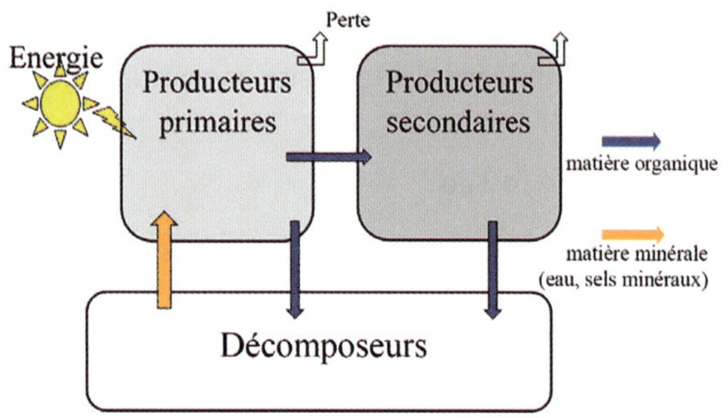

1. Calculer le pourcentage de l'énergie solaire reçue utilisée pour la PPB de cet écosystème ainsi que le pourcentage de la PPB disponible pour les autres êtres vivants.

2. Montrer que la photosynthèse est un processus important et indispensable pour le fonctionnement de l'écosystème forestier.

Compétence *attendue*

- Comparer les spectres d'absorption et d'action photosynthétique d'un végétal.

Exercice 6.6

Restituer des connaissances
Exploiter des documents

Le Prunier pourpre (*Prunus cerasifera Pissardii*) possède des feuilles rouges. Une analyse montre que ses feuilles contiennent plusieurs pigments avec notamment en plus grande quantité des anthocyanes.

Expliquer à l'aide des documents et de vos connaissances, pourquoi il est possible que ces feuilles puissent effectuer la photosynthèse.

Document 1 Les pigments de la feuille de prunus

pigment rouge à violet	anthocyanes
pigment jaune à rouge	caroténoïdes
pigment vert	chlorophylles

Document 2 Spectre d'absorption de plusieurs pigments et spectre d'action photosynthétique

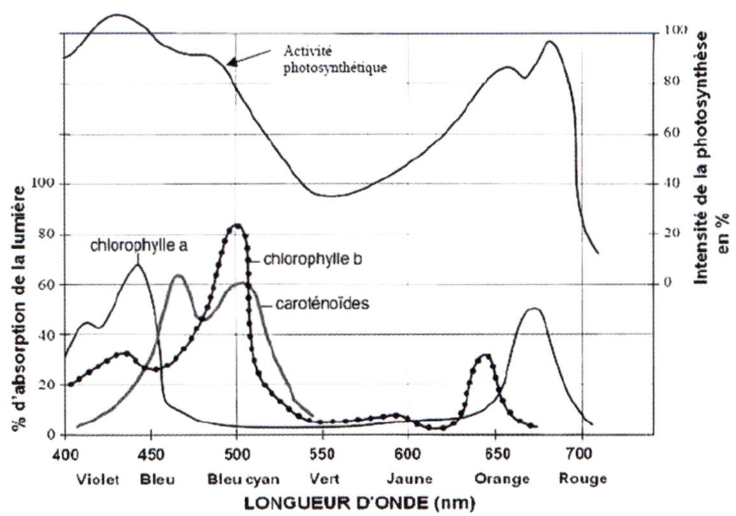

Exercices

Exercice 6.7

Restituer des connaissances

Compétence *attendue*

- Représenter sur un schéma les différents échanges d'énergie au niveau d'une feuille.

Compléter sur le schéma du bilan énergétique à l'échelle de la feuille, les différents échanges d'énergie.

Document Schéma du bilan énergétique du rayonnement solaire d'une feuille

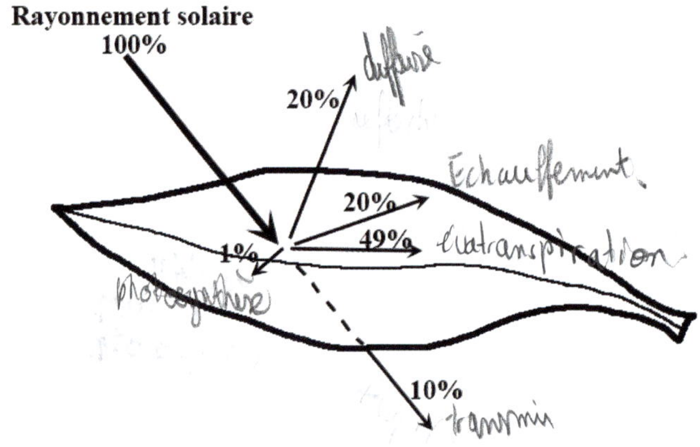

Sont indiqués le pourcentage de la puissance radiative solaire reçue et impliquée dans ces échanges.

Compétence *attendue*

- À partir de l'étude d'un combustible fossile ou d'une roche de son environnement, discuter son origine biologique.

Exercice 6.8

Exploiter des documents

La composition de chaque gisement de pétrole est unique et dépend de son passé. On trouve plusieurs milliers de molécules différentes, essentiellement des hydrocarbures.

À partir de l'étude des documents, expliquer l'origine biologique des hydrocarbures.

Document 1 Des molécules biologiques et géologiques dans les hydrocarbures

Molécules caractéristiques du monde vivant (bio-molécules)	**Molécules caractéristiques des combustibles fossiles (géo-molécules)**	**Informations**
Caroténoïde 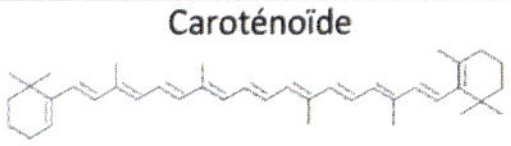	Carotane 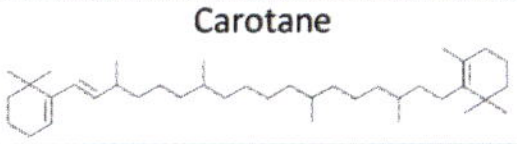	Les caroténoïdes sont des pigments des cellules végétales.
Hopaoïde 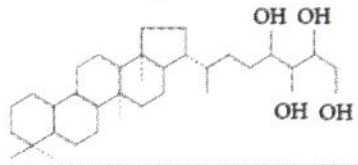	Hopane 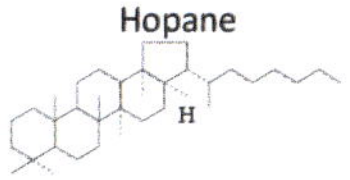	Les hopanoïdes sont des molécules présentent dans la membrane plasmique des bactéries.
Stéroïde 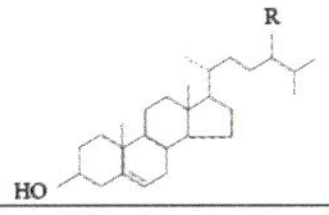	Stérane 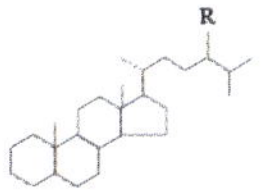	Les stéroïdes sont des lipides synthétisés par les cellules eucaryotes servant par exemple à maintenir la membrane plasmique
Tétrahymanol 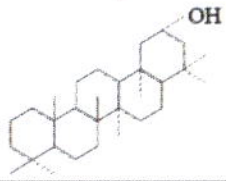	Gammacérane 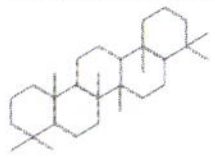	Le gammacérane est synthétisé par du plancton en milieu dépourvu de dioxygène

Document 2 La formation de pétrole

Sa formation en milieu marin nécessite plusieurs paramètres :

- une abondance de phytoplancton photosynthétique,
- une absence de décomposition du phytoplancton,
- la présence de bactéries qui transforment la matière organique du phytoplancton en kérogène en absence de dioxygène dans le milieu,
- un enfouissement des kérogènes en profondeur et ce lentement pour une transformation en combustibles fossiles : le pétrole et le gaz naturel.

Exercice 6.9

Rédiger une argumentation scientifique

La formation des plus vieux gisements de charbon s'effectua au cours de la période du Carbonifère pendant 60 millions d'années.

La sédimentation de la matière organique et son enfoncement a conduit à sa carbonisation et à la formation de composés de plus en plus riches en carbone.

À partir de l'étude des documents, expliquer pourquoi on peut dire que l'énergie solaire est à l'origine de l'énergie fossile dans le cas des différents charbons. Expliquer alors les mécanismes de la formation de chaque charbon.

Document 1 Composition carbonée de plusieurs éléments

	Bois	Tourbe	Lignite	Houille	Anthracite
Taux de carbone (en %)	50	50 à 55	55 à 75	75 à 90	90 à 95

Document 2 La formation du charbon

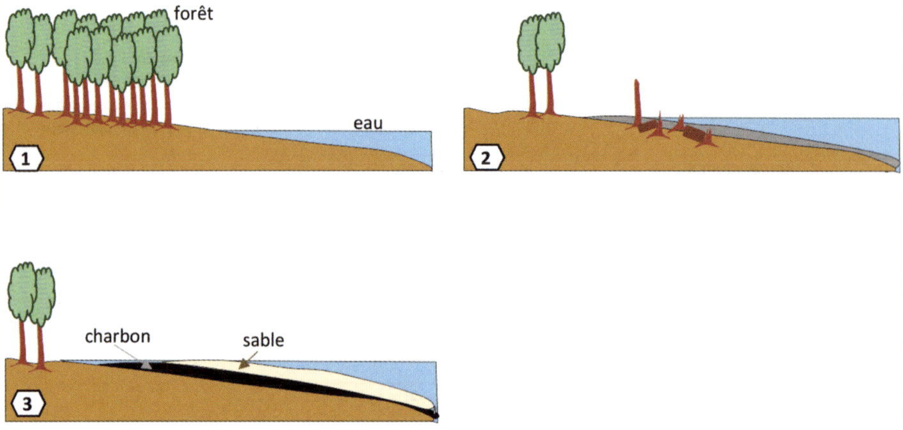

Document 3 Transfert de l'énergie solaire dans la feuille chlorophyllienne

Corrigé des exercices

Exercice 6.1

1. La photosynthèse est une réaction chimique qui permet à partir de matière minérale (eau, sels minéraux et dioxyde de carbone) et de l'énergie solaire la synthèse de matière organique. Un déchet est produit : le dioxygène.

$$6CO_2 + 6\,H_2O \xrightarrow{\text{Rayonnement solaire}} \underset{\text{Glucose}}{C_6H_{12}O_6} + 6O_2$$

2.

Matière minérale	Matière organique
eau sels minéraux dioxyde de carbone	glucose

3. Seul 0,1 % de la puissance solaire totale disponible est impliqué dans la photosynthèse.

Exercice 6.2

1. 1 % de la puissance radiative solaire reçue est impliqué dans la photosynthèse.
2. Les pigments photosynthétiques n'absorbent qu'une partie des longueurs d'onde de la lumière visible ce qui explique ce faible pourcentage.
3. Le rayonnement solaire non utilisé dans la photosynthèse est soit réfléchi, soit transmis soit absorbée par l'eau de la feuille (échauffement et évapotranspiration).

Exercice 6.3

1. L'énergie solaire est captée par les végétaux chlorophylliens et permet la production de matière organique qui conserve l'énergie sous forme chimique. Cette matière organique est ensuite consommée par les autres êtres vivants. L'énergie solaire est ainsi entrée dans la biosphère.
2. Le glucose produit lors de la photosynthèse est transformé lors de la respiration ou la fermentation de l'être vivant qui le consomme. Ces réactions chimiques

libèrent l'énergie contenue dans la matière organique et la rend utilisable par la cellule. Le glucose assure alors le bon fonctionnement de l'être vivant.

Exercice 6.4

1. Faux.
2. Faux.
3. Faux.
4. Vrai.
5. Faux.
6. Vrai.
7. Vrai.

Exercice 6.5

1. Le pourcentage de l'énergie solaire reçue utilisé pour la PPB de cet écosystème est de (43 529/5 248 617) × 100 = 0,83 %.

   Le pourcentage de la PPB consommée par la chaîne alimentaire est de (6 877/43 529) × 100 = 16 %.

2. La photosynthèse est à l'origine de la matière organique dont dépendent des producteurs et des décomposeurs de la chaîne alimentaire. Les décomposeurs permettent ensuite un recyclage de la matière organique en matière minérale. La photosynthèse permet de réintroduire la matière minérale dans l'écosystème (document 4).

Exercice 6.6

Le Prunier pourpre possède de nombreux pigments : des chlorophylles, des caroténoïdes et des anthocyanes. Ces derniers confèrent aux feuilles cette couleur pourpre caractéristique.

Le spectre d'absorption des chlorophylles et des caroténoïdes montre que les maxima d'absorption des pigments sont aux radiations des domaines du violet à bleu cyan et orange-rouge. Le spectre d'absorption concorde avec les maxima de l'activité photosynthétique. Ces pigments chlorophylliens non visibles à l'œil nu mais bien présents permettent aux feuilles de réaliser la photosynthèse.

Exercice 6.7

Schéma du bilan énergétique du rayonnement solaire d'une feuille

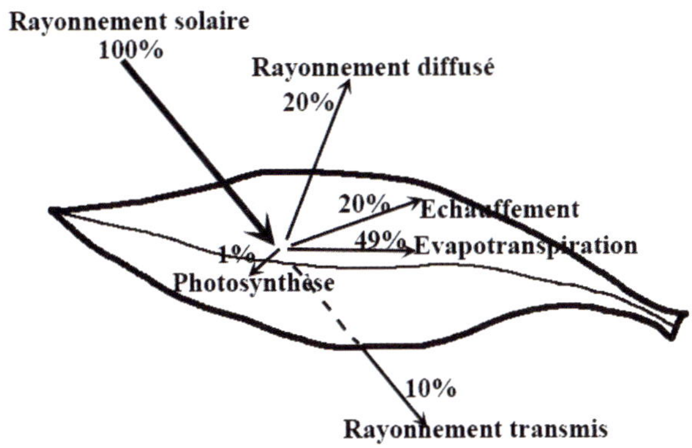

Exercice 6.8

Lorsque l'on compare les molécules d'origine biologique de celles d'origine géologique, on s'aperçoit que leur composition est très proche avec des cycles et/ou des squelettes carbonés identiques (document 1).

Le pétrole et le gaz naturel proviennent de la transformation de la matière organique du phytoplancton en profondeur (document 2). Le gammacérane est issu de la transformation d'une molécule planctonique, le tétrahymanol (document 1) et possèdent tous les deux 30 carbones. Sa transformation nécessite des conditions sans dioxygène ce qui est un des paramètres nécessaire pour l'obtention de kérogène puis d'hydrocarbures.

Ainsi ces différents constats (molécules à composition presque identique et conditions du milieu) permettent de penser que la synthèse d'hydrocarbures se fait à partir de la matière organique du phytoplancton.

Exercice 6.9

Grâce à l'énergie solaire, la photosynthèse permet la fabrication de matière organique au sein d'une feuille d'arbre par exemple. Ainsi il y a une assimilation chlorophyllienne de l'énergie solaire (document 3) au niveau des feuilles des arbres. Sur plusieurs millions d'années les arbres sont transformés en différents types de charbon. En milieu aquatique, les arbres meurent, sont enfouis et subissent une carbonisation (document 2). Au cours du temps, le bois se transforme en élément de plus en plus riche en carbone. Des structures intermédiaires se retrouvent dans les sédiments en fonction du degré de carbonification : la tourbe, la lignite, la houille et l'anthracite aux pourcentages croissants en carbone (document 1).

Corrigés

Chapitre 7

Le bilan thermique du corps humain

Cours

L'organisme humain maintient sa température interne à 37 °C quelles que soient les variations de son environnement. Cette stabilité résulte d'échanges thermiques entre le corps et le milieu extérieur.

Comment les échanges thermiques permettent-ils une température corporelle interne constante ?

1 La production d'énergie par l'organisme

Les nutriments issus de la digestion des aliments fournissent de l'énergie à l'organisme. Cette énergie chimique est convertie en énergie utilisable par les cellules lors de réactions métaboliques comme les fermentations, en absence de dioxygène, ou la respiration cellulaire, en présence de dioxygène.

A Équation bilan d'un type de fermentation, la fermentation lactique

$C_6H_{12}O_6$ →	2 $C_3H_6O_3$	+	énergie
(glucose)	(acide lactique)		(utilisable et thermique)

B Équation bilan de la respiration cellulaire

$C_6H_{12}O_6 + 6\ O_2 \rightarrow 6\ CO_2 + 6\ H_2O$ + énergie

(glucose) (utilisable et thermique)

Ces réactions métaboliques s'accompagnent d'une perte d'énergie thermique qui participe, sous forme de chaleur, au réchauffement de l'organisme.

Les apports énergétiques des nutriments sont fonction de leur quantité et de leur nature. Ainsi les lipides apportent plus d'énergie que les protides et les glucides.

2 L'énergie libérée par l'organisme

Dans un environnement plus froid que lui, le corps humain et notamment les organes périphériques (peau et tissus sous-cutanées) libèrent une importante quantité d'énergie thermique sous forme de chaleur vers le milieu extérieur. Cette **déperdition thermique** se réalise selon quatre modes de transfert :

- l'émission d'un **rayonnement** infrarouge,
- la **conduction**, par transmission d'énergie de proche en proche lorsque l'organisme est en contact avec un solide.
- la **convection,** par transmission d'énergie lors de mouvements de matière du fluide (air ou eau) en contact avec l'organisme. C'est pourquoi lorsqu'il y a du vent, la sensation de refroidissement est plus importante.
- l'évaporation de l'eau émise par la peau par transpiration ou lors de la ventilation.

Globalement la puissance de cette déperdition est de 100 W au repos pour des conditions de vie courante. À titre indicatif, la puissance thermique d'un radiateur est de l'ordre de 1 000 W.

Cette valeur dépend de plusieurs paramètres. Ainsi l'humidité de l'air, la nature de l'activité physique, la présence de vent ou encore une température ambiante plus basse accentuent la déperdition thermique.

Définitions

Puissance thermique : quantité de chaleur (Joules) produite et libérée par l'organisme par unité de temps (secondes). Ce flux de chaleur est exprimé en $J.s^{-1}$ ou Watts.

Activité physique : tout mouvement du corps, produit par les muscles, qui nécessite une production d'énergie plus importante qu'au repos. Cette activité s'accompagne de pertes énergétiques.

En résumé

Le bilan thermique du corps humain permet le maintien d'une température corporelle stable grâce à un équilibre énergétique entre les pertes liées aux échanges avec le milieu extérieur et les productions d'énergie métabolique.

Exercices

Savoirs

La température du corps reste stable parce que l'énergie qu'il libère est compensée par l'énergie dégagée par la respiration cellulaire ou les fermentations.

Globalement, la puissance thermique libérée par un corps humain dans les conditions de vie courante, au repos, est de l'ordre de 100 W.

Exercice 7.1

Restituer des connaissances

Vrai ou faux ?

1. La température du corps reste globalement stable.
2. La respiration cellulaire dégage de l'énergie.
3. Les fermentations ne dégagent pas d'énergie.
4. La puissance thermique libérée par un corps humain dans les conditions de vie courante, au repos, est de l'ordre de 100 W.
5. La température moyenne d'un corps humain est de 35 °C.
6. La respiration cellulaire a lieu dans les mitochondries.

Exercice 7.2

Restituer des connaissances

1. Expliquer pourquoi la température corporelle de l'Homme reste globalement stable.
2. Écrire l'équation bilan de la respiration cellulaire.
3. Écrire l'équation bilan de la fermentation lactique.
4. Expliquer pourquoi le métabolisme d'un individu peut être estimé en mesurant sa consommation de dioxygène.

Exercice 7.3

Rédiger une argumentation scientifique

Arrivés en haut du télésiège du Bouchet à Val-Thorens à 3 200 mètres d'altitude, Lylian a très froid d'être resté assis un moment sans bouger. En attendant le reste de la famille, sa sœur lui propose de se réchauffer en bougeant sur place.

Expliquer en quoi faire des mouvements peut permettre de se réchauffer.

Compétence attendue

- Représenter sur un schéma qualitatif les différents échanges d'énergie entre l'organisme et le milieu extérieur.

Exercice 7.4

Restituer des connaissances

Schématiser les différents modes de transferts de l'énergie thermique entre un humain et son milieu.

Exercice 7.5

Rédiger une argumentation scientifique

Le bain nordique est une tradition scandinave où le climat est rigoureux en hiver. Il se fait en extérieur dans un spa utilisant traditionnellement un chauffage au bois pour obtenir une eau à une température très élevée. Un deuxième bain d'eau froide se prend juste après. Cette pratique aurait de nombreux bienfaits pour l'organisme.

Expliquer les différents transferts d'énergie thermique dans les deux environnements : très chaud puis froid.

Compétence attendue

- Utiliser des données quantitatives sur l'apport énergétique d'aliments dans un bilan d'énergie correspondant à des activités variées.

Exercice 7.6

Exploiter des documents
Effectuer des calculs

Léo est un lycéen de 17 ans de 70 kg. Sur une journée de 24 heures, il va dormir 10 h, marcher 1 h pour aller au lycée et en revenir, assister à 4 h de cours en classe et 2 h d'EPS dont 1 h de badminton et 1 h assis, faire ses devoirs pendant 1 h et aller à son entraînement de volley pendant 2 h. Dans la journée, il mangera durant 1 h.

Document 1 Coût énergétique de plusieurs activités pour un individu de 70 kg

Activité	Dépenses énergétiques (en $kJ.h^{-1}$)
Volley	216
Badminton	408
Marche lente	200
Natation rapide	680
Monter les escaliers (4 étages)	89
Classe	510
Devoirs	469
Sommeil	267
Repas	530
Position assise	85

Document 2 Valeurs énergétiques des aliments d'une journée de Léo

Repas	Composition	Valeurs énergétiques (en kcal*)
Petit déjeuner	Pain au chocolat Jus d'orange	522 47
Déjeuner	Melon jaune Escalope de veau Petits pois – carottes Emmental Pain Mandarine	54 155 118 191 112 40
Goûter	Biscuits au chocolat	495
Dîner	Pizza Coca-cola	200 84

* 1 kcal = 4,184 kJ

1. Préciser l'évolution de la dépense énergétique en fonction du type d'activité.
2. Calculer la dépense énergétique de Léo sur une journée.
3. Calculer l'apport énergétique pour une journée de Léo.
4. Commenter le bilan énergétique de Léo pour sa journée de 24 h.

Exercice 7.7

Rédiger une argumentation scientifique

Les réactions métaboliques permettent de convertir l'énergie chimique des nutriments en énergie utilisable pour le fonctionnement des cellules et en énergie thermique qui, transférée sous forme de chaleur, participe au réchauffement du corps.

Document Apports énergétiques des trois types d'aliments et dépenses énergétiques d'une personne de 70 kg pour trois activités physiques

Apports énergétiques ($kJ.g^{-1}$)		Dépenses énergétiques ($kJ.h^{-1}$)	
Protéines	17	Lecture	396
Lipides	38	Volleyball	1 046
Glucides	17	Squash	3 766

kJ : kilojoules

Expliquer à quoi correspond l'équilibre alimentaire et quelle est son importance.

Exercices

Corrigé des exercices

Exercice 7.1

1. Vrai.
2. Vrai.
3. Faux.
4. Vrai.
5. Faux.
6. Vrai.

Exercice 7.2

1. La température corporelle du corps humain reste globalement stable car la perte d'énergie est compensée par l'énergie dégagée au cours de la respiration cellulaire.
2. Équation bilan de la respiration cellulaire :
   $C_6H_{12}0_6 + 6\ O_2 \rightarrow 6\ CO_2 + 6\ H_2O$ + énergie
   (glucose) (utilisable et thermique)
3. Équation bilan de la fermentation lactique :

$C_6H_{12}0_6 \rightarrow$	$2\ C_3H_6O_3$	+	énergie
(glucose)	(acide lactique)		(utilisable et thermique)

4. Le métabolisme d'un individu peut être estimé en mesurant sa consommation de dioxygène car pour effectuer la respiration cellulaire et ainsi produire de l'énergie, les cellules effectuent la respiration cellulaire, consommatrice de dioxygène. Plus il y a de consommation de dioxygène et plus les cellules font la respiration cellulaire et plus il y a de production d'énergie.

Exercice 7.3

Un mouvement s'effectue par la contraction des muscles. Pour se contracter les cellules musculaires font la respiration cellulaire qui est production d'énergie notamment sous forme de chaleur. La chaleur ainsi libérée va réchauffer le corps et ainsi Lylian aura un peu plus chaud.

Exercice 7.4

Schéma les différents modes de transferts de l'énergie thermique entre un humain et son milieu

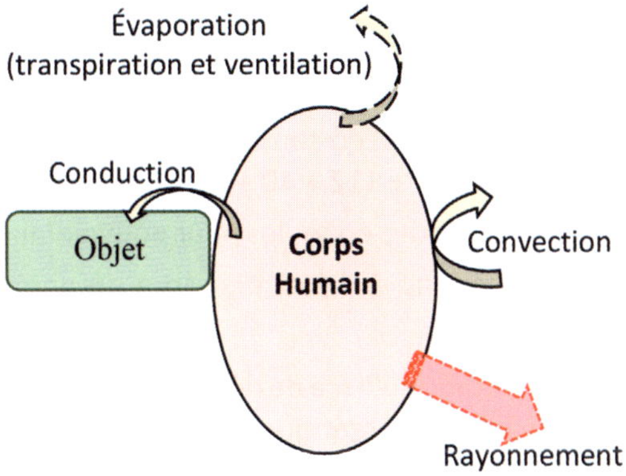

Exercice 7.5

Dans le cas d'un bain chaud, l'environnement du corps est très chaud donc égal ou supérieur à 37 °C, température corporelle. Il y a donc peu de perte d'énergie par le corps pour stabiliser sa température. La production d'énergie par l'organisme correspond à l'énergie minimale pour faire fonctionner l'organisme. Il n'est pas nécessaire à l'organisme de produire de l'énergie sous forme de chaleur pour se réchauffer.

Dans le cas d'un bain froid, la production d'énergie pour réchauffer le corps doit être intense. De plus il y a une forte déperdition du corps chaud vers l'environnement froid. Ainsi l'organisme stimule sa production de chaleur par la stimulation de son métabolisme.

Exercice 7.6

1. Plus l'activité est intense et plus la dépense énergétique correspondant est importante.
2. Léo a dépensé :
   - 10 h en sommeil soit 267 × 10 = 2 670 kJ.h^{-1}
   - 1 h à marcher soit 200 kJ.h^{-1}
   - 4 h de cours 510 × 4 = 2 040 kJ.h^{-1}
   - 1 h de badminton 408 kJ.h^{-1}
   - 1 h de position assise soit 85 kJ.h^{-1}
   - 1 h de devoirs soit 469 kJ.h^{-1}

- 2 h de volley soit 216 × 2 = 432 $kJ.h^{-1}$
- 1 h de repas soit 530 $kJ.h^{-1}$

En additionnant ces différentes dépenses on obtient une dépense énergétique sur la journée de 6 834 $kJ.h^{-1}$

3. Les apports énergétiques de Léo se calculent en additionnant l'ensemble des valeurs énergétiques des aliments mangés par Léo en une journée.

   Ainsi les apports énergétiques de Léo sont :
   522 + 47 + 54 + 155 + 118 + 191 + 112 + 40 + 495 + 200 + 84 = 2 018 kcal

   Ensuite il faut convertir les calories en Joules pour pouvoir faire une comparaison.

   Sachant que 1 kcal correspond à 4,184 kJ, Léo a un apport énergétique de 2 018 × 4,184 = 8 443,31 kJ

4. Léo a plus d'apport énergétique qu'il n'a de dépenses malgré son activité physique intense, il est en déséquilibre énergétique. Il faut qu'il fasse attention à ce que cela ne soit pas tous les jours sinon il va stocker les apports et prendre du poids.

Exercice 7.7

Les apports énergétiques sont différents en fonction des types d'aliments ingérés. Les lipides sont plus énergétiques que les glucides et les protéines.

Les dépenses énergétiques sont différentes en fonction des activités physiques effectuées.

Ainsi, il est important que les apports nutritionnels soient choisis pour être suffisants afin de compenser les pertes. Lorsque les apports sont équivalents aux pertes, l'organisme est en équilibre énergétique. Dans le cas contraire, un excès d'apports engendre un stockage énergétique ; un déficit en apports provoque un déficit énergétique de l'organisme.

Chapitre 8

La forme de la Terre

Cours

1 La sphéricité de la Terre

Dès l'Antiquité, des observations de différentes natures ont permis de conclure que la Terre était sphérique, alors même que, localement, elle apparaît plane dans la plupart des expériences quotidiennes.

Par exemple le philosophe grec Pythagore, au VIe siècle avant J.C. grâce à l'observation des éclipses de Lune fait l'hypothèse que la Terre est sphérique. Aristote (384 avant J.C.) utilise l'argument de la forme circulaire de l'ombre de la Terre portée sur la Lune lors des éclipses. Il fait remarquer que des étoiles nouvelles apparaissent au-dessus de l'horizon et que d'autres disparaissent lorsque l'on va vers le Nord ou vers le Sud.

Une fois la notion de sphéricité de la Terre admise, ce ne fut qu'une question de temps avant que les coordonnées angulaires (latitude et longitude) ne soient introduites.

2 Repérer un point à la surface de la Terre

A Définitions

On repère un point à la surface de la Terre par deux coordonnées angulaires, sa latitude et sa longitude.

- **Latitude** : angle formé en un point donné de la surface terrestre, par la verticale du lieu (droite passant par ce point le centre de la Terre) avec le plan de l'équateur terrestre. Cet angle peut aller de 0° (à l'équateur) à $\pm$ 90° (aux pôles). L'angle est compté positivement vers le Nord (N) et négativement vers le Sud (S).

Exemple

Un point de la surface terrestre de latitude 40°N.

- **Méridien :** demi-cercle imaginaire à la surface de la Terre passant par les pôles et dont le centre est le centre de la Terre.
- **Longitude** : angle mesuré sur l'équateur terrestre entre le méridien du lieu considéré et un méridien origine de Greenwich choisi arbitrairement. Cet angle peut aller de 0° à 180°. On ajoute une indication de sens pour dire si le méridien est à l'Est (E) ou à l'Ouest (O) du méridien de Greenwich.

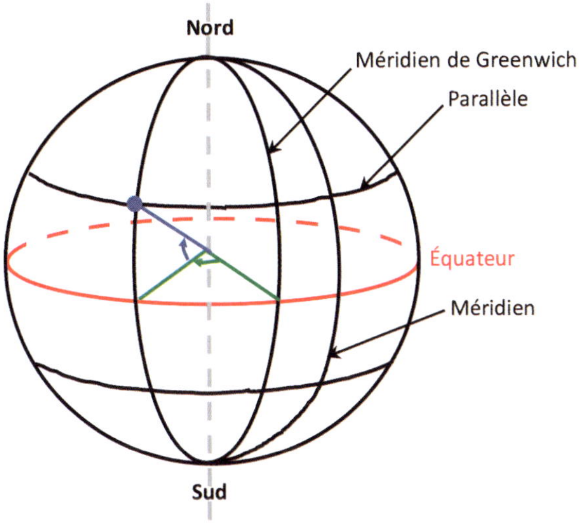

Exemple

Un point de la surface terrestre de longitude de 120°E.

- **Un parallèle** est un cercle imaginaire de la sphère terrestre, qui est parallèle au plan de l'équateur et qui sert à mesurer la latitude.
- **Grand cercle** : cercle dont le centre est le centre de la Terre.

Par exemple les cercles méridiens (passant par les pôles), sont des grands cercles.

B Le plus court chemin

La loxodromie désigne le chemin à cap constant entre deux points d'une sphère. Sur un planisphère c'est une droite qui coupe les méridiens avec un angle constant.

L'orthodromie désigne le chemin le plus court entre deux points d'une sphère, c'est-à-dire le plus petit des deux arcs du grand cercle passant par ces deux points.

Pour les courtes distances, l'écart entre les deux routes (orthodromique et loxodromique) est minime, mais pour les grandes distances, le gain apporté par la route orthodromique fait qu'elle est utilisée en navigation aérienne.

Généralisation : le plus court chemin entre deux points à la surface de la Terre est l'arc du grand cercle qui les relie.

C Longueur d'un arc de méridien et d'un arc de parallèle

Arc de méridien : distance entre deux points situés sur le même méridien.

Point méthode : calculer la longueur d'un arc de méridien

- *Soient deux points A et B situés sur le même méridien (donc à la même longitude) ;*
- *L'angle α est donné par la différence de latitude entre les deux points ;*
- *Le périmètre du grand cercle de rayon R (rayon de la Terre) passant par ces deux points vaut $2\times\pi\times R$;*
- *Si on parcourt tout le grand cercle (donc pour un angle au centre de 360°), la longueur parcourue vaut $2\times\pi\times R$;*
- *Par produit en croix, la longueur d'un arc de cercle d'angle α vaut :* $\frac{\alpha\times(2\times\pi\times R)}{360}$. C'est la longueur de l'arc de méridien qui s'étend de A à B.

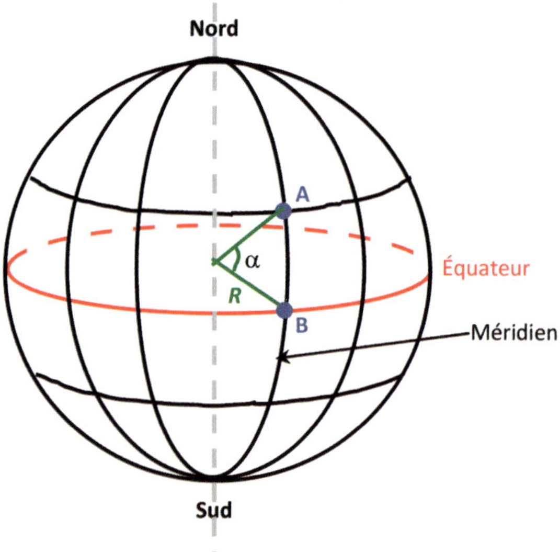

Point méthode : calculer la longueur d'un arc de parallèle

- *Soient deux points A et B situés sur le même parallèle (donc à la même longitude) ;*
- *L'angle α est donné par la différence de longitude entre les deux points ;*
- *La longueur du parallèle de rayon r passant par ces deux points vaut $2\times\pi\times r$;*
- *Si on parcourt tout le parallèle (donc pour un angle au centre de 360°), la longueur parcourue vaut $2\times\pi\times r$;*
- *Par produit en croix, la longueur d'un arc de cercle d'angle α vaut :* $\frac{\alpha\times(2\times\pi\times r)}{360}$. C'est la longueur de l'arc de parallèle qui s'étend de A à B.

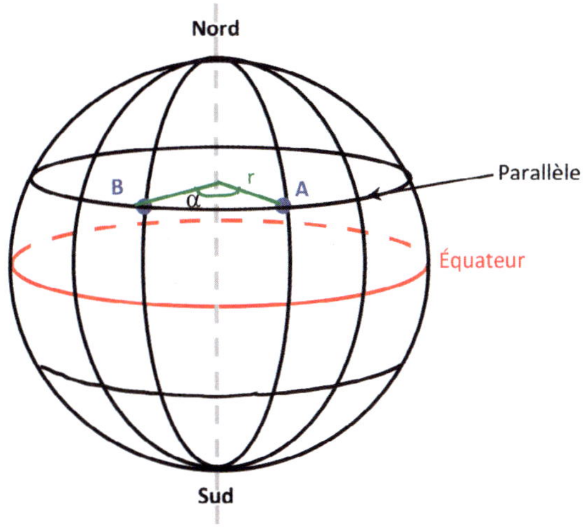

3 Détermination de la longueur d'un méridien

Historiquement, des méthodes géométriques ont permis de calculer la longueur d'un méridien (environ 20 000 km) à partir de mesures d'angles ou de longueurs : méthodes d'Ératosthène et de triangulation plane.

A Calcul de la longueur du méridien terrestre par la méthode d'Ératosthène

Ératosthène, mathématicien, géographe et poète grec (né en 276 avant J.C.) envisage que la Terre est une sphère et propose en 205 avant J.C. une méthode géométrique permettant de calculer la circonférence de la terre.

À Syène à midi, au moment du solstice d'été, le soleil culmine dans le ciel. Ératosthène attend que le soleil (se trouvant à la verticale) éclaire le fond d'un puits. Au même instant à Alexandrie (située sur le même méridien), ville éloignée d'environ 800 km, on mesure l'ombre d'un obélisque dont on connaît la hauteur afin de calculer l'angle que font les rayons du soleil avec la verticale. On trouve $\hat{a} = 7{,}12°$.

Ératosthène considère que le soleil (suffisamment éloigné) projette des rayons tous parallèles. L'angle $\hat{a}$ ainsi mesuré est alterne-interne égal à l'angle au centre de la Terre interceptant l'arc Alexandrie-Syène.

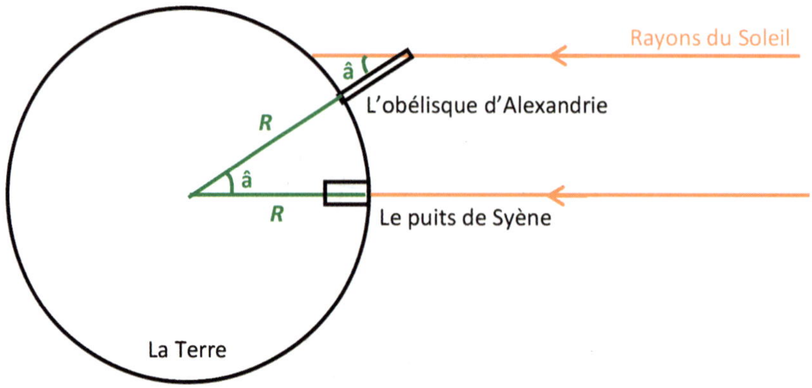

Par une relation de proportionnalité, il en déduit la circonférence de la Terre :

Mesure d'arc en degré	360°	7,12°
Longueur correspondante (km)	?	800

La circonférence L de la Terre vaut :

$$L = \frac{360 \times 800}{7,12} = 4,00 \cdot 10^4 \text{ km}$$

Or un méridien est un demi-cercle imaginaire à la surface de la Terre passant par les pôles et dont le centre est le centre de la Terre, donc on peut déterminer la longueur L' d'un méridien :

$$L' = \frac{L}{2} = 2,00 \cdot 10^4 \text{ km}$$

On peut déterminer le rayon de la Terre R à partir de la longueur L' du méridien :

$L' = \pi \times R$ (Moitié du périmètre d'un cercle de rayon R).

$$R = \frac{L'}{\pi} = \frac{2,00 \cdot 10^4}{\pi} = 6,37 \cdot 10^3 \text{ km}$$

Par la méthode d'Ératosthène, on trouve un rayon de la Terre égal à $6,37.10^3$ km.

B Calcul de la longueur du méridien terrestre par la méthode de triangulation

Delambre (1749-1822) et Méchain (1744-1804) ont mesuré la longueur du méridien qui traverse la France de Dunkerque à Barcelone, en passant par l'axe médian de l'Observatoire de Paris grâce à la méthode de triangulation.

Ils ont ainsi mesuré plus de 90 triangles en utilisant le principe de triangulation.

Principe de la triangulation

L'idée est de rattacher les deux extrémités de l'arc de méridien à mesurer par une série de triangles juxtaposés, de manière à réunir deux triangles contigus par un même côté commun.

Pour mener à bien les calculs il faut :

- mesurer tous les angles des triangles ;
- se servir de la loi des sinus (qui n'est pas à connaître par cœur). Elle permet de calculer les trois valeurs du triangle (côté ou angle), connaissant les trois autres :

$$\frac{a}{\sin\hat{A}} = \frac{b}{\sin\hat{B}} = \frac{c}{\sin\hat{C}}$$

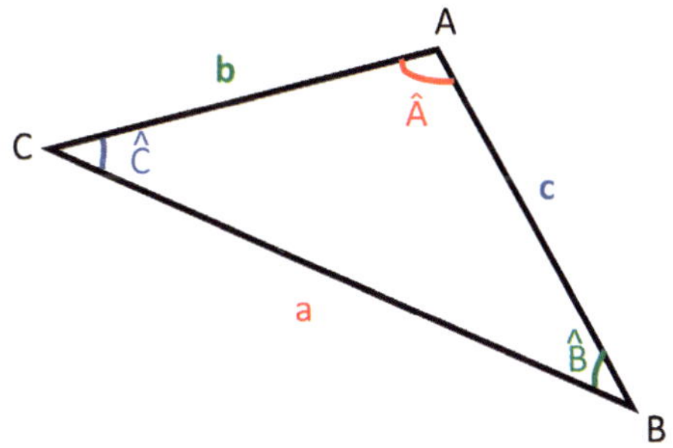

Rappels

- *Un angle plat vaut 180° ;*
- *La somme des angles d'un triangle vaut 180° ;*
- *Un angle droit vaut 90°* ;
- *Deux angles opposés par le sommet sont égaux.*

On souhaite mesurer la distance entre deux points A et B, extrémités de l'arc de méridien défini par ces deux points dont les positions sont connues.

$\frac{AC}{\sin\hat{F}} = \frac{AF}{\sin\hat{C}} = \frac{FC}{\sin\hat{A}}$

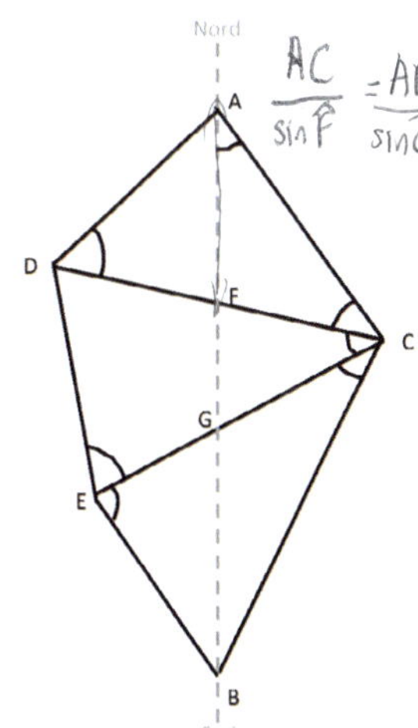

Les points C, D et E sont choisis pour leur visibilité (points en altitude par exemple), afin de pouvoir mesurer facilement les angles.

La longueur AC est connue initialement ainsi que tous les angles.

La longueur AB peut se décomposer comme suit : AB = AF + FG + GB

- Calcul de la longueur AF :

  Dans le triangle ACF, on a d'après la loi des sinus : $\frac{AC}{\sin\hat{F}}=\frac{AF}{\sin\hat{C}}=\frac{FC}{\sin\hat{A}}$

  Donc $AF=\frac{AC}{\sin\hat{F}}\times\sin\hat{C}$
- En exprimant la longueur de tous les côtés de chaque triangle présent et en connaissant la valeur de chaque angle, on peut calculer par la même méthode les longueurs FG et GB et en déduire la longueur de l'arc de méridien AB.

  Delambre et Méchain trouvent que l'arc du méridien entre Dunkerque et Barcelone mesure 551 584,72 toises, sachant que 1 toise = 1,949 m. L'arc mesure donc $1{,}075.10^3$ km et couvre 9,4° de latitude.

  Par une relation de proportionnalité, on en déduit la longueur du méridien terrestre :

Mesure d'arc en degré	180°	9,4°
Longueur correspondante (km)	?	$1{,}075.10^3$

La longueur du méridien terrestre vaut :

$$L=\frac{180\times1{,}075\cdot10^3}{9{,}4}=2{,}059\cdot10^4\text{ km}$$

Exercices

Savoirs

Dés l'Antiquité, des observations de différentes natures ont permis de conclure que la Terre était sphérique, alors même que, localement, elle apparaît plane dans la plupart des expériences quotidiennes.

Historiquement, des méthodes géométriques ont permis de calculer la longueur d'un méridien à partir de mesures d'angles ou de longueurs : méthodes d'Ératosthène et de triangulation plane.

On repère un point à la surface de la Terre par deux coordonnées angulaires, sa latitude et sa longitude.

Le plus court chemin entre deux points à la surface de la Terre est l'arc du grand cercle qui les relie.

Exercice 8.1

Restituer des connaissances

Vrai ou faux ? Corriger les propositions fausses.

1. Dès l'Antiquité on savait que la Terre était sphérique. Vrai
2. Un méridien est un grand cercle passant par les pôles et dont le centre est le centre de la Terre. Faux
3. La latitude est l'angle formé en un point donné de la surface terrestre, par l'horizontale du lieu avec le plan de l'équateur terrestre. ~~Oui~~ Faux
4. Un parallèle est un cercle imaginaire de la sphère terrestre, parallèle au plan de l'équateur, servant à mesurer la latitude. Vrai
5. Pour Ératosthène la Terre était plate. Faux
6. La longitude est une distance mesurée sur l'équateur terrestre entre le méridien du lieu considéré et un méridien origine choisi arbitrairement. ~~Oui~~ - Faux
7. La latitude varie de 0 à $\pm 90°$. Vrai
8. La longitude varie de 0 à $\pm 90°$. ~~Vrai~~ Faux
9. C'est la route orthodromique qui est utilisée en navigation aérienne. Vrai
10. Le plus court chemin entre deux points à la surface de la Terre est le chemin à cap constant entre ces deux points. Faux
11. Le périmètre L d'un grand cercle à la surface de la Terre (de rayon R) s'écrit : $L = 2 \times \pi \times R$. Vrai

12. La longueur L d'un méridien se calcule par la formule : $L = 2 \times \pi \times R$, avec R le rayon de la Terre. Vrai

13. Le principe de la triangulation repose sur l'observation des ombres au solstice d'été.

14. Un parallèle est un lieu d'égale latitude.

15. La méthode de triangulation utilise le théorème de Pythagore.

Exercice 8.2

Restituer des connaissances

1. Expliquer comment Ératostène a déterminé la longueur d'un méridien.
2. Expliquer comment Delambre et Méchain ont déterminé la longueur d'un méridien.

Exercice 8.3

Exploiter des documents

Déterminer les coordonnées de Rennes.

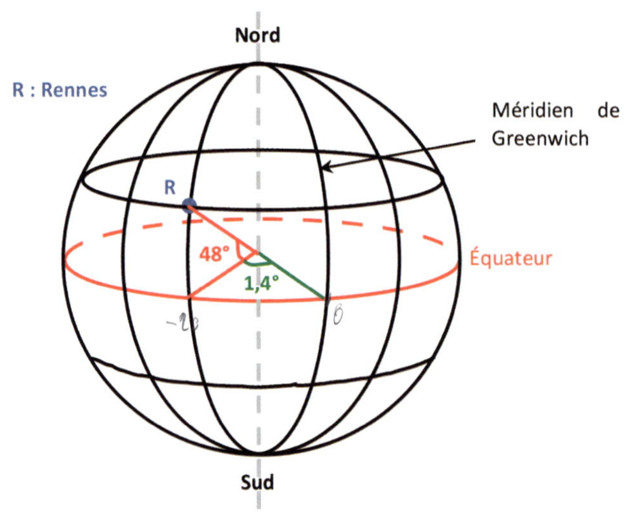

Compétence *attendue*

- Calculer la longueur du méridien terrestre par la méthode d'Ératosthène. Calculer le rayon de la Terre à partir de la longueur du méridien.

Exercice 8.4

Exploiter des documents
Organiser et effectuer des calculs

À Syène à midi, au moment du solstice d'été, le soleil culmine dans le ciel. Ératosthène attend que le soleil, se trouvant à la verticale, éclaire le fond d'un puits. Au même instant à Alexandrie (située sur le même méridien), on mesure l'ombre de 1,0 m d'un obélisque de hauteur 8,0 m. On note â, l'angle que font les rayons du soleil avec la verticale.

Ératosthène considère le soleil suffisamment éloigné pour projeter des rayons parallèles.

Il savait également qu'en parcourant 100 stades par jour, les caravanes de chameaux partant de Syène mettaient 50 jours pour arriver à Alexandrie. Le stade était l'unité en usage à l'époque d'Ératosthène : 1 stade ≃ 0,16 km.

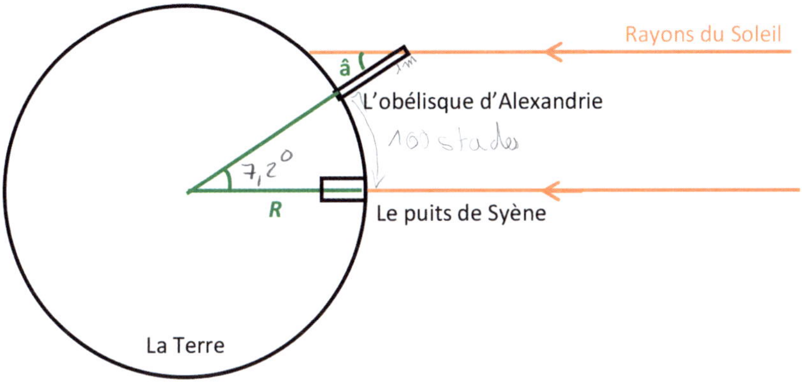

1. Quelles hypothèses a dû faire Ératosthène ?
2. Calculer la valeur de l'angle â.
3. Calculer la circonférence de la Terre. C = 5000 × 50 = 250 000
4. Calculer la longueur d'un méridien terrestre. C = 5000 × 50 = 250 000
5. En déduire le rayon R de la Terre.

Compétence *attendue*

- Calculer une longueur par la méthode de triangulation utilisée par Delambre et Méchain. Calculer le rayon de la Terre à partir de la longueur du méridien.

Exercice 8.5

Exploiter des documents
Organiser et effectuer des calculs

Le but de cet exercice est de calculer la distance AB. Pour cela, on a « enfermé » le segment correspondant dans une chaîne de trois triangles et on a réalisé les mesures angulaires portées sur le schéma.

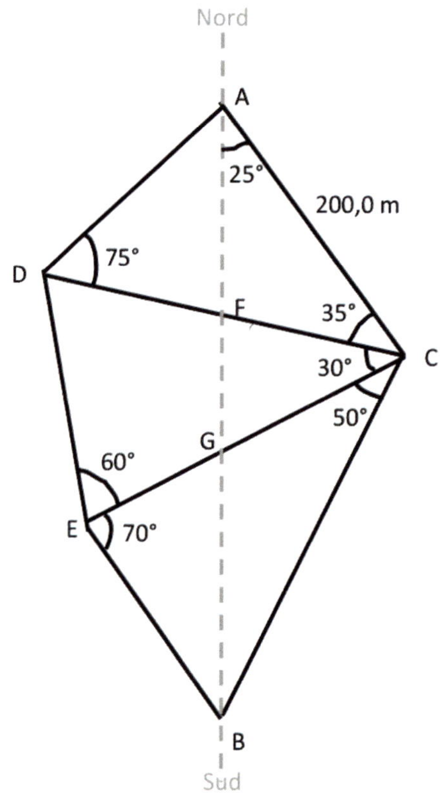

Donnée Loi des sinus

$$\frac{a}{\sin\widehat{A}} = \frac{b}{\sin\widehat{B}} = \frac{c}{\sin\widehat{C}}.$$

1. Calculer les distances AF et FC.
2. Calculer les distances FG et GB.
3. En déduire la longueur AB.

Exercice 8.6

Exploiter des documents
Organiser, effectuer et contrôler des calculs

1. Déterminer la distance entre Chambourcy et Versailles grâce à la triangulation plane.

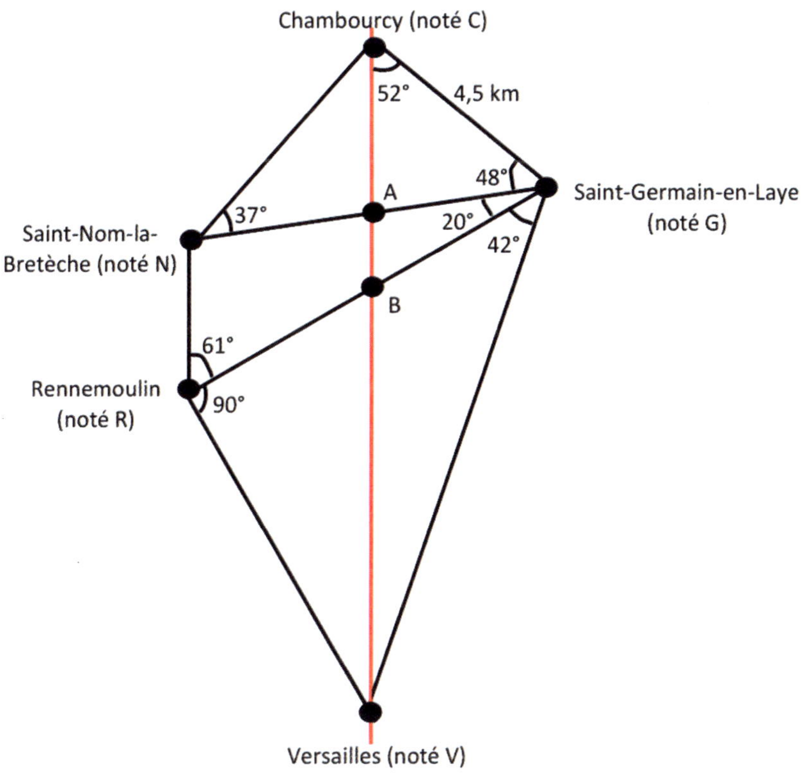

Donnée Loi des sinus

$$\frac{a}{\sin\widehat{A}} = \frac{b}{\sin\widehat{B}} = \frac{c}{\sin\widehat{C}}.$$

2. Sur le plan proposé par Google Maps, à « vol d'oiseau » on mesure 13 cm entre Chambourcy et Versailles. Sachant que l'échelle de la carte est 1 cm pour 1 km, déterminer la distance Chambourcy-Versailles et la comparer au résultat de la question 1.

Compétence *attendue*

- Calculer le rayon de la Terre à partir de la longueur du méridien.

Exercice 8.7

Effectuer des calculs

Le 180e méridien est situé exactement à l'opposé du méridien Greenwich sur le globe terrestre. Sur cet axe, se trouve aussi la ligne de changement de date, c'est-à-dire qu'on change de jour. Ce méridien passe par les îles Fidji dans l'océan pacifique. La longueur de ce méridien vaut 20 003,932 km. Calculer la valeur du rayon de la Terre.

Compétence *attendue*

- Calculer la longueur d'un arc de méridien et d'un arc de parallèle.

Exercice 8.8

Effectuer des calculs

Rodez et Evry sont des villes françaises situées sur le même méridien et sont séparées par 4° de latitude. La Terre est considérée comme une sphère parfaite de rayon R = 6 400 km. Calculer la distance entre ces deux villes en suivant le méridien.

Exercice 8.9

Exploiter des documents
Organiser et effectuer des calculs

La Terre est considérée comme une sphère parfaite de rayon R = 6 400 km. Quimper se situe sur le parallèle de latitude 48° Nord. Soit r le rayon du cercle correspondant à ce parallèle.

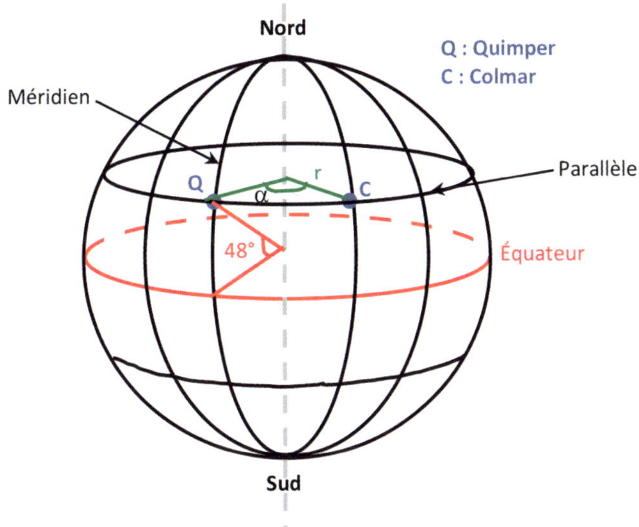

1. Que vaut le rayon r ?
2. Calculer la longueur du parallèle de Quimper.
3. La longitude de Quimper est 4° Ouest. La ville de Colmar en France (de longitude 7° Est) est à la même latitude que Lille. Calculer la distance séparant ces deux villes sur le parallèle.

Corrigé des exercices

Exercice 8.1

1. Vrai.
2. Faux. Un méridien est un demi grand cercle passant par les pôles et dont le centre est le centre de la Terre.
3. Faux. La latitude est l'angle formé en un point donné de la surface terrestre, par la verticale du lieu avec le plan de l'équateur terrestre.
4. Vrai.
5. Faux. Pour Ératosthène la Terre était sphérique.
6. Faux. La longitude est un angle mesuré sur l'équateur terrestre entre le méridien du lieu considéré et un méridien origine choisi arbitrairement.
7. Vrai.
8. Faux. La longitude varie de 0 à 180°. On ajoute une indication de sens pour dire si le méridien est à l'Est (E) ou à l'Ouest (O) du méridien de Greenwich.
9. Vrai.
10. Faux. Le plus court chemin entre deux points à la surface de la Terre est l'arc du grand cercle qui les relie.
11. Vrai.
12. Faux. La longueur L d'un méridien se calcule par la formule : $L = \pi \times R$, avec R le rayon de la Terre, puisqu'un méridien est un demi grand cercle.
13. Faux. Le principe de la triangulation repose sur le fait de rattacher les deux extrémités de l'arc de méridien à mesurer par une série de triangles juxtaposés, de manière à réunir deux triangles contigus par un même côté commun. La connaissance des angles des triangles et de la loi des sinus permet de déterminer des distances inconnues.
14. Vrai.
15. Faux. La méthode de triangulation utilise la loi des sinus.

Exercice 8.2

1. Ératostène a attendu que le Soleil éclaire le fond d'un puits à À Syène à midi, (au solstice d'été, quand le soleil culmine dans le ciel). Il a mesuré au même instant à Alexandrie (située sur le même méridien) l'ombre d'un obélisque dont on connaît la hauteur afin de calculer l'angle â que font les rayons du soleil avec la verticale.

   Le soleil projetant des rayons parallèles, l'angle â ainsi mesuré est alterne-interne égal à l'angle au centre de la Terre interceptant l'arc Alexandrie-Syène.

   Par une relation de proportionnalité, il en déduit la circonférence de la Terre.

   Comme un méridien est un demi grand cercle, en divisant par 2 la circonférence de la Terre, il en déduit la longueur du méridien.

2. Delambre et Méchain ont mesuré la longueur du méridien qui traverse la France de Dunkerque à Barcelone grâce à la méthode de triangulation plane.

   Ils ont ainsi mesuré plus de 90 triangles en utilisant le principe de triangulation.

Exercice 8.3

Les coordonnées de Rennes sont : 48° Nord et 1,4° Ouest.

Exercice 8.4

1. Ératosthène considère le soleil suffisamment éloigné pour projeter des rayons parallèles et que la Terre est sphérique.

2. Dans le triangle rectangle formé par l'obélisque, par l'ombre et par le rayon du Soleil :

   $\tan\hat{a} = \dfrac{1{,}0}{8{,}0}$, donc $\hat{a} = \arctan\left(\dfrac{1{,}0}{8{,}0}\right) = 7{,}1°$.

   L'angle â vaut 7,1°.

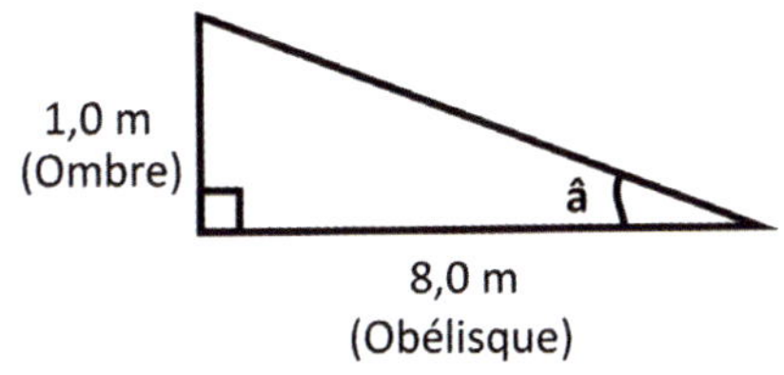

3. Par une relation de proportionnalité, on en déduit la circonférence de la Terre :

Mesure d'arc en degré	360°	7,1°
Longueur correspondante (km)	?	800

La circonférence de la Terre vaut :

$$L=\frac{360\times800}{7,1}=4,0\cdot10^{4}\text{ km}$$

4. Un méridien est un demi-cercle imaginaire à la surface de la Terre passant par les pôles et dont le centre est le centre de la Terre, donc on peut déterminer la longueur L' d'un méridien :

$$L'=\frac{L}{2}=2,0\cdot10^{4}\text{ km}$$

5. On peut déterminer le rayon de la Terre R à partir de la longueur L' du méridien : $L'=\pi\times R$ (moitié du périmètre d'un cercle de rayon R).

$$R=\frac{L'}{\pi}=\frac{2,0\cdot10^{4}}{\pi}=6,4\cdot10^{3}\text{ km}$$

Par la méthode d'Ératosthène, on trouve un rayon de la Terre égal à 6,4.10^4 km.

Exercice 8.5

1. Dans le triangle ACF :

Données

- $\hat{A}=25°;\hat{C}=35°;\hat{F}=180-25-35=120°;AC=200,0\text{m}$
- Loi des sinus : $\frac{AC}{\sin\hat{F}}=\frac{AF}{\sin\hat{C}}=\frac{FC}{\sin\hat{A}}$
- $AF=\frac{AC}{\sin\hat{F}}\times\sin\hat{C}=\frac{200,0\times\sin35°}{\sin120°}=132,5\text{m}$
- $FC=\frac{AC}{\sin\hat{F}}\times\sin\hat{A}=\frac{200,0\times\sin25°}{\sin120°}=97,6\text{m}$

2. Pour calculer les distances FG et GB, il faut trouver les angles et les longueurs des côtés de chaque triangle.

Remarque : la valeur réelle des angles et les distances ne sont pas respectés sur le schéma fourni.

- Dans le triangle AFD :

Données :

- $\hat{D}=75°;\hat{F}=180-120=60°;\hat{A}=180-75-60=45°;AF=132,5\text{m}$
- Loi des sinus : $\frac{AD}{\sin\hat{F}}=\frac{DF}{\sin\hat{A}}=\frac{AF}{\sin\hat{D}}$
- $AD=\frac{AF}{\sin\hat{D}}\times\sin\hat{F}=\frac{132,5\times\sin60°}{\sin75°}=118,8\text{m}$

– $DF = \frac{AF}{\sin\widehat{D}} \times \sin\widehat{A} = \frac{132{,}5 \times \sin 45°}{\sin 75°} = 97{,}0\,\text{m}$

- Dans le triangle FCG :

  Données

  – $\widehat{C} = 30°\,;\widehat{F} = 180 - 120 = 60°\,;\widehat{G} = 180 - 30 - 60 = 90°\,;FC = 97{,}6\,\text{m}$

  – Loi des sinus : $\frac{FC}{\sin\widehat{G}} = \frac{GC}{\sin\widehat{F}} = \frac{FG}{\sin\widehat{C}}$

  – $GC = \frac{FC}{\sin\widehat{G}} \times \sin\widehat{F} = \frac{97{,}6 \times \sin 60°}{\sin 90°} = 84{,}5\,\text{m}$

  – $GC = \frac{FC}{\sin\widehat{G}} \times \sin\widehat{C} = \frac{97{,}6 \times \sin 30°}{\sin 90°} = 48{,}8\,\text{m}$

- Dans le triangle DCE :

  Données

  – $\widehat{C} = 30°\,;\widehat{E} = 60°\,;\widehat{D} = 180 - 30 - 60 = 90°\,;$

  $DC = DF + FC = 97{,}0 + 97{,}6 = 194{,}6\ \text{m}$

  – Loi des sinus : $\frac{DC}{\sin\widehat{E}} = \frac{EC}{\sin\widehat{D}} = \frac{DE}{\sin\widehat{C}}$

  – $EC = \frac{DC}{\sin\widehat{E}} \times \sin\widehat{D} = \frac{194{,}6 \times \sin 90°}{\sin 60°} = 224{,}7\,\text{m}$

  – $DE = \frac{DC}{\sin\widehat{E}} \times \sin\widehat{C} = \frac{194{,}6 \times \sin 30°}{\sin 60°} = 112{,}4\,\text{m}$

- Dans le triangle ECB :

  Données

  – $\widehat{C} = 50°\,;\widehat{E} = 70°\,;\widehat{B} = 180 - 50 - 70 = 60°\,;EC = 224{,}7\,\text{m}$

  – Loi des sinus : $\frac{EC}{\sin\widehat{B}} = \frac{CB}{\sin\widehat{E}} = \frac{EB}{\sin\widehat{C}}$

  – $CB = \frac{EC}{\sin\widehat{B}} \times \sin\widehat{E} = \frac{224{,}7 \times \sin 70°}{\sin 60°} = 243{,}8\,\text{m}$

Corrigés

- Dans le triangle GCB :

Données

– $\hat{G} = 180 - 90 = 90°$; $\hat{C} = 50°$; $\hat{B} = 180 - 50 - 90 = 40°$; $BC = 243{,}8\,\text{m}$

– Loi des sinus : $\dfrac{GC}{\sin\hat{B}} = \dfrac{BC}{\sin\hat{G}} = \dfrac{GB}{\sin\hat{C}}$

– $GB = \dfrac{BC}{\sin\hat{G}} \times \sin\hat{C} = \dfrac{243{,}8 \times \sin 50°}{\sin 90°} = 186{,}8\,\text{m}$

3. $AB = AF + FG + GB = 132{,}5 + 48{,}8 + 186{,}8 = 368{,}1\,\text{m}$

Exercice 8.6

1. - Dans le triangle CGA :

Données

– $\hat{C} = 52°$; $\hat{G} = 48°$; $\hat{A} = 180 - 52 - 48 = 80°$; $CG = 4{,}5\,\text{km}$

– Loi des sinus : $\dfrac{CG}{\sin\hat{A}} = \dfrac{CA}{\sin\hat{G}} = \dfrac{AG}{\sin\hat{C}}$

– $CA = \dfrac{CG}{\sin\hat{A}} \times \sin\hat{G} = \dfrac{4{,}5 \times \sin 48°}{\sin 80°} = 3{,}4\,\text{km}$

– $AG = \dfrac{CG}{\sin\hat{A}} \times \sin\hat{C} = \dfrac{4{,}5 \times \sin 52°}{\sin 80°} = 3{,}6\,\text{km}$

- Dans le triangle CGN :

Données

– $\hat{G} = 48°$; $\hat{N} = 37°$; $\hat{C} = 180 - 48 - 37 = 95°$; $CG = 4{,}5\,\text{km}$

– Loi des sinus : $\dfrac{CG}{\sin\hat{N}} = \dfrac{CN}{\sin\hat{G}} = \dfrac{NG}{\sin\hat{C}}$

– $CN = \dfrac{CG}{\sin\hat{N}} \times \sin\hat{G} = \dfrac{4{,}5 \times \sin 48°}{\sin 37°} = 5{,}6\,\text{km}$

– $CG = \dfrac{CG}{\sin\hat{N}} \times \sin\hat{C} = \dfrac{4{,}5 \times \sin 95°}{\sin 37°} = 7{,}5\,\text{km}$

- Dans le triangle AGB :

Données

– $\widehat{G}=20°$; $\widehat{A}=180-80=100°$; $\widehat{B}=180-20-100=60°$; $AG=3{,}6\,\text{km}$

– Loi des sinus : $\dfrac{AG}{\sin\widehat{B}}=\dfrac{BG}{\sin\widehat{A}}=\dfrac{AB}{\sin\widehat{G}}$

– $BG=\dfrac{AG}{\sin\widehat{B}}\times\sin\widehat{A}=\dfrac{3{,}6\times\sin 100°}{\sin 60°}=4{,}1\,\text{km}$

– $AB=\dfrac{AG}{\sin\widehat{B}}\times\sin\widehat{G}=\dfrac{3{,}6\times\sin 20°}{\sin 60°}=1{,}4\,\text{km}$

- Dans le triangle NGR :

Données

– $\widehat{G}=20°$; $\widehat{R}=61°$; $\widehat{N}=180-20-61=99°$; $NG=7{,}5\,\text{km}$

– Loi des sinus : $\dfrac{NG}{\sin\widehat{R}}=\dfrac{NR}{\sin\widehat{G}}=\dfrac{RG}{\sin\widehat{N}}$

– $NR=\dfrac{NG}{\sin\widehat{R}}\times\sin\widehat{G}=\dfrac{7{,}5\times\sin 20°}{\sin 61°}=2{,}9\,\text{km}$

– $RG=\dfrac{NG}{\sin\widehat{R}}\times\sin\widehat{N}=\dfrac{7{,}5\times\sin 99°}{\sin 61°}=8{,}4\,\text{km}$

- Dans le triangle BGV :

Données

– $\widehat{G}=42°$; $\widehat{B}=180-60=120°$; $\widehat{V}=180-42-120=18°$; $BG=4{,}1\,\text{km}$

– Loi des sinus : $\dfrac{BV}{\sin\widehat{G}}=\dfrac{BG}{\sin\widehat{V}}=\dfrac{GV}{\sin\widehat{B}}$

– $BV=\dfrac{BG}{\sin\widehat{V}}\times\sin\widehat{G}=\dfrac{4{,}1\times\sin 42°}{\sin 18°}=8{,}9\,\text{km}$

– Calcul de la distance Chambourcy-Versailles :

– $CV=CA+AB+BV=3{,}4+1{,}4+8{,}9=13{,}7\,\text{km}$

2. D'après Google Maps on trouve en mesurant 13 km. Si on calcule l'écart relatif avec la valeur trouvée à la première question :

$$\frac{13{,}7-13}{13{,}7}\times 100=5{,}1\,\%$$

On trouve un écart relatif de 5,1 % (< 10 %), ce qui est tout à fait acceptable.

Corrigés

Exercice 8.7

Un méridien étant un demi grand cercle, son périmètre L vaut : $L = \pi \times R$, avec R le rayon de la Terre.

d'où : $R = \dfrac{L}{\pi} = \dfrac{20\,003{,}932}{\pi} = 6\,367{,}4493\,\text{km}$

Le rayon de la Terre vaut 6 367, 4 493 km.

Exercice 8.8

Données

- $\alpha = 4°$;
- $R = 6\,400$ km.

Le périmètre L du grand cercle de rayon R passant par ces deux points vaut $L = 2 \times \pi \times R$.

Si on parcourt tout le grand cercle (donc pour un angle au centre de 360°), la longueur parcourue vaut $L = 2 \times \pi \times R$. Par produit en croix, la longueur L' d'un arc de cercle d'angle α vaut : $L' = \dfrac{\alpha \times (2 \times \pi \times R)}{360} = \dfrac{4 \times (2 \times \pi \times 6\,400)}{360} = 446{,}8\,\text{km}$.

C'est la longueur de l'arc de méridien qui s'étend de Rodez à Evry.

Il y a 446,8 km entre ces deux villes en suivant le méridien.

Exercice 8.9

1. On se place dans le triangle rectangle suivant :

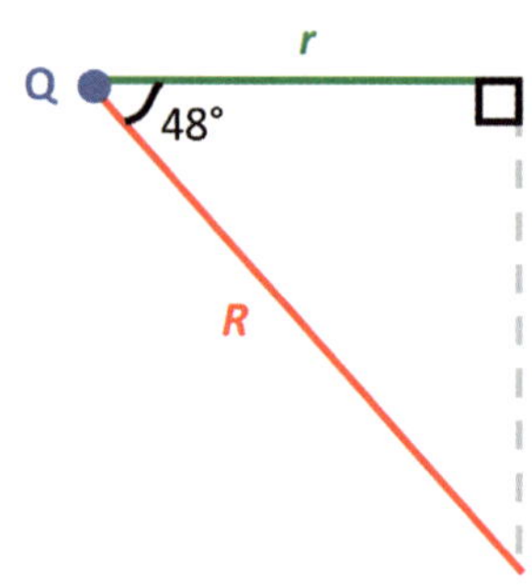

$\cos 48° = \dfrac{r}{R}$, donc : $r = R \times \cos 48° = 6\,400 \times \cos 48° = 4\,282\,\text{km}$

Le rayon r vaut 4 282 km.

2. Pour calculer la longueur L du parallèle de Quimper, on applique la formule du périmètre d'un cercle de rayon r :

$L = 2 \times \pi \times r = 2 \times \pi \times 4\,282 = 2.691 \cdot 10^4$ km

3. Entre les villes de Quimper et de Colmar, il y a un angle $\alpha = 4 + 7 = 11°$.

Si on parcourt tout le parallèle de rayon *r* passant par ces deux villes (donc pour un angle au centre de 360°), la longueur parcourue est *L*. Par produit en croix, la longueur d'un arc de cercle d'angle α vaut :

$$\frac{\alpha \times L}{360} = \frac{11 \times 2{,}691 \cdot 10^4}{360} = 822{,}3\,\text{km}$$

La distance séparant ces deux villes sur le parallèle est 822,3 km.

Corrigés

Chapitre 9

L'histoire de l'âge de la Terre

Cours

L'âge de la Terre est d'un ordre de grandeur bien au-delà de la vie humaine. Sa compréhension a été progressive et a mis en œuvre des arguments très variés.

Quels sont les principaux arguments utilisés pour dater la Terre au cours de l'histoire des sciences ?

1 Le temps de refroidissement

Vers 1755, le comte de **Buffon** réalisa des expériences sur la durée de refroidissement de sphères métalliques de diamètres variés. Il proposa alors un âge de la Terre de 10 millions d'années mais ne publia que le chiffre de 74 000 ans afin de s'assurer la compréhension des scientifiques à une époque où l'âge était estimé de quelques milliers d'années.

Lord Kelvin osa proposer en 1866 une estimation d'environ 100 millions d'années. Physicien reconnu, il se basa sur sa théorie d'un refroidissement progressif du globe libérant un flux de chaleur depuis sa formation. En connaissant les valeurs de ce flux et la température de la matière en fusion lors de la création de la Terre, il est possible de calculer la durée du refroidissement déjà engagé.

2 Les empilements sédimentaires

Au milieu du XIXe siècle, des observateurs de la nature avaient remarqué que les superpositions de sédiments se faisaient avec un taux moyen de 1 mètre pour 1 000 ans. Ainsi certains ont daté l'âge de la Terre entre 3 et 3,5 milliards d'années en fonction des épaisseurs géologiques étudiées.

Définition

Sédiment : dépôt laissé par un agent externe comme l'eau ou le vent.

3 L'évolution biologique

À la fin du XIXe siècle, des biologistes comme **C. Darwin** et **G. Cuvie**r étudièrent les nombreux **fossiles** d'espèces trouvés dans des sédiments. Ils observèrent que certaines espèces disparaissaient alors que d'autres apparaissaient sur des temps géologiques longs. Ils proposèrent l'âge de la Terre d'environ 300 millions d'années, âge compatible avec la théorie de l'évolution émise par C. Darwin.

4 La radioactivité

C'est au XIXe siècle que la découverte de la radioactivité naturelle par **H. Becquerel** puis son exploitation par **E.Rutherford** au XXe siècle ont permis d'établir l'âge de la Terre sur la datation de roches à 500 millions d'années. S'ensuit des datations variées pour une estimation maximale entre 3 et 3,4 milliards d'années.

Dans les années 1950, **C.C Patterson** étudia des météorites trouvées sur Terre. Il détermina ainsi l'âge de la Terre à 4,54 milliards d'années +/– 50 millions d'années. Cet âge fût confirmé par d'autres méthodes radiochronologiques et dans les années 1970 il sera validé par la datation de roches lunaires à 4,55 milliards d'années.

En résumé

Aujourd'hui, avec l'amélioration des techniques de radiochronologie utilisées, le calcul obtenu pour l'âge de la Terre est d'environ 4,567 milliards d'années.

Exercices

Savoirs

Au cours de l'histoire des sciences, plusieurs arguments ont été utilisés pour aboutir à la connaissance actuelle de l'âge de la Terre : temps de refroidissement, empilements sédimentaires, évolution biologique, radioactivité.

L'âge de la Terre aujourd'hui précisément déterminé est de $4,57.10^9$ ans.

Exercice 9.1

Restituer des connaissances

1. Quelle technique a permis d'établir l'âge de la Terre retenu actuellement ?
2. Quelles sont les deux techniques qui utilisaient l'étude des sédiments pour établir l'âge de la Terre ?
3. Quel est l'âge de la Terre reconnu actuellement ?

Exercice 9.2

Restituer des connaissances

Vrai ou faux ?

1. L'âge de la Terre est actuellement estimé à 4,57 millions d'années.
2. Charles Darwin a estimé l'âge de la Terre en étudiant le refroidissement terrestre.
3. L'âge de la Terre actuel est connu depuis le XXe siècle.
4. C. Patterson data l'âge de météorites par la radioactivité.

Exercice 9.3

Restituer des connaissances

Classer dans l'ordre chronologique les arguments qui ont permis de faire une datation de l'âge de la Terre : radiochronométrie sur des roches terrestres, taux de sédimentation, radiochronométrie sur des météorites, évolution biologique, temps de refroidissement terrestre.

Compétences attendues

- Interpréter des documents présentant des arguments historiques utilisés pour comprendre l'âge de la Terre.
- Identifier diverses théories impliquées dans la controverse scientifique de l'âge de la Terre.

Exercice 9.4

Exploiter des documents
Rédiger une argumentation scientifique

Au cours du XVIIIe siècle, l'observation de la nature a permis à certains scientifiques d'établir des âges de la Terre en prenant en compte l'épaisseur des sédiments et le taux de sédimentation.

Document 1 Estimations de l'âge de la Terre entre 1860 et 1909 par la stratigraphie

Date	Auteurs	Épaisseurs maximales des sédiments (Km)	Âges (10^6 ans)
1860	Phillips	22	96
1892	Geike	30	73 à 680
1893	Mc Gee	80	1584
1893	Upham	80	100

La radiochronologie quant à elle permet d'avoir une mesure de la roche étudiée. Des mesures sont faites sur des météorites, corps célestes formés en même temps que la Terre lors de l'accrétion des éléments originels.

Document 2 Estimations de l'âge de différentes météorites par radiochronologie

Type de météorite	Isotopes utilisés	Âges (10^9 ans)
Chondrites	Samarium-Néodyme	4,21 +/– 0,76
Chondrites	Rubidium-Strontium	4,50 +/– 0,02
Chondrites carbonées	Rubidium-Strontium	4,37 +/– 0,34
Eucrites	Rubidium-Strontium	4,53 +/– 0,19
Eucrites	Lutécium-Hafnium	4,57 +/– 0,19

1. Émettre une hypothèse sur les différences d'âges obtenus pour une même méthode, celle de la sédimentation.
2. Expliquer en quoi la radiochronologie a permis de mettre fin aux désaccords entre les scientifiques, et plus précisément entre ceux qui utilisaient une même méthode de datation comme celle de la sédimentation.

Exercice 9.5

Effectuer des calculs

En Normandie les falaises de calcaire du pays de Caux ont une renommée mondiale comme celle d'Étretat. À Dieppe, les falaises font 30 à 120 mètres d'épaisseur. Le taux de sédimentation moyen de la craie est de 15 cm pour 1 000 ans.

Calculer le temps théorique pour former les falaises les plus petites et les plus grandes du pays de Caux.

Exercice 9.6

Effectuer des calculs
Exploiter des documents

Au XVIIIe siècle, l'âge de la Terre couramment accepté était de 4 000 ans. En 1779, le comte de Buffon fut le premier à publier des expériences faites pour dater l'âge de la Terre.

Document 1 Expériences de Buffon

> Il partit du constat des mineurs qui observaient que la température augmente au fur et à mesure qu'ils s'enfoncent. Il exprima l'hypothèse que la Terre est une sphère en fusion qui se refroidit progressivement en libérant de la chaleur. Il fit fabriquer des boulets de fer de diamètres variés. Il les chauffa à la limite de leur point de fusion et mesura la durée de refroidissement pour atteindre la température actuelle de la Terre, soit 15 °C.

Document 2 Utilisation des publications de Newton sur la propagation de la chaleur pour la Terre

> Les mesures obtenues ont permis à Buffon de faire une corrélation entre le diamètre des boulets et la durée de leur refroidissement pour atteindre la température actuelle de la Terre. Il effectua une régression graphique qui lui permit d'extrapoler la durée de refroidissement d'un boulet dont la taille serait celle de la Terre.
>
> Soit N le diamètre en demi pouces, avec celui de la Terre de 941 461 920 demi-pouces : Age de la Terre en minutes = 54 N – 15.

Document 3 Extrait de *Histoire naturelle, générale et particulière* de Buffon (1774)

> [...] Seulement on pourrait croire que celui du refroidissement de la Terre devrait encore être considérablement augmenté, parce que l'on imagine que le refroidissement ne s'opère que par le contact de l'air, et qu'il y a une grande différence entre le temps du refroidissement dans l'air et le temps du refroidissement dans le vide ; et comme l'on doit supposer que la Terre et l'air se seraient en même temps refroidis dans le vide, on dira qu'il faut faire état de ce surplus de temps. [...]

1. Calculer l'âge de la Terre par la méthode de Buffon en années et jours.
2. Expliquer en quoi les résultats de Buffon ont eu un retentissement important.
3. Expliquer pourquoi Buffon a même avancé une datation de 10 millions d'années, qu'il n'a jamais publiée officiellement.
4. Émettre une hypothèse expliquant la datation publiée de 75 000 ans pour l'âge de la Terre.

Exercice 9.7

Restituer des connaissances
Exploiter des documents

Exercices

Au cours de l'histoire, des philosophes et des scientifiques ont essayé de dater l'âge de la Terre.

Aristote (350 av J.C.), *Du ciel* :

« Ainsi donc le ciel, pris dans sa totalité, n'a pas eu de naissance et ne peut périr, malgré ce qu'en disent certains philosophes, mais il est unique et éternel ; sa durée totale n'a pas eu de commencement et n'aura pas de fin : au contraire, il contient et embrasse en lui-même l'infinité du temps. »

Le philosophe Jean Buridan (1300-1358) affirmait :

« Je suppose aussi que le monde a perpétuellement existé, comme Aristote semblait l'entendre (...) bien que ce soit faux au gré de notre foi. »

Alphonse de Vignole (1734), *Chronologie de l'histoire sainte* :

« On croira peut-être qu'il y a de l'exagération en cela mais j'ai recueilli moi-même plus de deux cents calculs différents dont le plus court ne compte que 3 483 ans depuis la création du monde jusqu'à Jésus-Christ, et le plus long en compte 6 984. »

Buffon (1778), *Les époques de la nature* :

« Quoiqu'il soit très vrai que plus nous nous étendrons dans le temps, plus nous approcherons de la vérité et de la réalité de l'emploi qu'en fait la nature, il faut le raccourcir autant qu'il est possible pour se conformer à la puissance limitée de notre intelligence. »

En 1946, le géologue **Arthur Holmes** s'est basé sur la radiométrie pour estimer l'âge de la Terre à 3,35 milliards d'années. Le rejet fut immédiat par les astronomes de l'époque qui dataient l'Univers de deux milliards d'années.

1. Expliquer à l'aide de vos connaissances et des textes proposés comment des savants arrivent au cours de l'histoire des sciences à des datations de l'âge de la Terre si différentes
2. Expliquer à l'aide de vos connaissances et des textes proposés les éventuelles contraintes rencontrées par les scientifiques sur la datation de l'âge de la Terre allant parfois jusqu'à l'absence d'une publication.

Corrigé des exercices

Exercice 9.1

1. La technique qui a permis d'établir l'âge de la Terre retenu actuellement est celle de la mesure de la radioactivité.
2. Les deux techniques qui utilisaient l'étude des sédiments pour établir l'âge de la Terre sont l'étude du taux de sédimentation et celle de l'évolution biologique qui y étudie les fossiles.
3. L'âge de la Terre reconnu actuellement est de 4,57 milliards d'années.

Exercice 9.2

1. Faux.
2. Faux.
3. Vrai.
4. Faux.

Exercice 9.3

1. Temps de refroidissement terrestre.
2. Taux de sédimentation.
3. Évolution biologique.
4. Radiochronométrie sur des roches terrestres.
5. Radiochronométrie sur des météorites.

Exercice 9.4

1. La méthode de sédimentation a abouti à des âges très variables même pour une même épaisseur de sédiments variant entre 73 et 1 586 millions d'années. Cette variabilité est due au fait que le taux de sédimentation n'est pas le même en fonction de la localisation de la mesure et en fonction du temps.

2. En ce qui concerne la radiochronologie, quel que soit le type de météorites ou de radiomètre utilisé, l'âge de la Terre obtenu est assez proche à l'échelle géologique.

   La radiochronologie a ainsi permis d'avoir une plus grande précision de la datation et des résultats concordants entre différentes météorites.

Exercice 9.5

Soit un taux de sédimentation de 15 cm pour 1 000 ans, c'est-à-dire 0,15 m pour 1 000 ans.

Le temps théorique pour former une falaise de 30 mètres est :

0,15 m <-> 1 000 ans

30 m <-> x

x = 30 × 1 000 / 0,15 = 200 000 ans

Le temps théorique pour former une falaise de 120 mètres est :

0,15 m <-> 1 000 ans

120 m <-> x

x = 120 × 1 000 / 0,15 = 800 000 ans

Exercice 9.6

1. L'âge de la Terre par la méthode Buffon est :
   - âge = 54 N – 15 avec N = 941 461 920 demi-pouces
   - Âge = 54 × 941 461 920 = 50 838 943 662 minutes

   Sachant que 1 année correspond à 525 600 minutes et que 1 jour correspond à 1 440 minutes, on obtient :
   - 50 838 943 662 minutes correspondent à 96 725 ans et 283 662 minutes
   - 283 662 minutes correspondent à environ 197 jours

   Âge = 96 725 ans et 197 jours
2. Buffon a proposé un âge de la Terre 90 000 ans supérieur à celui qui était admis, ce qui était très important pour l'époque où on raisonnait en milliers d'années.
3. Buffon a même avancé une datation de 10 millions d'années car il prenait en compte un refroidissement dans le vide sans l'interaction avec l'atmosphère. Il estimait que ses calculs étaient en deçà de la réalité (document 3).
4. Buffon a publié la datation de 75 000 ans en minimisant ses calculs et son hypothèse bien au-delà car il estimait que les personnes de l'époque ne pouvaient le croire du fait des chiffres bien supérieurs à l'âge accepté depuis plusieurs siècles.

Exercice 9.7

1. Pour Aristote, il partait d'un postulat que la Terre a toujours existé. Les premiers calculs, mathématiques, se basaient sur une ascendance certaine de l'Église sur la pensée scientifique. Par la suite des géologues et physiciens s'opposent car les uns se basent sur l'étude de la surface terrestre quand les autres s'appuient sur des calculs mathématiques et des lois de la physique. Les techniques utilisées au cours du temps et les référents utilisés ont fait que les datations ont pu être très variées.
2. Plusieurs facteurs ont pu limiter la publication de la datation de l'âge de la Terre par les scientifiques :
   - La foi des scientifiques et l'impact de l'Église.
   - Les contradictions entre scientifiques dont certains étaient reconnus et soutenus.
   - Les limites de compréhension de l'esprit humain et le degré de compréhension des lecteurs.

Chapitre 10

La Terre dans l'Univers

Cours

1 La Terre dans le système solaire

A Conception géocentrique

Durant l'Antiquité, on considérait que la Lune, le Soleil et les 5 planètes visibles à l'œil nu (Mercure, Vénus, Mars, Jupiter et Saturne) tournaient autour de la Terre (immobile). C'est ce que l'on appelle le modèle géocentrique.

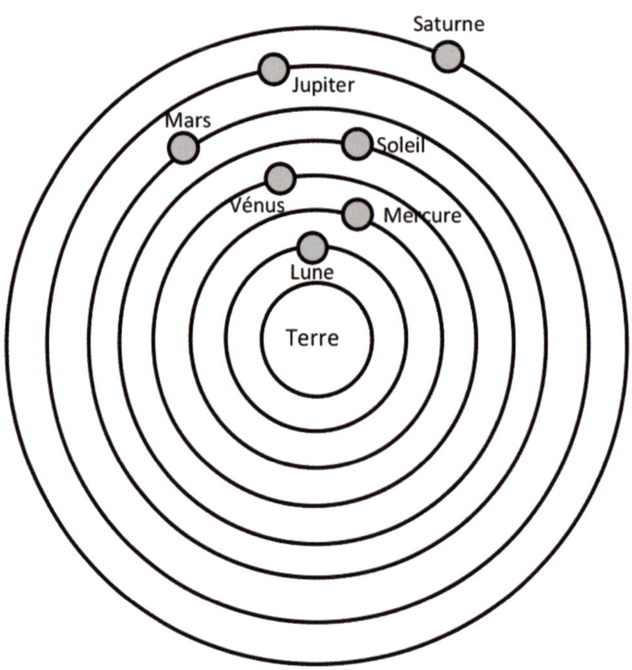

Conception géocentrique

Cependant de la Terre, l'observation des planètes (contrairement au Soleil) montrait qu'elles avaient parfois un mouvement rétrograde, c'est-à-dire qu'elles semblaient faire marche arrière quelque temps avant de reprendre leur course normale…

De quoi remettre en cause la théorie géocentrique : comment une planète peut-elle tourner autour de la Terre sur une orbite circulaire et en même temps effectuer ces rétrogradations ?

Pour expliquer ce mouvement des planètes sans contredire le modèle géocentrique, Ptolémée combine deux mouvements : les planètes tournent sur un cercle (épicycle) dont le centre tourne lui-même sur une orbite circulaire (déférent) dont le centre est la Terre.

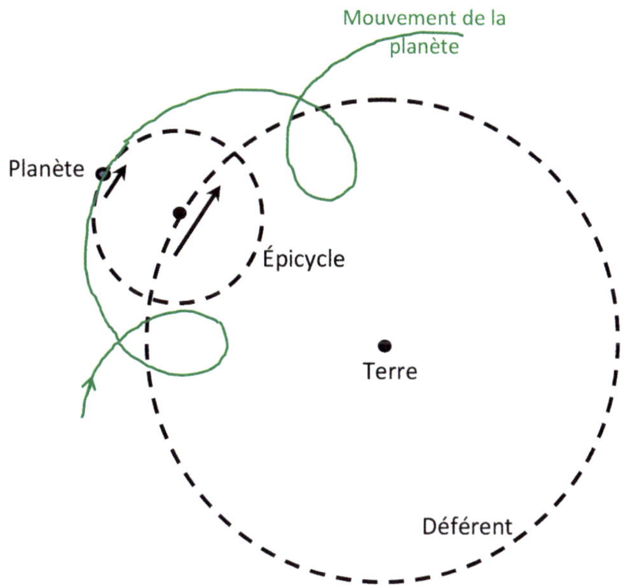

B Conception héliocentrique

Au XVIe siècle, Copernic contredit Ptolémée (dont la vision géocentrique était alors acceptée de tous) car pour lui, les planètes tournent autour du Soleil sur des orbites quasi-circulaires.

Ainsi, observée dans un référentiel fixe par rapport aux étoiles, la Terre parcourt une trajectoire quasi circulaire autour du Soleil. La Terre tourne sur elle-même et la Lune tourne autour de la Terre.

Mais pour l'Église catholique de l'époque cette conception est impossible puisque la Terre est le lieu de la création du monde selon la Bible. Ce n'est qu'en 1820 que l'Église a finalement accepté l'héliocentrisme.

Le passage d'une conception géocentrique à une conception héliocentrique constitue l'une des controverses majeures de l'histoire des sciences.

2 La Lune, satellite naturel de la Terre

A Mouvement de la Lune dans le référentiel géocentrique

Pour observer le mouvement de la Lune, on utilise le référentiel géocentrique : il est constitué par le centre de la Terre et trois étoiles lointaines dont les directions sont considérées comme fixes.

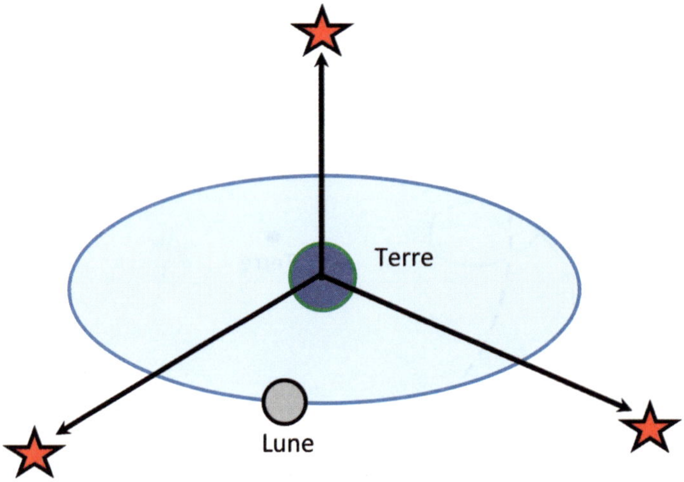

Dans le référentiel géocentrique, la Lune tourne autour de la Terre sur une trajectoire quasi-circulaire. Elle réalise une orbite complète autour de la Terre en 27,3 jours.

Malgré la force d'interaction gravitationnelle (attractive) qu'exerce la Terre sur la Lune, celle-ci ne tombe pas sur la Terre.

D'après Newton c'est grâce à sa vitesse initiale suffisante que la Lune est en chute libre sur la Terre.

La Lune tourne également sur elle-même en 27,3 jours.

B La face cachée de la Lune

Comme la Lune gravite autour de la Terre en 27,3 jours et qu'il lui faut également la même durée pour effectuer un tour sur elle-même, cela explique que nous voyons toujours la même face de la Lune depuis la Terre.

C Les phases de la Lune

La Lune présente un aspect qui varie au cours de sa rotation autour de la Terre, on observe différentes phases :

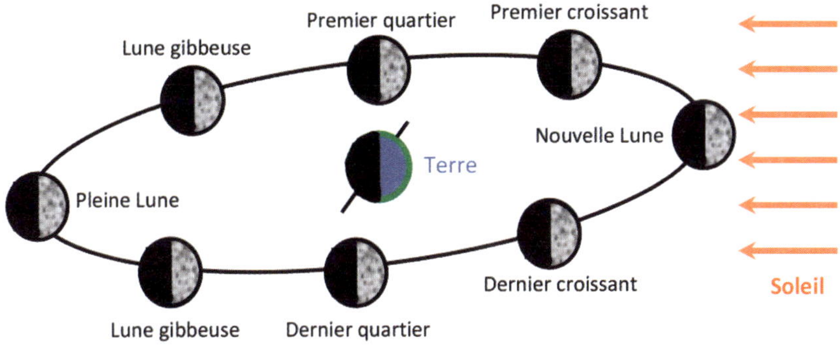

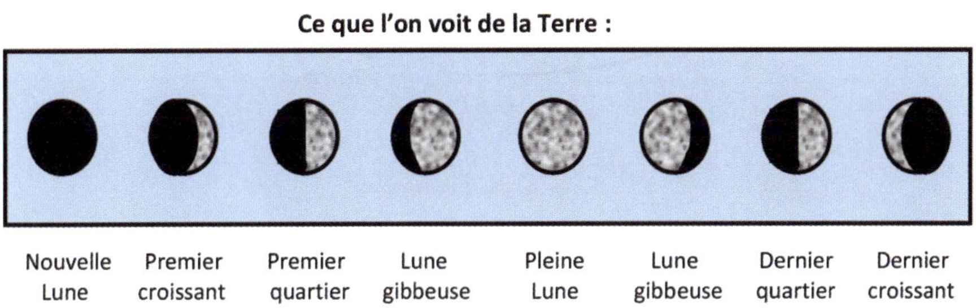

Dans ce cycle d'environ 29 jours on observe :

- **La nouvelle Lune** : la Lune est entre le Soleil et la Terre, sa face éclairée n'est pas visible ;
- **Les croissants** et les **quartiers de Lune** : quand la Lune est sur les côtés de la Terre, soit un peu devant, soit un peu derrière ;
- **La pleine Lune** : la Terre est entre le Soleil et la Lune. La Lune est entièrement éclairée par le Soleil.

La Lune fait un tour complet (un angle de 360°) autour de la Terre en 27,3 jours (dans le référentiel géocentrique), c'est ce que l'on appelle le **mois sidéral**.

La périodicité des phases de la Lune est d'un peu plus de 29 jours, c'est ce que l'on appelle le mois lunaire ou lunaison.

En effet, entre deux mêmes phases, la Lune fait plus d'un tour autour de la Terre. Cela est dû à la combinaison du mouvement de la Lune autour de la Terre et de celui de la Terre autour du Soleil.

D Les éclipses

Il y a une éclipse quand la Lune passe dans le cône d'ombre ou dans le cône de pénombre de la Terre. Le Soleil, la Terre et la Lune sont alignés, on est alors proche de la pleine Lune.

Si le plan de l'orbite de la Lune était le même que le plan de l'orbite de la Terre (écliptique), il y aurait une éclipse de Lune à chaque pleine Lune. Cependant, le plan de l'orbite de la Lune est incliné environ de 5° par rapport au plan de l'écliptique à la pleine Lune.

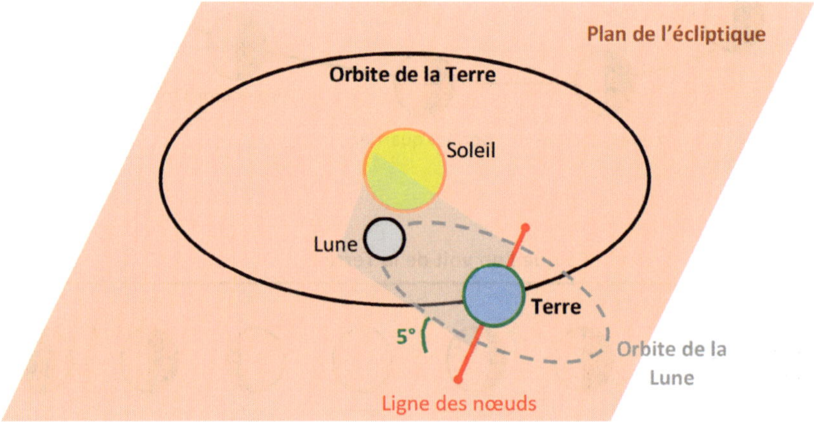

L'intersection des deux plans est appelée ligne des nœuds (elle pointe toujours dans la même direction par rapport aux étoiles). Pour qu'il y ait une éclipse, il faut que la direction Soleil-Terre soit très proche de la ligne des nœuds, donc que les trois astres soient alignés.

Dans le cas d'une éclipse de Lune, la Lune passe dans l'ombre de la Terre au cours de la phase de pleine lune.

Dans le cas d'une éclipse de Soleil, la Lune vient se placer entre la Terre et le Soleil au moment de la nouvelle Lune.

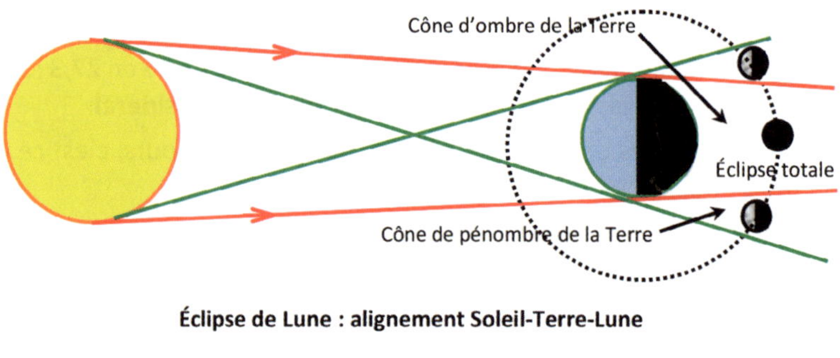

Éclipse de Lune : alignement Soleil-Terre-Lune

Exercices

Savoirs

Observée dans un référentiel fixe par rapport aux étoiles, la Terre parcourt une trajectoire quasi circulaire autour du Soleil.

Le passage d'une conception géocentrique à une conception héliocentrique constitue l'une des controverses majeures de l'histoire des sciences.

Exercice 10.1

Restituer des connaissances

Vrai ou faux ? Corriger les propositions fausses.

1. Dans le référentiel héliocentrique la Lune tourne autour du Soleil. Faux
2. Dans le référentiel géocentrique le Soleil tourne autour de la Terre. Vrai
3. Dans le référentil héliocentrique, la Terre est au centre de l'Univers et les planètes tournent autour en empruntant des trajectoires quasi-circulaires. Faux
4. Dans le référentiel géocentrique la Terre est au centre de l'Univers. Le Soleil et les planètes tournent autour avec des trajectoires circulaires. Vrai
5. Avant 1820, l'Église était en faveur de la conception héliocentrique. Faux
6. La conception géocentrique a été proposée par Copernic. Faux
7. C'est la conception géocentrique qui était adoptée à l'Antiquité. Vrai
8. La rétrogradation des planètes était un argument en faveur du modèle géocentrique. Vrai
9. Les épicycles ont été proposés par Ptolémée pour expliquer les rétrogradations des planètes et conserver ainsi le modèle géocentrique. Vrai

Savoirs

Observée dans un référentiel géocentrique, la Lune tourne autour de la Terre sur une trajectoire quasi-circulaire. Elle présente un aspect qui varie au cours de cette rotation (phases). La Lune tourne également sur elle-même et présente toujours la même face à la Terre.

Exercices

Exercice 10.2

Restituer des connaissances

1. Nommer les phases de la Lune. Nouvelle lune, premier croissant, premier quartier, lune gibbeuse, pleine lune, lune gibbeuse, dernier quartier dernier croissant.
2. Quelle est la trajectoire de la Lune dans le référentiel géocentrique ?
   elle tourne autour du soleil
3. Qu'est-ce que le référentiel géocentrique ?
   la terre est le centre de l'univers. les 5 autres planètes tournent autour d'elle.
4. Pourquoi voit-on toujours la même face de la Lune depuis la Terre ?
   car elle sur elle-même en même temps de tourner autour de la Terre.
5. Qu'est-ce qu'un mois sidéral ? Qu'est-ce qu'une lunaison ?
   C'est le fait que la lune tourne en 27,3 jours.
6. Pourquoi n'a-t-on pas une éclipse de Lune à chaque pleine Lune ?
   car il faut que le soleil soit aussi aligner à la terre et la lune.
7. Faire un schéma expliquant les éclipses de Lune.
8. Faire un schéma expliquant les éclipses de Soleil.
9. Pourquoi la Lune ne tombe-t-elle pas sur la Terre ?

***Compétence** attendue*

- Interpréter des documents présentant des arguments historiques pour discuter de la théorie héliocentrique.

Exercice 10.3

Exploiter des documents
Rédiger une argumentation scientifique

D'un point de vue étymologique, le terme géocentrique se rapporte à un système de référence centré sur la Terre.

La théorie géocentrique qui date de l'Antiquité, est un modèle physique selon lequel la Terre se trouverait, immobile, au centre de l'Univers et qui a été défendue par Aristote et Ptolémée. Les variations de saisons ou du jour et de la nuit que nous observons, résulteraient de mouvements qui sont extérieurs à la Terre.

Pour Aristote sur la représentation du monde, tous les astres, y compris le Soleil (placé entre Vénus et Mars), tournent autour de la Terre en décrivant des orbites circulaires.

Les planètes étaient le Soleil, la Lune et les 5 planètes visibles à l'œil nu, Mercure, Vénus, Mars, Jupiter et Saturne.

Cependant, dès l'Antiquité il a été constaté que, contrairement au Soleil, les planètes avaient parfois un mouvement rétrograde, c'est-à-dire qu'elles semblent revenir en arrière quelque temps avant de reprendre leur course normale.

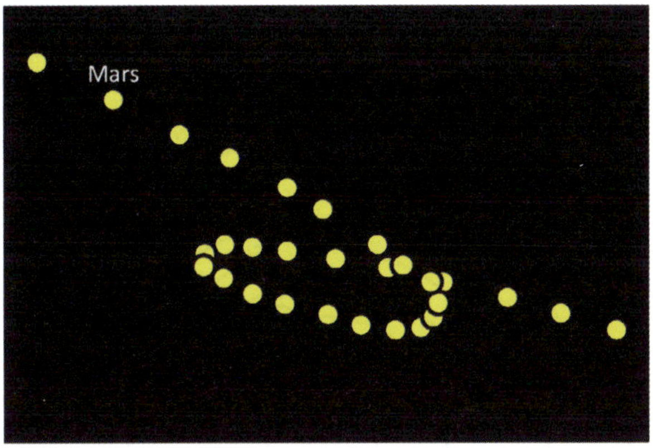

Trajectoire de Mars (rétrogradation)

Pour expliquer ces rétrogradations dans un modèle géocentrique, Ptolémée va combiner deux mouvements : les planètes tournent sur un cercle (épicycle) dont le centre tourne lui-même sur une orbite circulaire (déférent) dont le centre est la Terre.

C'est Copernic, le premier, qui contredira Ptolémée en affirmant que la Terre tourne autour du Soleil et sur elle-même. Il démontrera aussi que la taille de l'orbite d'une planète influe sur le temps qu'elle mettra pour faire sa révolution autour du Soleil. Plus l'orbite d'une planète est grande, plus cette planète mettra de temps pour faire sa révolution autour du Soleil. Il considère cependant que la Lune, elle, tourne bien autour de la Terre.

Le système de Copernic permettra d'expliquer le mouvement journalier du Soleil et des étoiles, le mouvement du Soleil, et les mouvements des planètes (Mercure, Venus, Mars, Jupiter, Saturne).

La théorie héliocentrique n'est pas au goût de l'Église, qui ne reconnaît que le géocentrisme, ce qui vaudra à certains scientifiques d'être jugés pendant l'inquisition pour leur position héliocentrique. Ce n'est qu'en 1820 que l'Église reconnaîtra que la Terre et les planètes tournent autour du Soleil.

1. Faire un schéma du monde selon Aristote ; combien y a-t-il de planètes ? Combien de planètes y a-t-il réellement dans notre système solaire ? Comment expliquer cette différence ?
2. Faire un schéma du principe des épicycles.
3. Quels sont les arguments en faveur de la théorie héliocentrique ?
4. À quoi voit-on dans ce texte que le passage d'une conception géocentrique à une conception héliocentrique constitue l'une des controverses majeures de l'histoire des sciences ?
5. Faire un schéma du système solaire selon Copernic.

Exercices

Exercice 10.4

Exploiter des documents
Rédiger une argumentation scientifique

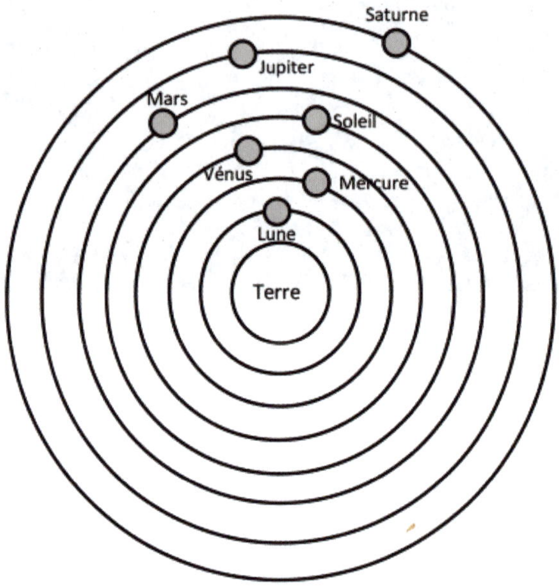

Vision n°1

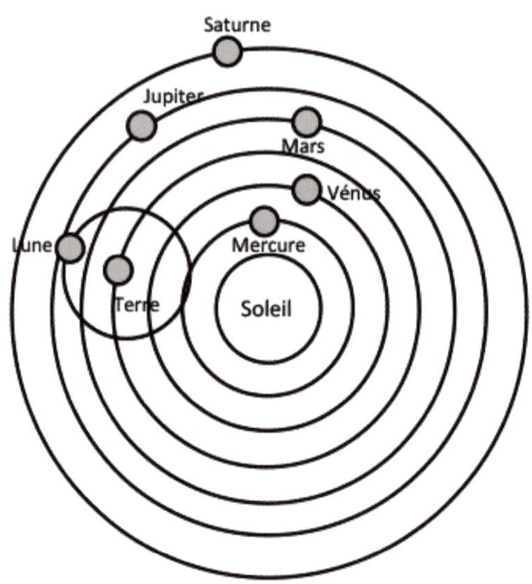

Vision n°2

1. Quel schéma correspond à la vision héliocentrique ? n°2
2. Comment s'appelle l'autre vision ? géocentrique
3. Quels sont les différences et les points communs des deux visions ? Quelle est celle qui est admise actuellement ?

Exercice 10.5

Exploiter des documents
Rédiger une argumentation scientifique

On a représenté ci-dessous les positions successives de la Terre (T) et de Mars (M) autour du Soleil (S).

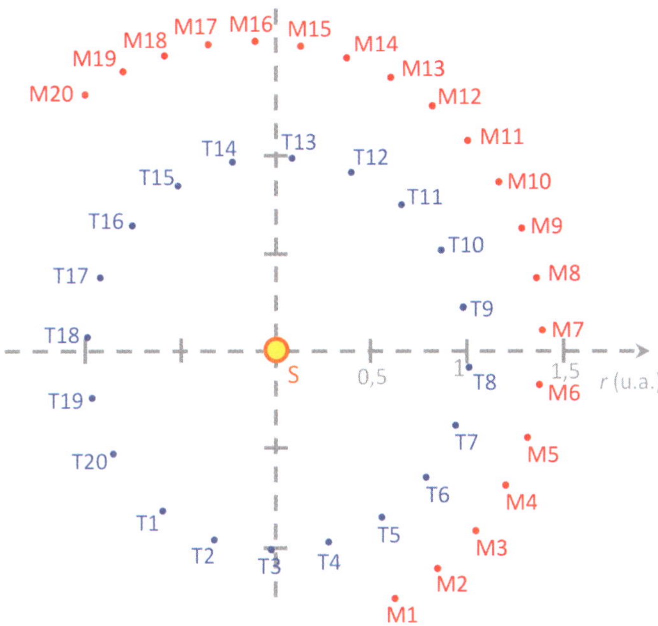

1. Dans le référentiel héliocentrique, que peut-on dire de la vitesse de Mars au cours du temps ? Quelle est sa trajectoire ? Son mouvement est-il circulaire uniforme ?
2. Dans le référentiel héliocentrique, que peut-on dire de la vitesse de la Terre au cours du temps ? Quelle est sa trajectoire ? Quel est son mouvement ?
3. À l'aide d'un papier calque, tracer la trajectoire de Mars (points M) vue depuis la Terre ; faire des translations de calque pour garder les axes toujours orientés de la même manière.
4. À l'aide d'un papier calque, tracer la trajectoire du Soleil (points S) vue depuis la Terre.

5. Que peut-on dire de la trajectoire de Mars par rapport à la Terre (référentiel géocentrique) ? Même question pour la trajectoire du Soleil.

Compétence *attendue*

- Interpréter l'aspect de la Lune dans le ciel en fonction de sa position par rapport à la Terre et au Soleil.

Exercice 10.6

Restituer des connaissances

Représenter les phases de la Lune en fonction de sa position par rapport à la Terre et au Soleil.

Corrigé des exercices

Exercice 10.1

1. Faux. Dans le référentiel héliocentrique la Lune tourne autour de la Terre, qui elle-même tourne autour du Soleil.
2. Vrai.
3. Faux. Dans le référentil géocentrique, la Terre est au centre de l'Univers et les planètes tournent autour en empruntant des trajectoires quasi-circulaires.
4. Vrai.
5. Faux. Avant 1820, l'Église était en faveur de la conception géocentrique.
6. Faux. La conception héliocentrique a été proposée par Copernic.
7. Vrai.
8. Faux. La rétrogradation des planètes était un argument en faveur du modèle héliocentrique.
9. Vrai.

Exercice 10.2

1. Les phases de la Lune : nouvelle Lune, premier croissant, premier quartier, Lune gibbeuse, pleine Lune, Lune gibbeuse, dernier quartier, dernier croissant.
2. La trajectoire de la Lune dans le référentiel géocentrique est un cercle. Elle a un mouvement circulaire uniforme.
3. Le référentiel géocentrique est constitué par le centre de la Terre et trois étoiles lointaines dont les directions sont considérées comme fixes.
4. Comme la Lune gravite autour de la Terre en 27,3 jours et qu'il lui faut également la même durée pour effectuer un tour sur elle-même, cela explique que nous voyons toujours la même face de la Lune depuis la Terre
5. La Lune fait un tour complet (un angle de 360°) autour de la Terre en 27,3 jours (dans le référentiel géocentrique), c'est ce que l'on appelle le mois sidéral. La périodicité des phases de la Lune est d'un peu plus de 29 jours, c'est ce que l'on appelle le mois lunaire ou lunaison.

6. Il y a une éclipse quand la Lune passe dans le cône d'ombre ou dans le cône de pénombre de la Terre. Le Soleil, la Terre et la Lune sont alignés, on est alors proches de la pleine Lune. Si le plan de l'orbite de la Lune était le même que le plan de l'orbite de la Terre (écliptique), il y aurait une éclipse de Lune à chaque pleine Lune. Cependant, le plan de l'orbite de la Lune est incliné environ de 5° par rapport au plan de l'écliptique à la pleine Lune. L'intersection des deux plans est appelée ligne des nœuds (elle pointe toujours dans la même direction par rapport aux étoiles). Pour qu'il y ait une éclipse, il faut que la direction Soleil-Terre soit très proche de la ligne des nœuds, donc que les trois astres soient alignés.

7. Éclipse de Lune :

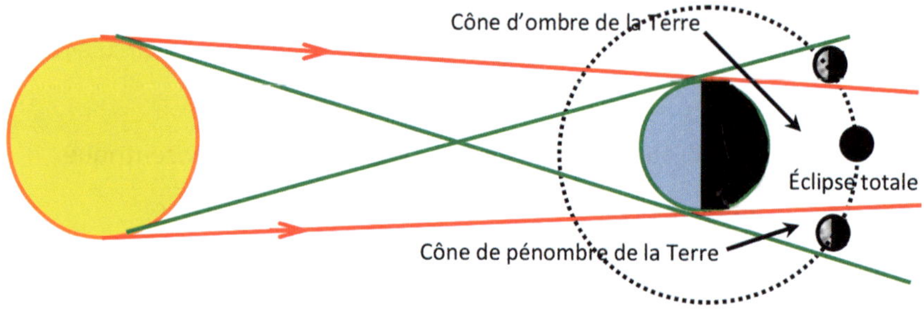

8. Éclipse de Soleil :

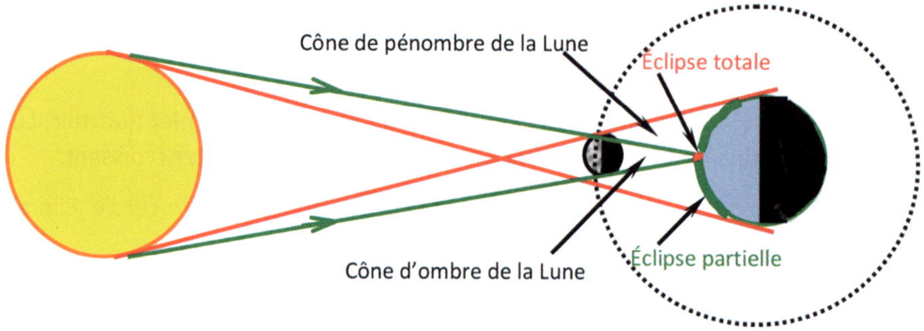

9. Malgré la force d'interaction gravitationnelle (attractive) qu'exerce la Terre sur la Lune, celle-ci ne tombe pas sur la Terre. D'après Newton, c'est grâce à sa vitesse initiale suffisante que la Lune est en chute libre sur la Terre et qu'elle ne tombe pas sur la Terre.

Exercice 10.3

1. Schéma du monde selon Aristote :

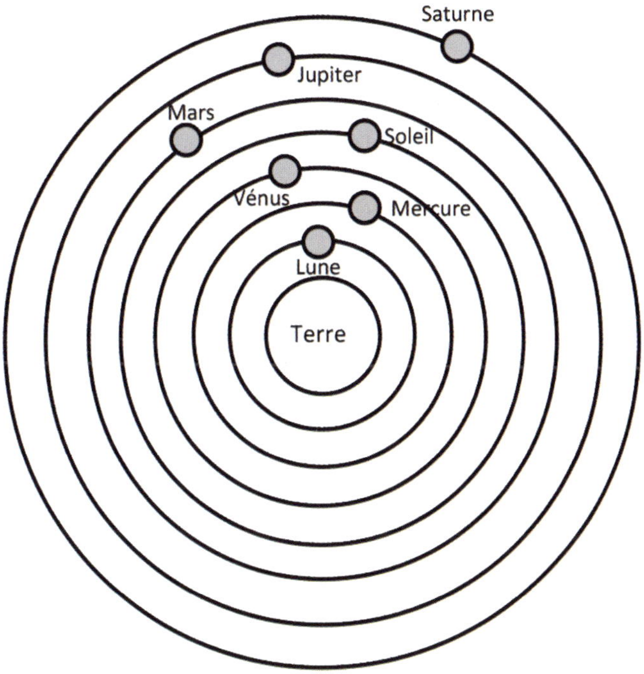

Conception géocentrique

Il y a 5 planètes ainsi que la Lune et le Soleil qui tournent autour de la Terre.

Dans notre système solaire il y a 8 planètes en comptant la Terre. (Remarque : Pluton n'est plus considérée comme une planète).

Cette différence s'explique par le fait qu'à l'époque ils ne connaissaient que les planètes visibles à l'œil nu, sans lunette astronomique.

2. Principe des épicycles :

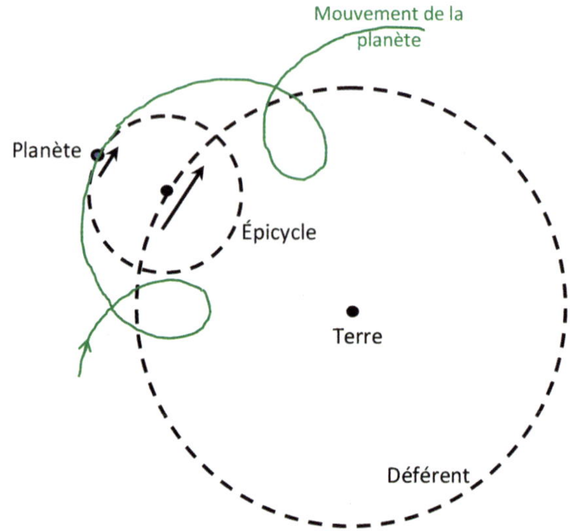

3. La théorie géocentrique ne permet pas d'expliquer les rétrogradations des planètes alors qu'elle s'explique bien dans un référentiel héliocentrique.

4. Le passage d'une conception géocentrique à une conception héliocentrique constitue l'une des controverses majeures de l'histoire des sciences car l'Église n'a accepté la conception héliocentrique qu'en 1820. Certains scientifiques ont été jugés pendant l'inquisition pour leur position héliocentrique.

5. Système solaire selon Copernic :

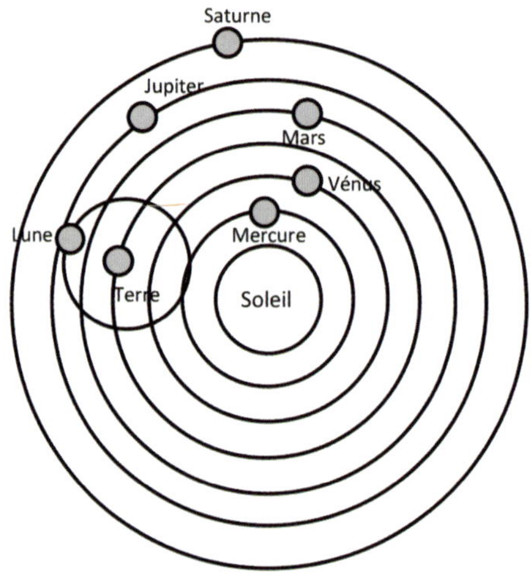

Vision n°2

Exercice 10.4

1. La vision héliocentrique correspond à la vision n° 2 car le Soleil est au centre et les planètes gravitent autour.
2. L'autre vision s'appelle la vision géocentrique.
3. Points communs : dans les deux visions la Lune tourne autour de la Terre et les trajectoires sont circulaires.

   Différences : dans la vision géocentrique la Terre est au centre du monde, les planètes et le Soleil tournent autour sur des trajectoires circulaires. Alors que dans la vision héliocentrique, c'est le Soleil qui est au centre du monde.

   C'est la théorie héliocentrique qui est admise actuellement. Par rapport au schéma de Copernic, nous connaissons 2 autres planètes après Saturne (Uranus et Neptune).

Exercice 10.5

1. Dans le référentiel héliocentrique, la vitesse de Mars n'est pas constante. En effet sur la chronophotographie on voit que la distance entre les premières positions (M1, M2, M3, M4) est plus grande qu'entre les dernières (M15, M16, M17). Or $v = \frac{d}{\Delta t}$, si d augmente (avec Δt constant), alors v augmente.

   Sa trajectoire est un cercle.

   Son mouvement n'est pas circulaire uniforme.
2. Dans le référentiel héliocentrique, la vitesse de la Terre est constante au cours du temps car la distance entre chaque point est la même. Sa trajectoire est un cercle. Son mouvement est circulaire uniforme.
3. et 4. Trajectoires de Mars (points M) et du Soleil (points S) vue depuis la Terre :

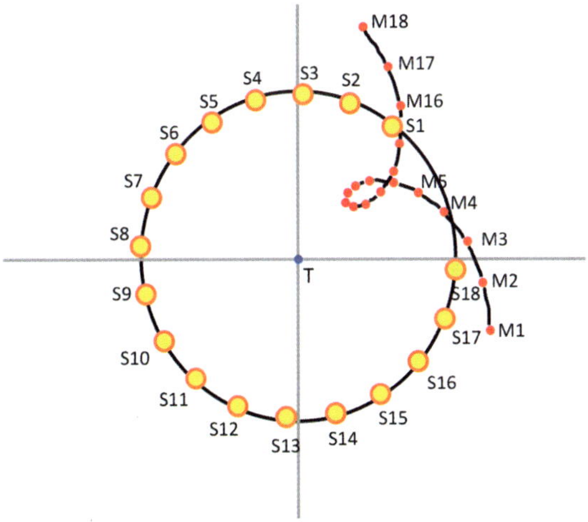

5. La trajectoire de Mars par rapport à la Terre (référentiel géocentrique) n'est pas un cercle. Mars semble « revenir en arrière », elle rétrograde.

La trajectoire du Soleil dans ce référentiel est un cercle, son mouvement est circulaire.

Exercice 10.6

Phases de la Lune et position par rapport au Soleil :

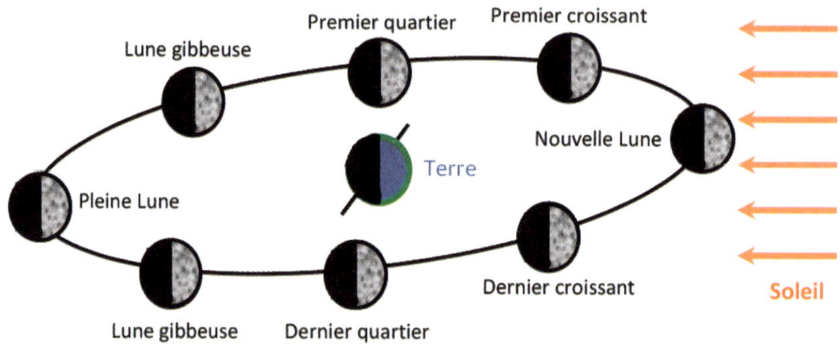

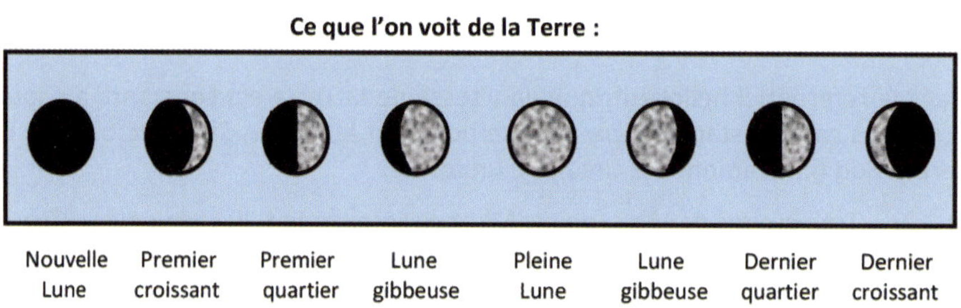

Chapitre 11

Le son, phénomène vibratoire

Cours

1 Caractéristiques du son

A Son pur et son composé

- Le son émis par un diapason est un **son pur**, son signal sonore est un signal dépendant du temps de façon **sinusoïdale**.

  Un son pur est modélisé par un signal noté *s*(t) qui varie en fonction du temps *t* et qui est caractérisé par trois paramètres : son amplitude *a*, sa fréquence *f* et sa phase à l'origine ϕ. La formule mathématique du signal est :

$$s(t) = a \times \sin\left(2 \times \pi \times f \times t + \phi\right)$$

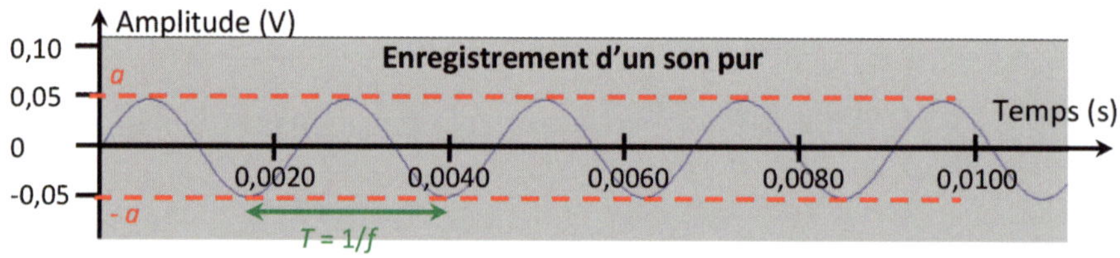

  L'amplitude *a* indique l'intervalle de la variation : le signal oscille entre la valeur minimale –*a* et la valeur maximale +*a*. L'amplitude détermine ainsi l'intensité sonore du signal.

  La phase à l'origine ϕ permet d'introduire des décalages par rapport au temps initial. Si l'amplitude *a* est nulle à *t* = 0, alors ϕ = 0.

- Le son émis par un instrument de musique est un **son composé**, le signal est **périodique** mais non sinusoïdal.

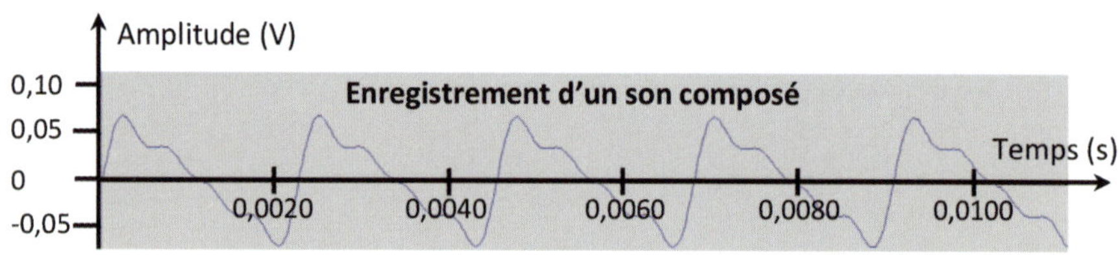

  Un signal périodique peut se décomposer en une somme de signaux sinusoïdaux dont chacune des fréquences f_n est un multiple d'une fréquence particulière *f*, que l'on appelle la **fréquence fondamentale**.

$$f_n = n \times f$$

Avec *n* un entier supérieur ou égal à 1. Les fréquences f_n sont les fréquences des **harmoniques** de rang *n*.

D'après la théorie de Fourier, le signal d'un son composé peut s'écrire sous la forme :

$s(t) = a_1 \times \sin(2 \times \pi \times f \times t) + a_2 \times \sin(2 \times \pi \times 2f \times t) + a_3 \times \sin(2 \times \pi \times 3f \times t) + \ldots$

Avec *f*, la fréquence fondamentale ; 2*f*, 3*f*, les harmoniques et a_1, a_2, a_3 les coefficients de Fourier.

Le son composé est donc constitué d'une fréquence fondamentale, associée à des fréquences harmoniques qui définissent le timbre du son.

Pour une même note jouée sur deux instruments différents, le timbre du son diffère : la forme du signal change, même si la fréquence fondamentale du signal est la même.

Des logiciels permettent d'analyser un son composé et de déterminer l'amplitude et la fréquence des harmoniques qui le constituent, on appelle cela des spectres en fréquence.

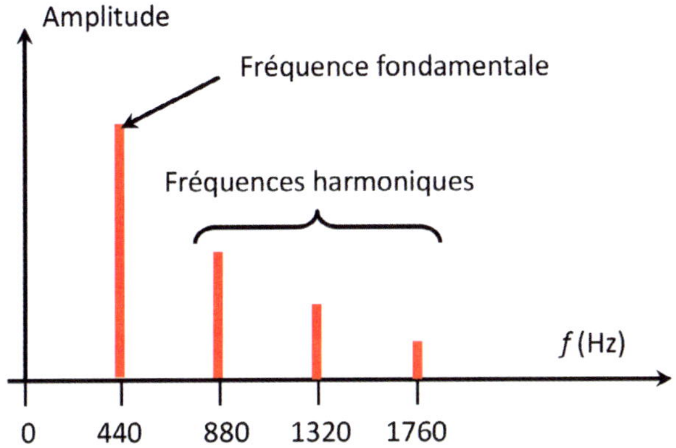

Spectre en fréquence du La₃ joué par une guitare

Deux sons de même fréquence fondamentale ont la même hauteur. Un son aïgu a une fréquence élevée, un son grave une fréquence basse.

B Puissance, intensité et niveau d'intensité sonores

Un son est d'autant plus intense que l'amplitude *a* des vibrations est grande. L'intensité sonore *I* est la puissance reçue par unité de surface, elle s'exprime en watt par mètre carré ($W.m^{-2}$).

L'intensité sonore *I* est reliée à la puissance sonore *P* du transfert d'énergie reçue au voisinage d'un point par un récepteur de surface d'aire *S* :

$$I = \frac{P}{S}$$

Avec *P* en watt (W) ; *S* en mètre carré (m^2) ; *I* en watt par mètre carré ($W \cdot m^{-2}$).

Le seuil d'audibilité de l'oreille humaine est de l'ordre de 10^{-12} W.m^{-2} pour une fréquence de 1 kHz. Le seuil de douleur est de l'ordre de 25 W.m^{-2}.

Deux instruments jouant la même note (avec la même intensité I) ne sont pas perçus deux fois plus forts qu'un seul par l'oreille. La perception de l'oreille n'est pas linéaire.

Pour rendre mieux compte de la perception de l'oreille, on utilise plutôt le niveau sonore (ou niveau d'intensité sonore) L exprimé en décibel dB, selon une échelle logarithmique.

Le niveau sonore (qui se mesure à l'aide d'un sonomètre) est relié à l'intensité sonore I :

$$L = 10 \times \log\left(\frac{I}{I_0}\right)$$

Avec $I_0 = 1{,}0 \cdot 10^{-12}$ W·m^{-2}, seuil d'audibilité moyenne de l'oreille humaine à la fréquence de 1 kHz ; L, niveau d'intensité sonore, s'exprime en décibel (dB) et I, l'intensité sonore en watt par mètre carré (W·m^{-2}).

Exemple n° 1

Échelle des intensités sonores I et des niveaux d'intensité sonore L pour quelques bruits du quotidien

	Niveau sonore L (dB)	Intensité sonore I (W.m^{-2})
Seuil d'audibilité	0	10^{-12}
Vent dans les feuilles	20	10^{-10}
Ambiance calme	30	10^{-9}
Conversation normale	40	10^{-8}
Fenêtre sur rue	60	10^{-6}
Salle de classe	70	10^{-5}
Voitures	80	10^{-4}
Cantine	85	$3{,}2.10^{-4}$
Seuil de risque 85 dB		
Seuil de danger 90 dB		
Klaxon	95	$3{,}2.10^{-3}$
Concert, discothèque	105	$3{,}2.10^{-2}$
Seuil de douleur 120 dB		
Avion au décollage	140	10^{2}

Exemple n° 2

Calculons le niveau sonore d'un son d'intensité sonore $I = 5.10^{-5}$ W.m^{-2}.

$$L = 10 \times \log\left(\frac{I}{I_0}\right) = 10 \times \log\left(\frac{5{,}0 \cdot 10^{-5}}{1{,}0 \cdot 10^{-12}}\right) = 77 \text{ dB}$$

Point maths : opérations sur les logarithmes

- $\log A + \log B = \log(A \times B)$
- $\log A - \log B = \log\left(\frac{A}{B}\right)$
- Si $\log A = B$ alors $A = 10^B$

Exemple n° 3

Calculons l'intensité sonore correspondant à un niveau sonore de 50 dB.

$L = 10 \times \log\left(\frac{I}{I_0}\right)$ donc :

$$\frac{L}{10} = \log\left(\frac{I}{I_0}\right)$$

$$10^{\frac{L}{10}} = \frac{I}{I_0}$$

$$I = I_0 \times 10^{\frac{L}{10}} = 1{,}0 \cdot 10^{-12} \times 10^{\frac{50}{10}} = 1{,}0 \cdot 10^{-7} \text{ W} \cdot \text{m}^{-2}$$

2 Applications : la corde vibrante et les instruments à vent

A Corde vibrante

Une corde tendue émet en vibrant un son composé dont la fréquence fondamentale ne dépend que de ses caractéristiques (longueur, tension, masse linéique).

La fréquence fondamentale f du son émis par une corde vibrante est inversement proportionnelle à sa longueur L.

B Instruments à vent

Dans les instruments à vent, un phénomène analogue se produit par vibration de l'air dans un tuyau.

La longueur de la colonne d'air qui vibre dans un instrument à vent est inversement proportionnelle à la fréquence fondamentale du son émis.

Exercices

Savoirs

Un son pur est associé à un signal dépendant du temps de façon sinusoïdale.

Un signal périodique de fréquence *f* se décompose en une somme de signaux sinusoïdaux de fréquences multiples de *f*. Le son associé à ce signal est un son composé. *f* est appelée fréquence fondamentale, les autres fréquences sont appelées harmoniques.

Exercice 11.1

Restituer des connaissances
Organiser et effectuer des calculs

Vrai ou faux ? Corriger les propositions fausses.

1. Un son pur correspond à un signal périodique. faux
2. Un son composé correspond à un signal sinusoïdal. faux
3. Un signal périodique peut se décomposer en un produit de signaux sinusoïdaux de fréquences multiples de la fréquence fondamentale.
4. Un harmonique f_n vérifie la relation $f_n = n \times f$, avec *n* un entier supérieur ou égal à 1 et *f* la fréquence fondamentale.
5. La formule mathématique d'un signal correspondant à un son composé est : $s(t) = a \times \sin(2 \times \pi \times f \times t + \phi)$
6. La formule mathématique d'un signal correspondant à un son composé est : $s(t) = a_1 \times \sin(2 \times \pi \times f \times t) + a_2 \times \sin(2 \times \pi \times 2f \times t) + a_3 \times \sin(2 \times \pi \times 3f \times t) + \ldots$
7.

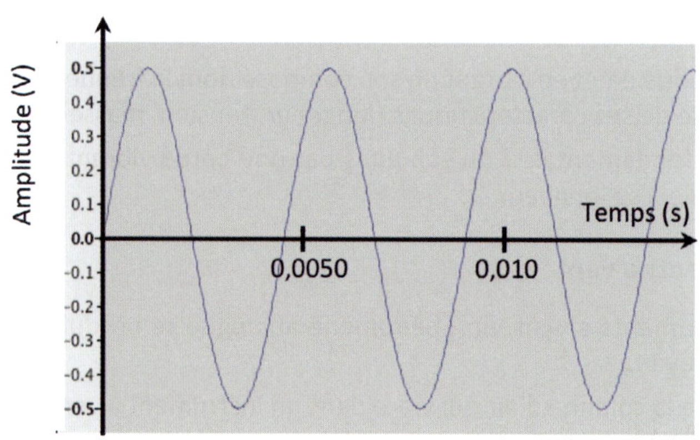

a. La fréquence fondamentale du son associé à ce signal est f = 440 Hz.

b. Il s'agit d'un signal correspondant à un son pur.

c. L'amplitude du signal vaut 10,0 V.

d. L'expression mathématique de ce signal s'écrit :
$s(t) = 0{,}5 \times \sin(2 \times \pi \times 220 \times t)$

8. Un son n° 1 possède une fréquence fondamentale de 220 Hz et un son n° 2 une fréquence fondamentale de 440 Hz. Ces deux sons ont la même hauteur.

9. Deux sons ont un timbre différent si leurs harmoniques sont différents (fréquences différentes) ou si l'amplitude des harmoniques diffère.

Exercice 11.2

Exploiter des documents
Organiser et effectuer des calculs

Deux sons ont été enregistrés à l'aide d'un microphone grâce au logiciel Audacity.

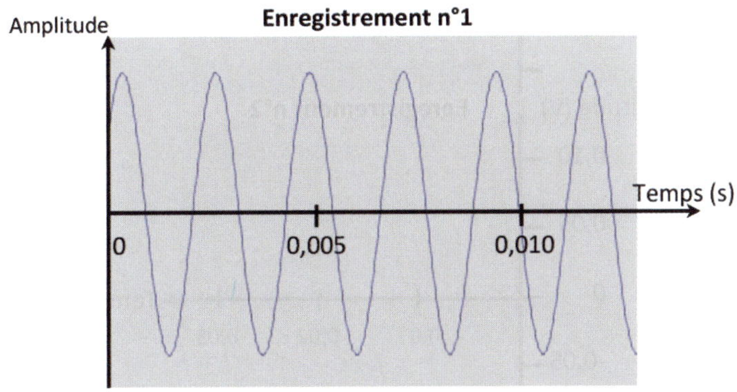

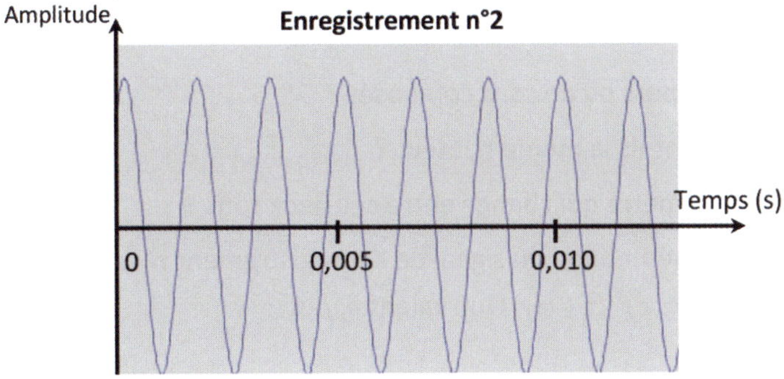

Exercices

1. Déterminer pour les deux enregistrements la période de l'onde sonore.
2. Quelle est la hauteur de chaque son ?
3. Quel est le son le plus grave ?

Exercice 11.3

Exploiter des documents
Effectuer des calculs

Deux sons ont été enregistrés à l'aide d'un microphone grâce au logiciel Audacity.

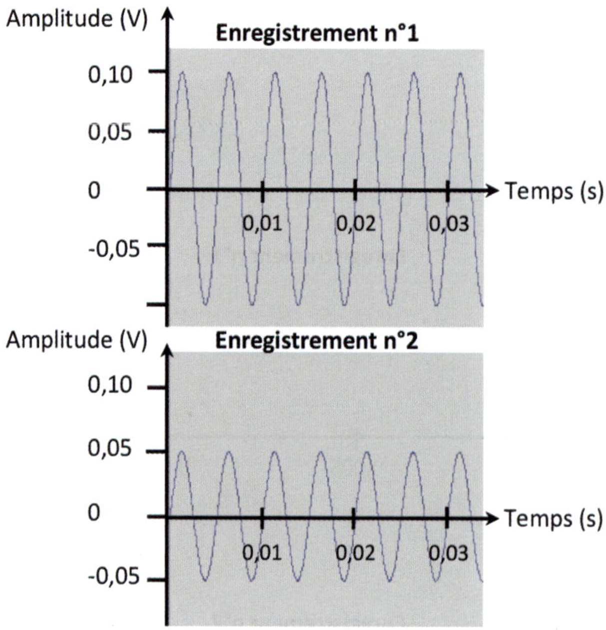

1. S'agit-il de sons purs ou de sons composés ? sons purs
2. Ces deux sons ont-ils la même hauteur ? non le premier a 0,10V alors que le deuxième 0,05V.
3. Quel est le paramètre qui change entre ces deux sons ?
4. La formule mathématique du signal de l'enregistrement n° 1 s'écrit : $s(t) = a \times \sin(2 \times \pi \times f \times t + \phi)$. Que valent a, f et ϕ ?

Exercice 11.4

Exploiter des documents
Effectuer et contrôler des calculs

Deux sons ont été enregistrés à l'aide d'un microphone grâce au logiciel Audacity.

1. Quel enregistrement correspond à un son pur ? Comment appelle-t-on l'autre type de son ? le deuxième. Un son composé.

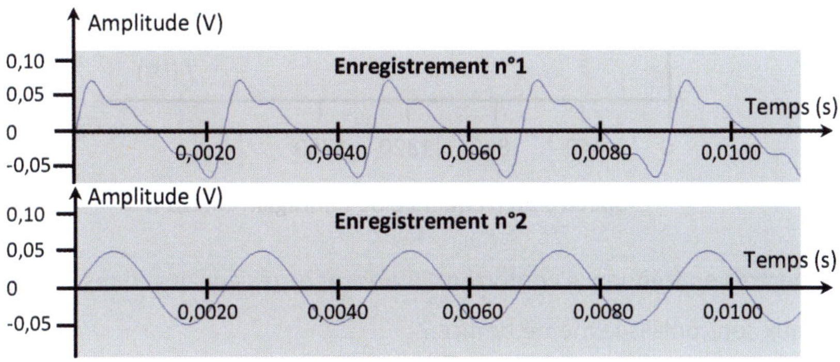

2. Ces deux sons sont-ils produits avec la même intensité ? Non
3. Les deux sons ont-ils la même hauteur (justifier) ?
   On donne ci-après leur spectre en fréquence.

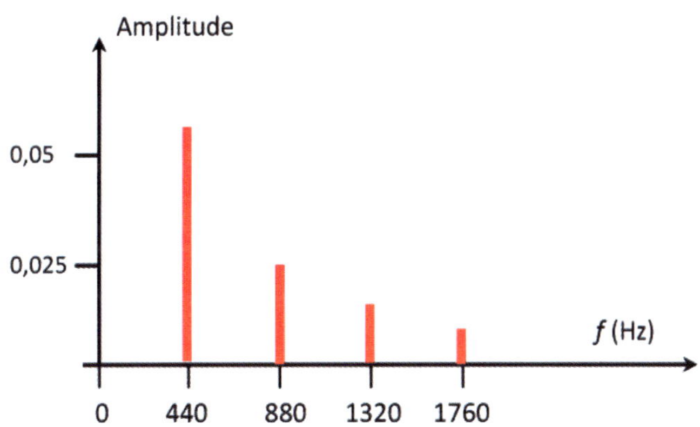

Spectre en fréquence de l'enregistrement n°1

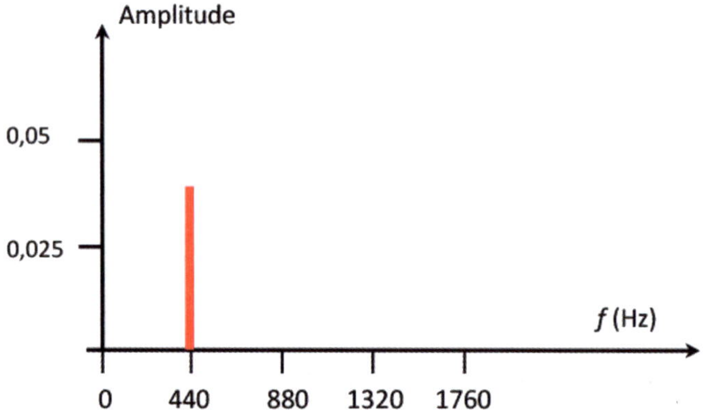

Spectre en fréquence de l'enregistrement n°2

4. Ces spectres en fréquence confortent-ils vos réponses aux questions 2 et 3 ?

5. Ces deux sons ont-ils le même timbre ?

Exercice 11.5

Exploiter des documents

On enregistre la même note jouée par une flûte et par un piano. Les spectres en fréquence sont donnés ci-après :

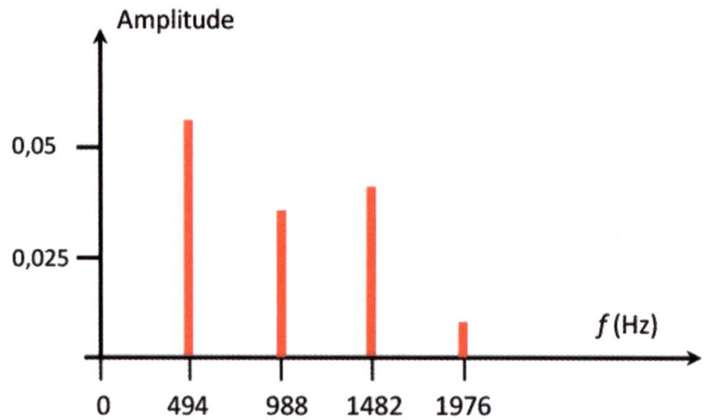

Spectre en fréquence de la note jouée au piano

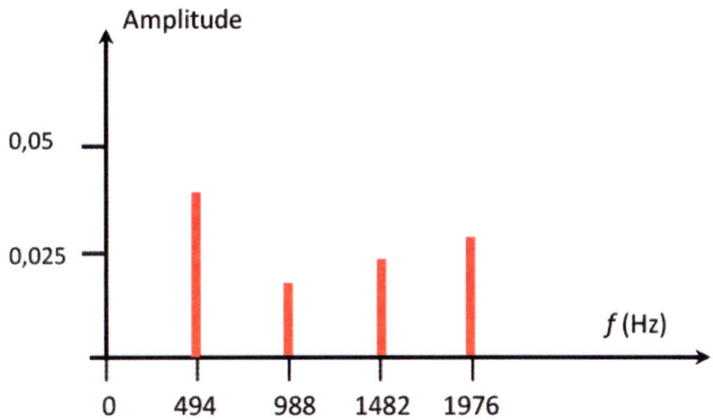

Spectre en fréquence de la note jouée à la flûte

1. S'agit-il de sons purs ou de sons composés ?
2. Pour chaque instrument donner la valeur de la fréquence fondamentale puis celles de leurs harmoniques.
3. Montrer que les deux instruments ont bien joué la même note.
4. Les deux instruments ont-ils le même timbre ?

Savoirs

La puissance par unité de surface transportée par une onde sonore est quantifiée par son intensité. Son niveau d'intensité sonore est exprimé en décibels selon une échelle logarithmique.

Exercice 11.6

Restituer des connaissances

Vrai ou faux ? Corriger les propositions fausses.

1. L'unité de l'intensité sonore est le décibel (dB).
2. La puissance par unité de surface transportée par une onde sonore est quantifiée par le niveau d'intensité sonore.
3. La relation permettant de calculer la puissance sonore s'écrit : $P = I \times S$.
4. Si I = 1,0.10^{-7} W.m^{-2} alors L = 55 dB.
5. Si L = 70 dB alors I = 1,0.10^{-5} W.m^{-2}.
6. Une flûte joue une note à 6 m d'une personne qui elle, perçoit un son d'intensité I = 1,5.10^{-7} W.m^{-2}.

Donnée La surface S de propagation de l'onde sonore se détermine par la formule $\boldsymbol{S = 4 \times \pi \times r^2}$, avec $\boldsymbol{r}$ la distance entre la source sonore et le récepteur.

Dans ce cas la puissance sonore vaut $P = 6{,}8.10^{-5}$ W.

Exercice 11.7

Effectuer des calculs

On considère un son émis avec une intensité sonore $I = 1{,}0 \cdot 10^{-8}$ W·m^{-2}. Déterminer la valeur du niveau d'intensité sonore correspondant.

Donnée $I_0 = 1{,}0 \cdot 10^{-12}$ W·m^{-2}.

Exercice 11.8

Effectuer des calculs

On considère un son émis avec un niveau d'intensité intensité sonore $L = 60$ dB. Déterminer la valeur de l'intensité sonore correspondante.

Donnée $I_0 = 1{,}0 \cdot 10^{-12}$ W·m^{-2}.

Exercice 11.9

Organiser, effectuer et contrôler des calculs

Montrer que si l'intensité sonore double, alors le niveau d'intensité sonore augmente de 3 dB.

Compétence attendue

- Relier puissance sonore par unité de surface et niveau d'intensité sonore exprimé en décibels.

Exercice 11.10

Organiser et effectuer des calculs

1. Un violon joue une note. Une personne située à 4 m perçoit un son d'intensité sonore $I = 1{,}5.10^{-7}$ W.m^{-2}.

   Donnée La surface S de propagation de l'onde sonore se détermine par la formule$S = 4 \times \pi \times r^2$, avec r la distance entre la source sonore et le récepteur.

   Calculer la puissance sonore correspondante.

2. Le violon joue maintenant un son dont le niveau d'intensité sonore vaut $L = 75$ dB. Quelle est la puissance reçue par une personne se trouvant à 4 m ?

Exercice 11.11

Organiser et effectuer des calculs

Un piano joue une note à 5 m d'une personne qui elle, perçoit un son dont le niveau d'intensité vaut L = 72 dB.

Données

- La surface S de propagation de l'onde sonore se détermine par la formule $S = 4 \times \pi \times r^2$, avec r la distance entre la source sonore et le récepteur.
- $I_0 = 1{,}0 \cdot 10^{-12}$ W·m^{-2}.

1. Calculer l'intensité sonore correspondante.
2. Calculer la puissance sonore correspondante.
3. Sachant que la puissance sonore est la même quelle que soit la distance à la source, déterminer le niveau d'intensité sonore ressenti par une personne se trouvant à 10 m du piano.

Compétence attendue

- Une corde tendue émet en vibrant un son composé dont la fréquence fondamentale ne dépend que de ses caractéristiques (longueur, tension, masse linéique). Dans les instruments à vent, un phénomène analogue se produit par vibration de l'air dans un tuyau.
- Relier qualitativement la fréquence fondamentale du signal émis et la longueur d'une corde vibrante.

Exercice 11.12

Restituer des connaissances
Exploiter des documents

On considère une corde tendue de guitare de longueur totale L.

La guitare est un instrument à cordes pincées, le doigt (ou un médiator) peut exciter la corde qui entre en résonance.

Pour changer de note, le musicien peut raccourcir la longueur de la corde en appuyant avec ses doigts sur les différentes frettes.

Le tableau ci-dessous donne pour différentes longueurs de la corde L, la fréquence fondamentale f du son émis par la corde :

L (cm)	34,4	46,0	51,6	61,3	65,0
f (Hz)	370,3	277,0	246,9	207,8	196,0

1. Le son émis par une corde vibrante est-il un son pur ou un son composé ?
2. Relier qualitativement la fréquence fondamentale du signal émis et la longueur de la corde vibrante de cette guitare.
3. De quelles caractéristiques peut dépendre la fréquence fondamentale du son émis par une corde vibrante ?

Exercice 11.13

Exploiter des documents

La flûte de Pan, composée d'un ensemble de tuyaux de longueurs différentes, fait partie des instruments à vent. Lorsque l'on souffle au raz d'un tuyau, le souffle provoque une vibration de l'air contenu dans le tuyau, il se met à vibrer, ce qui produit une note.

Le tableau suivant donne pour différentes longueurs de tuyaux, la fréquence fondamentale f du son émis :

Longueur du tuyau (cm)	14	11	10	9	8
f (Hz)	587	784	880	988	1 046

Relier qualitativement la fréquence fondamentale du son émis et la longueur du tuyau.

Corrigé des exercices

Exercice 11.1

1. Vrai. Un son pur correspond à un signal périodique et en particulier à un signal sinusoïdal.
2. Faux. Un son composé correspond à un signal périodique mais non sinusoïdal.
3. Faux. Un signal périodique peut se décomposer en une somme de signaux sinusoïdaux de fréquences multiples de la fréquence fondamentale.
4. Vrai.
5. Faux. La formule mathématique d'un signal correspondant à un son pur est : $s(t) = a \times \sin(2 \times \pi \times f \times t + \phi)$
6. Vrai.
   a. Faux. La fréquence fondamentale du son associé à ce signal est f = 220 Hz.
   b. Vrai.
   c. Faux. L'amplitude du signal vaut 0,50 V.
   d. Vrai.
7. Faux. Ces deux sons n'ont pas la même hauteur.
8. Vrai.

Exercice 11.2

1. Pour l'enregistrement n° 1, la période de l'onde sonore vaut $T = 2{,}3.10^{-3}$ s ; le calcul a été réalisé en faisant la moyenne sur 5 périodes pour plus de précision.

   Pour l'enregistrement n° 2, la période de l'onde sonore vaut $T = 1{,}7.10^{-3}$ s ; le calcul a été réalisé en faisant la moyenne sur 7 périodes pour plus de précision.
2. La hauteur d'un son correspond à sa fréquence fondamentale.

   Pour l'enregistrement n° 1 : $f = \frac{1}{T} = \frac{1}{2{,}3 \cdot 10^{-3}} = 4{,}3 \cdot 10^{2}$ Hz

   Pour l'enregistrement n° 2 : $f = \frac{1}{T} = \frac{1}{1{,}7 \cdot 10^{-3}} = 5{,}9 \cdot 10^{2}$ Hz
3. Plus un son est grave et plus sa fréquence est petite. Le son le plus grave correspond à l'enregistrement n° 1.

Corrigés

Exercice 11.3

1. Il s'agit de sons purs car le signal est sinusoïdal.
2. Oui les deux sons ont la même hauteur :

   Pour les deux enregistrements, la période de l'onde sonore vaut $T = 5.10^{-3}$ s ; le calcul a été réalisé en faisant la moyenne sur 6 périodes pour plus de précision.

   La hauteur d'un son correspond à sa fréquence fondamentale.

   donc : $f = \frac{1}{T} = \frac{1}{5 \cdot 10^{-3}} = 2 \cdot 10^2$ Hz.
3. Entre ces deux sons, c'est l'amplitude du signal qui change. L'amplitude du son n° 1 vaut 0,10 V alors que l'amplitude du son n° 2 vaut 0,05 V. L'intensité sonore du son n° 1 est donc plus grande que l'intensité sonore du son n° 2.
4. La formule mathématique du signal de l'enregistrement n° 1 s'écrit :

   $s(t) = 0{,}10 \times \sin\left(2 \times \pi \times 2 \cdot 10^2 \times t\right)$.

   Ainsi : $f = 200\,\text{Hz}$; $a = 0{,}10\,\text{V}$; $\phi = 0$.

Exercice 11.4

1. L'enregistrement n° 2 correspond à un son pur car on voit une sinusoïde parfaite. L'enregistrement n° 1 correspond à un son composé.
2. Ces deux sons ne sont pas produits avec la même intensité car l'amplitude du son n° 1 est plus grande que l'amplitude du son n° 2. En effet, l'amplitude maximale de l'enregistrement n° 1 dépasse 0,05 V alors que l'amplitude maximale de l'enregistrement n° 2 est égale à 0,05 V.
3. Deux sons de même hauteur ont la même fréquence fondamentale. Nous allons donc déterminer pour chaque enregistrement la période puis en déduire la fréquence.

   Pour l'enregistrement n° 1 : en faisant la moyenne sur 4 périodes, on trouve $T = 2{,}3.10^{-3}$ s. Donc la fréquence vaut : $f = \frac{1}{T} = \frac{1}{2{,}3 \cdot 10^{-3}} = 4{,}3 \cdot 10^2$ Hz.

   Pour l'enregistrement n° 2 : en faisant la moyenne sur 4 périodes, on trouve $T = 2{,}3.10^{-3}$ s. Donc la fréquence vaut : $f = \frac{1}{T} = \frac{1}{2{,}3 \cdot 10^{-3}} = 4{,}3 \cdot 10^2$ Hz.

   Ces deux sons ont la même fréquence, donc la même hauteur.
4. Les spectres en fréquence nous donnent la fréquence fondamentale (la première fréquence tout à gauche du spectre) : $f = 440$ Hz.

   On lit la même valeur pour les deux enregistrements.

La différence entre la valeur trouvée à la question 3 ($f = 4,3.10^2$ Hz) et celle fournie par le spectre en fréquence ($f = 440$ Hz) s'explique par les incertitudes de mesure. Cependant l'écart relatif est de 2,3 % (< 10 %) ce qui est tout à fait raisonnable.

On remarque aussi que le pic correspondant à la fréquence fondamentale a une amplitude plus grande dans l'enregistrement n° 1 que dans le n° 2, donc l'intensité sonore I de l'enregistrement n° 1 est bien plus élevée que celle de l'enregistrement n° 2.

5. Ces deux sons n'ont pas le même timbre car le son n° 2 ne possède pas d'harmoniques.

Exercice 11.5

1. Il s'agit de sons composés car il y a une fréquence fondamentale et des harmoniques. Pour un son pur il n'y aurait qu'une seule fréquence sur le spectre, la fréquence fondamentale.
2. Pour le piano, la valeur de la fréquence fondamentale est $f = 494$ Hz, les harmoniques sont $2f = 988$ Hz, $3f = 1\,482$ Hz, $4f = 1\,976$ Hz.

   Pour la flûte, la valeur de la fréquence fondamentale est $f = 494$ Hz, les harmoniques sont $2f = 988$ Hz, $3f = 1\,482$ Hz, $4f = 1\,976$ Hz.
3. Les deux instruments ont bien joué la même note puisque la fréquence fondamentale est la même $f = 494$ Hz.
4. Les deux instruments n'ont pas le même timbre car leurs harmoniques n'ont pas les mêmes amplitudes.

Exercice 11.6

1. Faux. L'unité de l'intensité sonore I est le watt par mètre carré ($W.m^{-2}$). Le décibel (dB) est l'unité du niveau d'intensité sonore L.
2. Faux. La puissance par unité de surface transportée par une onde sonore est quantifiée par l'intensité sonore.
3. Vrai.
4. Faux. Si $I = 1,0.10^{-7}$ $W.m^{-2}$ alors $L = 10 \times \log\left(\frac{I}{I_0}\right) = 10 \times \log\left(\frac{1,0 \cdot 10^{-7}}{1,0 \cdot 10^{-12}}\right) = 50$ dB.
5. Vrai.
6. Vrai.

Corrigés

Exercice 11.7

$$L = 10 \times \log\left(\frac{I}{I_0}\right) = 10 \times \log\left(\frac{1{,}0 \cdot 10^{-8}}{1{,}0 \cdot 10^{-12}}\right) = 40\ \text{dB}$$

Le niveau d'intensité sonore correspondant est de 40 dB.

Exercice 11.8

On sait que : $L = 10 \times \log\left(\frac{I}{I_0}\right)$, donc :

$$I = I_0 \times 10^{\left(\frac{L}{10}\right)} = 1{,}0 \cdot 10^{-12} \times 10^{\left(\frac{60}{10}\right)} = 1{,}0 \cdot 10^{-6}\ \text{W} \cdot \text{m}^{-2}$$

Point maths : opérations sur les logarithmes

Si $\log A = B$ alors $A = 10^B$

La valeur de l'intensité sonore correspondante est de $1{,}0.10^{-6}$ W.m^{-2}.

Exercice 11.9

Pour une intensité I, le niveau d'intensité sonore L s'exprime :

$$L = 10 \times \log\left(\frac{I}{I_0}\right)$$

Pour une intensité égale à $I' = 2I$, l'intensité sonore L' s'exprime :

$$L' = 10 \times \log\left(\frac{I'}{I_0}\right) = 10 \times \log\left(\frac{2 \times I}{I_0}\right) = 10 \times \log(2) + 10 \times \log\left(\frac{I}{I_0}\right)$$

$$L' = 3 + 10 \times \log\left(\frac{I}{I_0}\right) = 3 + L$$

Point maths : opérations sur les logarithmes

$\log A + \log B = \log(A \times B)$

Donc si l'intensité sonore double, alors le niveau d'intensité sonore augmente de 3 dB.

Exercice 11.10

1. $P = I \times S = I \times \left(4 \times \pi \times r^2\right) = 1{,}5 \cdot 10^{-7} \times \left(4 \times \pi \times 4^2\right) = 3{,}0 \cdot 10^{-5}\ \text{W}$

   La puissance sonore correspondante vaut $3{,}0.10^{-5}$ W.

2. Il faut d'abord calculer l'intensité sonore I :

On sait que : $L = 10 \times \log\left(\frac{I}{I_0}\right)$, donc :

$$I = I_0 \times 10^{\left(\frac{L}{10}\right)} = 1{,}0 \cdot 10^{-12} \times 10^{\left(\frac{75}{10}\right)} = 3{,}2 \cdot 10^{-5}\ \text{W} \cdot \text{m}^{-2}$$

Point maths : opérations sur les logarithmes

Si log $A = B$ alors $A = 10^B$

Calculons maintenant la puissance sonore P :

$P = I \times S = 3{,}2 \cdot 10^{-5} \times \left(4 \times \pi \times 4^2\right) = 6{,}4 \cdot 10^{-3}$ W

La puissance reçue par une personne se trouvant à 4 m vaut $6{,}4.10^{-3}$ W.

Exercice 11.11

1. On sait que : $L = 10 \times \log\left(\frac{I}{I_0}\right)$, donc :

$$I = I_0 \times 10^{\left(\frac{L}{10}\right)} = 1{,}0 \cdot 10^{-12} \times 10^{\left(\frac{72}{10}\right)} = 1{,}6 \cdot 10^{-5}\ \text{W} \cdot \text{m}^{-2}$$

Point maths : opérations sur les logarithmes

Si log $A = B$ alors $A = 10^B$

L'intensité sonore correspondante vaut $1{,}6.10^{-5}$ W.m^{-2}.

2. $P = I \times S = I \times \left(4 \times \pi \times r^2\right) = 1{,}6 \cdot 10^{-5} \times \left(4 \times \pi \times 5^2\right) = 5{,}0 \cdot 10^{-3}$ W

La puissance sonore vaut $5{,}0.10^{-3}$ W.

3. **Données** $P = 5{,}0.10^{-3}$ W et $S = 4 \times \pi \times r^2$ avec $r = 10$ m.

Calculons l'intensité sonore I :

$$I = \frac{P}{S} = \frac{5{,}0 \cdot 10^{-3}}{4 \times \pi \times 10^2} = 4{,}0 \cdot 10^{-6}\ \text{W} \cdot \text{m}^{-2}$$

Déterminer le niveau d'intensité sonore L :

$$L = 10 \times \log\left(\frac{I}{I_0}\right) = 10 \times \log\left(\frac{4{,}0 \cdot 10^{-6}}{1{,}0 \cdot 10^{-12}}\right) = 66\ \text{dB}$$

Le niveau d'intensité sonore ressenti par une personne se trouvant à 10 m du piano vaut 66 dB.

Corrigés

Exercice 11.12

1. Le son émis par une corde vibrante est un son composé.
2. D'après le tableau de valeurs, plus L augmente et plus la fréquence fondamentale f diminue.

   La fréquence fondamentale f du son émis par une corde vibrante est inversement proportionnelle à sa longueur L.
3. Une corde tendue émet en vibrant un son composé dont la fréquence fondamentale ne dépend que de ses caractéristiques : longueur, tension, masse linéique.

Exercice 11.13

D'après le tableau de valeurs, plus la longueur du tuyau augmente et plus la fréquence fondamentale f diminue.

Chapitre 12

La musique ou l'art de faire entendre les nombres

Cours

1 Intervalles et consonance

A Intervalles

En musique, un intervalle entre deux sons est défini par **le rapport** (et non la différence) de leurs fréquences fondamentales.

Deux sons dont les fréquences sont dans le rapport 2/1 correspondent à une même note, à deux hauteurs différentes. L'intervalle qui les sépare s'appelle une **octave**.

Exemple

Les fréquences 392 Hz et 196 Hz correspondent à la même note, le Sol, mais ces deux hauteurs sont séparées d'une octave puisque le rapport des fréquences vaut $\frac{392}{196}=2$.

Certains rapports de fréquences ont reçu des noms particuliers :

Nom de l'intervalle	Rapport des fréquences fondamentales
octave	2/1
quinte	3/2
quarte	4/3
tierce majeure	5/4

B Consonance

Une **gamme** est une suite finie de notes réparties sur une octave.

Par exemple, la suite de notes « Do, Ré, Mi, Fa, Sol, La, Si, Do » forme une gamme.

Les gammes se reproduisent à l'identique d'octave en octave.

Par exemple voici 5 octaves de la gamme tempérée :

Note	Octave				
	N° 1	N° 2	N° 3	N° 4	N° 5
Do	65,41 Hz	130,81 Hz	261,63 Hz	523,25 Hz	1 046,50 Hz
Ré	73,42 Hz	146,83 Hz	293,66 Hz	587,33 Hz	1 174,66 Hz
Mi	82,41 Hz	164,81 Hz	329,63 Hz	659,26 Hz	1 318,51 Hz
Fa	87,31 Hz	174,41 Hz	349,23 Hz	698,45 Hz	1 396,91 Hz
Sol	98,00 Hz	196,00 Hz	392,00 Hz	783,99 Hz	1 567,98 Hz
La	110,00 Hz	220,00 Hz	440,00 Hz	880,00 Hz	1 760,00 Hz
Si	123,47 Hz	246,94 Hz	493,88 Hz	987,77 Hz	1 975,53 Hz

Point méthode

Le Si de l'octave 5 (de hauteur 1975,53 Hz) se note Si_5.

Le La de l'octave 3 (de hauteur 440,00 Hz) se note La_3, et ainsi de suite.

Dans l'Antiquité, la construction des gammes était basée sur des fractions simples, (2/1, 3/2, 4/3, etc). En effet, les sons dont les fréquences sont dans ces rapports simples étaient alors considérés comme les seuls à être consonants.

Consonance : concordance d'un ensemble de sons, accord ou intervalle produisant un résultat agréable à l'oreille.

Deux sons harmonieux à l'oreille auront des fréquences communes (fondamentales ou harmoniques).

Exemple

Le La_1 (de fréquence fondamentale f_1 = 110 Hz) et le La_2 (de fréquence fondamentale f_2 = 220 Hz) joués simultanément sont consonants car 220 Hz fait partie des harmoniques de la note La_1, en effet, $f_2 = 2f_1$.

2 Construction des gammes de Pythagore

Les gammes de Pythagore sont basées sur le **cycle des quintes** (une quinte est un intervalle entre deux fréquences de rapport 3/2), ce qui permet d'avoir des sons consonants.

Le **cycle des quintes** peut être représenté sur un cercle.

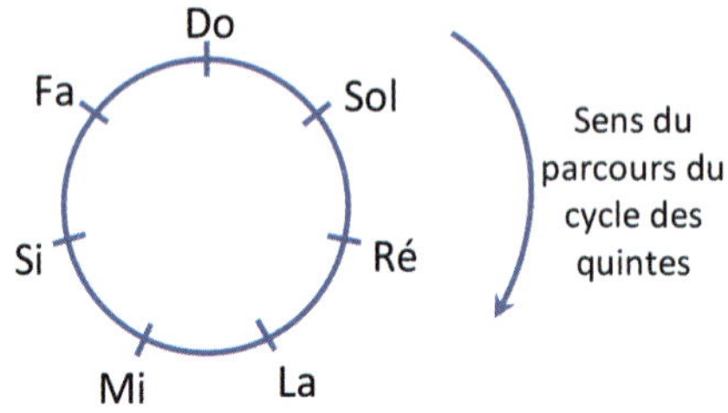

Cycle des quintes pour une gamme de Pythagore à 7 notes

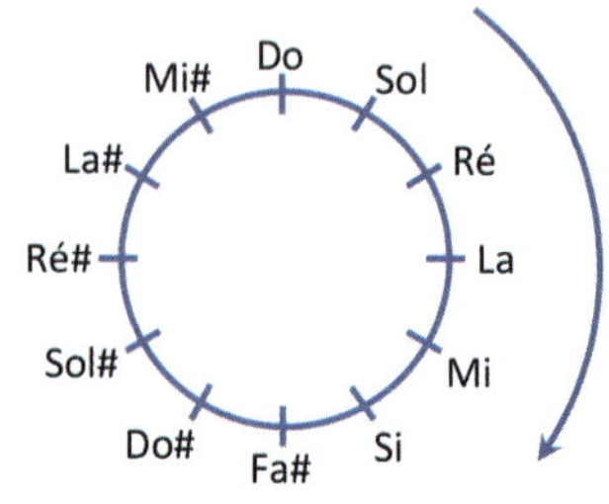

Cycle des quintes pour une gamme de Pythagore à 12 notes

Principe :

- On part d'une note de référence, comme le Do, de fréquence f.
- L'objectif étant de construire une gamme, c'est-à-dire une suite de notes entre ce Do et le Do situé une octave au dessus, on travaillera uniquement dans un intervalle de fréquences compris entre f et $2f$.
- On cherche la fréquence de la note suivante sur le cycle des quintes (le Sol) en multipliant f par le rapport 3/2 :

$$f(\text{Sol}) = \frac{3}{2}f$$

- On recommence pour trouver la fréquence de la note suivante (le Ré) sur le cycle des quintes : on multiplie f(Sol) par 3/2 :

$$f(\text{Ré}) = \frac{3}{2}f(\text{Sol}) = \frac{3}{2} \times \frac{3}{2}f = \frac{3^2}{2^2}f$$

  Cependant si on fait le calcul : $\frac{3^2}{2^2} = \frac{9}{4} = 2{,}25$, ce rapport n'est donc pas compris entre 1 et 2. On sortirait de l'intervalle compris entre f et $2f$. Dans ce cas la règle est de diviser le rapport obtenu par deux :

$$f(\text{Ré}) = \frac{\frac{3^2}{2^2}f}{2} = \frac{3^2}{2^3}f$$

- On procède ainsi pour toutes les notes du cycle, que ce soit un cycle de 5, 7 ou 12 notes.

  Pour des raisons mathématiques, ces cycles des quintes ne « rebouclent » jamais sur la note de départ, c'est-à-dire que l'on ne peut pas retrouver exactement un rapport de 1. Les rapports entre la fréquence de la note considérée et la note de référence (le Do) sont des **nombres rationnels**, c'est-à-dire qu'ils s'expriment comme le quotient de deux entiers relatifs.

Cependant les cycles de 5, 7 ou 12 quintes « rebouclent » presque, c'est-à-dire qu'il existe un rapport dont la valeur est très proche de 1.

Pour les gammes associées, l'identification de la dernière note avec la première note (le Do) impose que l'une des quintes du cycle ne corresponde pas exactement au rapport 3/2.

3 Gamme à intervalles égaux

Les intervalles entre deux notes consécutives des gammes dites de Pythagore ne sont pas égaux.

Exemple

La gamme de Pythagore à 7 notes comporte deux types d'intervalles, $\frac{9}{8}$ et $\frac{256}{243}$.

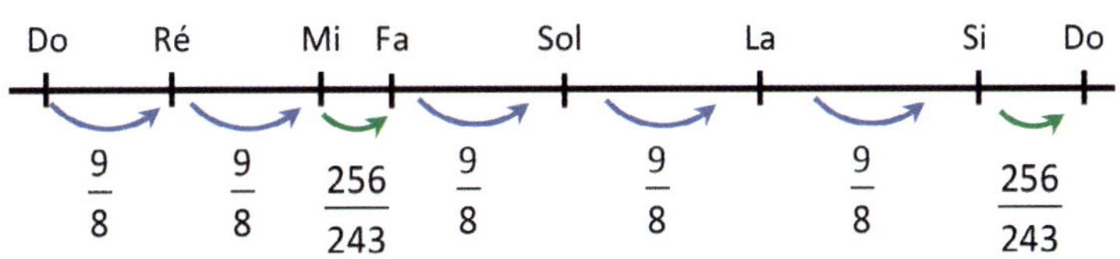

La connaissance des **nombres irrationnels** (nombre qui ne peut pas s'écrire sous la forme d'une fraction de deux entiers) a permis, au XVIIe siècle, de construire des gammes à intervalles égaux, comme la **gamme tempérée**.

La gamme tempérée, utilisée de nos jours, est construite en divisant l'octave en douze intervalles égaux, appelés **demi-tons**.

À chaque fois que l'on monte d'un demi-ton, la fréquence est multipliée par $2^{\frac{1}{12}}$.

Exemple

Rapports de fréquences sur une octave de la gamme tempérée :

Note	Do	Do#	Ré	Ré#	Mi	Fa	Fa#	Sol	Sol#	La	La#	Si	Do
Rapport de fréquence	1	$2^{1/12}$	$2^{2/12}$	$2^{3/12}$	$2^{4/12}$	$2^{5/12}$	$2^{6/12}$	$2^{7/12}$	$2^{8/12}$	$2^{9/12}$	$2^{10/12}$	$2^{11/12}$	2

La **transposition** consiste à décaler toutes les notes d'un morceau de musique avec le même intervalle, vers le grave ou vers l'aigu.

Exemple

On considère la suite de notes suivante : Do_4 Do_4 Sol_4 Sol_4 La_4 La_4 Sol_4. On souhaite transposer celle-ci en commençant par Fa_4, donc en commençant 5 demi-tons plus haut vers l'aigu (en effet entre le Do_4 et le Fa_4 il y a les notes suivantes : Do_4 $Do_4^{\#}$ $Ré_4$ $Ré_4^{\#}$ Mi_4 Fa_4, donc 5 demi-tons).

On décale donc cette suite de notes vers l'aigu de 5 demi-tons : Fa_4 Fa_4 Do_5 Do_5 $Ré_5$ $Ré_5$ Do_5.

- Contrairement au cas de la gamme tempérée, les intervalles entre deux notes consécutives des gammes de Pythagore ne sont pas égaux ce qui va entraver la transposition.
- Les gammes de Pythagore ont cependant l'avantage de présenter des intervalles justes, produisant un son agréable à l'oreille.

  Par exemple dans la gamme de Pythagore, entre le Do_4 et le Sol_4 l'intervalle vaut exactement 3/2 = 1,5 (une quinte juste), alors que dans la gamme tempérée, cet intervalle vaut $2^{7/12}$ = 1,49830... Ce rapport est tout de même proche de 3/2, ce qui explique que l'on utilise de nos jours la gamme tempérée.

Exercices

Savoirs

En musique, un intervalle entre deux sons est défini par le rapport de leurs fréquences fondamentales. Deux sons dont les fréquences sont dans le rapport 2/1 correspondent à une même note, à deux hauteurs différentes. L'intervalle qui les sépare s'appelle une octave.

Une gamme est une suite de notes réparties sur une octave. Dans l'Antiquité, la construction des gammes était basée sur des fractions simples (2/1, 3/2, 4/3, etc). En effet, des sons dont les fréquences sont dans ces rapports sont considérés comme les seuls à être consonants. Une quinte est un intervalle entre deux fréquences de rapport 3/2.

Exercice 12.1

Restituer des connaissances

Vrai ou faux ? Corriger les propositions fausses.

1. Un intervalle entre deux sons est défini par la différence de leurs fréquences fondamentales. Faux
2. Deux sons dont les fréquences sont dans un rapport 3/2 correspondent à une même note, à deux hauteurs différentes. Faux
3. Deux sons dont les fréquences sont dans un rapport 3/2 sont à la quinte. Vrai
4. Une gamme est une suite de notes réparties sur une octave. Par exemple Do, Ré, Mi, Fa, Sol, La, Si, Do est une gamme. Vrai
5. Dans une gamme : Do, Ré, Mi, Fa, Sol, La, Si, Do, le premier et le dernier Do sont à l'octave. Vrai
6. Dans une gamme : Do, Ré, Mi, Fa, Sol, La, Si, Do, le premier et le dernier Do sont des fréquences dans un rapport 4/3. Faux
7. Des sons dont les fréquences fondamentales sont dans des rapports simples (2/1, 3/2, 4/3) sont consonants. Vrai

Exercices

Exercice 12.2

Restituer des connaissances

1. Qu'est-ce qu'un intervalle en musique ?
2. Certains rapports de fréquences ont reçu des noms particuliers, donner le nom des intervalles correspondants. 2/1 : octave ; 3/2 : quinte ; 4/3 : quarte
3. Comment s'appelle l'intervalle entre deux notes de fréquences 880 Hz et 440 Hz ? S'agit-il de la même note à deux hauteurs différentes ? oui
4. Qu'est-ce qu'une gamme ? une suite de note
5. Qu'est-ce que la consonance ? qui parait juste à l'oreille.
6. Si on joue un Fa_2 de fréquence fondamentale f = 174,41 Hz en même temps qu'un Sol_2, de fréquence fondamentale f = 196,0 Hz, obtient-on un son harmonieux ?

Savoirs

Les gammes dites de Pythagore sont basées sur le cycle des quintes.

Pour des raisons mathématiques, ce cycle des quintes ne « reboucle » jamais sur la note de départ. Cependant les cycles de 5, 7 ou 12 quintes « rebouclent » presque. Pour les gammes associées, l'identification de la dernière note avec la première impose que l'une des quintes du cycle ne corresponde pas exactement au rapport 3/2.

Les intervalles entre deux notes consécutives des gammes dites de Pythagore ne sont pas égaux, ce qui entrave la transposition.

La connaissance des nombres irrationnels a permis, au XVIIe siècle de construire des gammes à intervalles égaux.

Exercice 12.3

Restituer des connaissances

Vrai ou faux ? Corriger les propositions fausses.

1. Les gammes à intervalles égaux sont basées sur le cycle des quintes. Faux
2. Le cycle de quintes reboucle exactement sur la note de départ. Faux
3. Le cycle à 12 quintes reboucle presque. Vrai
4. Dans le cycle à 7 quintes on ne peut pas retrouver exactement un rapport égal à un. Vrai
5. Dans les gammes de Pythagore, si on considère que la dernière note est la même que la première, alors cela impose que la dernière quinte du cycle ne corresponde pas exactement à 3/2. Vrai
6. Les intervalles entre deux notes consécutives des gammes de Pythagore sont égaux. Faux
7. Les gammes de Pythagore permettent de réaliser des transpositions. Vrai

8. Les gammes à intervalles égaux permettent de réaliser des quintes ou des quartes justes. Faux

9. Les gammes à intervalles égaux ont été construites grâce à la connaissance des nombres irrationnels. Vrai

10. Dans la gamme à intervalles égaux comportant 12 notes, chaque demi-ton correspond à un rapport de fréquences de $2^{\frac{1}{12}}$. Vrai

11. Les gammes à intervalles égaux permettent de réaliser des transpositions. Faux

12. Les gammes de Pythagore sont les gammes utilisées de nos jours. Faux.

Compétence *attendue*

- Calculer des puissances et des quotients en lien avec le cycle des quintes.
- Mettre en place un raisonnement pour prouver que le cycle des quintes est infini.

Exercice 12.4

Exploiter des documents
Organiser, effectuer et contrôler des calculs

On souhaite construire la gamme de Pythagore à 7 notes.

On donne ci-dessous le cycle des quintes pour une gamme à 7 notes :

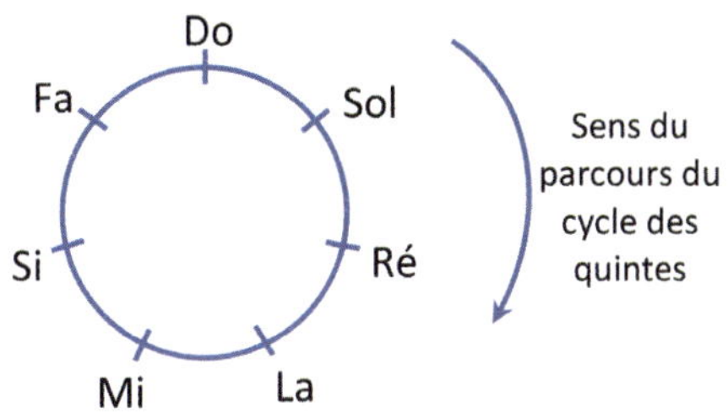

On note f la fréquence fondamentale de la première note du cycle des quintes, c'est-à-dire le Do.

Dans le cycle des quintes, deux notes consécutives sont à la quinte. Cela signifie par exemple que l'intervalle entre le Do et Sol vaut 3/2.

1. Calculer la valeur (les résultats seront donnés d'abord sous forme de nombre rationnel puis le calcul sera réalisé en exprimant le résultat avec 5 chiffres significatifs) des intervalles existants entre le Do et chacune des 7 premières notes du cycle des quintes. On notera r_n ces différents résultats (avec n variant de 1 à 7).

2. Exprimer les fréquences f_n des 7 premières notes du cycle des quintes, sachant que : $f_n = r_n \times f$.
3. Pourquoi peut-on considérer que le cycle des quintes à 7 notes reboucle presque ?
4. En faisant l'approximation que la 7e note du cycle des quintes correspond à la première (c'est-à-dire un Do), retrouve-t-on exactement une quinte entre la 6e et la 1re note ?
5. Classer par ordre croissant les fréquences f_n du cycle des quintes.

   On obtient ainsi dans l'ordre les fréquences des 7 notes de la gamme de Pythagore : Do, Ré, Mi, Fa, Sol, La, Si, Do (octave supérieure).

   Sachant que Pythagore n'a pas retenu pour le Fa le rapport $r_6 = \frac{729}{512}$ et l'a remplacé par le rapport plus simple : $r_6 = \frac{4}{3}$, montrer que cette approximation se justifie.
6. Calculer les intervalles entre deux notes consécutives dans la gamme de Pythagore à 7 notes. Le plus grand intervalle trouvé s'appelle un ton et le plus petit un demi-ton. Un ton vaut-il le double d'un demi-ton ?
7. Quel est l'inconvénient de la gamme de Pythagore à 7 notes ?

Exercice 12.5

Exploiter des documents
Organiser, effectuer et contrôler des calculs

On souhaite construire la gamme de Pythagore à 12 notes (dite chromatique).

On donne ci-dessous le cycle des quintes pour une gamme à 12 notes :

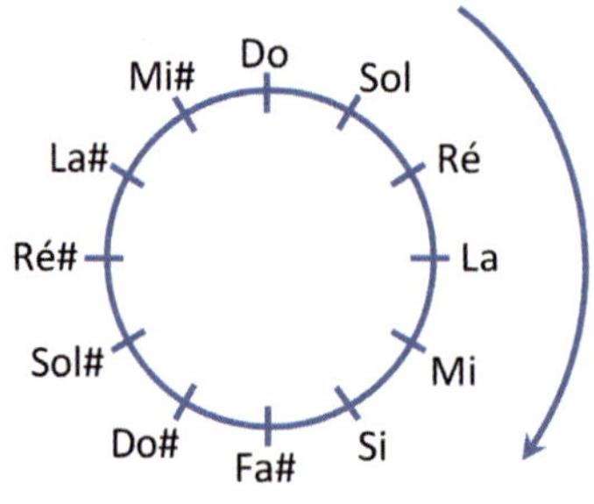

On note f la fréquence fondamentale de la première note du cycle des quintes, c'est-à-dire le Do.

Dans le cycle des quintes, deux notes consécutives sont à la quinte. Cela signifie par exemple que l'intervalle entre le Do et Sol vaut 3/2.

1. Calculer la valeur (les résultats seront donnés d'abord sous forme de nombre rationnel puis le calcul sera réalisé en exprimant le résultat avec 5 chiffres

significatifs) des intervalles existants entre le Do et chacune des 12 notes du cycle des quintes. On notera r_n ces différents résultats (avec n variant de 1 à 12).

2. Exprimer les fréquences f_n des 12 premières notes du cycle des quintes, sachant que : $f_n = r_n \times f$.

3. Pourquoi peut-on considérer que le cycle des quintes à 12 notes reboucle presque ?

4. En faisant l'approximation que la 12e note du cycle des quintes correspond à la première (c'est-à-dire un Do), retrouve-t-on exactement une quinte entre la 11e et la 1re note ?

5. Classer par ordre croissant les fréquences f_n du cycle des quintes.

   On obtient ainsi dans l'ordre les fréquences des 12 notes de la gamme de Pythagore : Do, Do#, Ré, Ré#, Mi, Fa, Fa#, Sol, Sol#, La, La#, Si, Do (octave supérieure).

   Comme dans le cas de la gamme de Pythagore à 7 notes (voir exercice 12.4), la dernière note du cycle est prise comme étant un Fa (de fréquence $\frac{4}{3}f$). On fait donc l'approximation que mi$^{\#}$ = Fa.

   Pourquoi cette approximation est-elle justifiée ?

6. On travaille dans la 4e octave. Sachant que la fréquence du La_4 vaut 880 Hz, calculer les fréquences des notes suivantes : Do_4, $Ré_4$, Mi_4, Fa_4, Sol_4, Si_4, Do_5 (les résultats seront donnés avec 5 chiffres significatifs). Quel intervalle existe entre le Do_4 et le Do_5 ? Entre le Do_4 et le Fa_4 ?

Compétence attendue

- Utiliser la racine douzième de 2 pour partager l'octave en douze intervalles égaux.

Exercice 12.6

Organiser et effectuer des calculs
Rédiger une argumentation scientifique

La gamme tempérée à intervalles égaux est celle qui est utilisée de nos jours. Elle est construite en divisant l'octave en douze intervalles égaux.

La gamme tempérée comporte donc 12 notes :

Do, Do$^{\#}$, Ré, Mi^{b}, Mi, Fa, Fa$^{\#}$, Sol, Sol$^{\#}$, La, La$^{\#}$, Si, Do (de l'octave supérieure).

1. Utiliser la racine douzième de 2 pour partager l'octave de la gamme tempérée en douze intervalles égaux et remplir ainsi le tableau ci-dessous :

Note	Do	Do#	Ré	Mi^b	Mi	Fa	Fa#	Sol	Sol#	La	La#	Si	Do
Fréquence	f												$2f$

2. Qu'est-ce qu'un demi-ton ? Combien vaut-il dans la gamme tempérée ?
3. Combien y a-t-il de demi-tons entre le Ré et le La (pour la même octave) ?
4. Que vaut le rapport de fréquences entre un Mi et un Si (pour la même octave) ?
5. Montrer que pour la gamme tempérée, tous les intervalles sont acoustiquement parlant légèrement faux (prendre l'exemple d'une quinte et d'une quarte pour montrer votre raisonnement).
6. Quel est l'intérêt majeur des gammes à intervalles égaux ?

Exercice 12.7

Organiser et effectuer des calculs

Un Ténor chante la suite de notes suivantes : **Si$_3$**, Si$_3$, Do$_4$, Ré$_4$, Ré$_4$, Do$_4$, Si$_3$, La$_3$. Il est accompagné par un flûtiste jouant de la flûte à bec soprano ne permettant de jouer que les notes des octaves 4 et 5. Le flûtiste transpose la mélodie et commence par jouer la note **Mi$_4$**.

1. Pourquoi le flûtiste doit-il transposer la mélodie ?
2. Combien y a-t-il de demi-tons entre le Si$_3$ et le Mi$_4$ dans la gamme tempérée constituée des 12 notes suivantes : Do, Do#, Ré, Mi^b, Mi, Fa, Fa#, Sol, Sol#, La, La#, Si, Do (de l'octave supérieure) ?
3. En déduire la suite de notes jouée par le flûtiste.

Corrigé des exercices

Exercice 12.1

1. Faux. Un intervalle entre deux sons est défini par le rapport de leurs fréquences fondamentales.
2. Faux. Deux sons dont les fréquences sont dans un rapport 2/1 correspondent à une même note, à deux hauteurs différentes.
3. Vrai.
4. Vrai.
5. Vrai.
6. Faux. Dans une gamme : Do, Ré, Mi, Fa, Sol, La, Si, Do, le premier et le dernier Do ont des fréquences dans un rapport 2/1.
7. Vrai.

Exercice 12.2

1. En musique un intervalle entre deux sons est défini par le rapport de leurs fréquences fondamentales.
2. Certains rapports de fréquences ont reçu des noms particuliers :

Nom de l'intervalle	Rapport des fréquences fondamentales
octave	2/1
quinte	3/2
quarte	4/3
tierce majeure	5/4

3. L'intervalle entre deux notes de fréquences 880 Hz et 440 Hz s'appelle une octave. Il s'agit bien de la même note à deux hauteurs différentes : le La_4 et le La_3 (voir le tableau du cours donnant les fréquences des notes en fonction des octaves considérées).
4. Une gamme est une suite finie de notes réparties sur une octave.

Corrigés

5. La consonance est la concordance d'un ensemble de sons, accord ou intervalle produisant un résultat agréable à l'oreille.

6. Si on joue un Fa_2 de fréquence fondamentale f = 174,41 Hz en même temps qu'un Sol_2, de fréquence fondamentale f = 196,0 Hz, on obtient un son harmonieux si le rapport de fréquences correspond à une octave, une quinte, une quarte ou une tierce majeure.
Calculons le rapport de fréquences correspondant : $\frac{196,0}{174,41} = 1,124$. Ce rapport ne correspond ni à une octave, ni à une quinte, ni à une quarte, ni à une tierce majeure. Le son obtenu n'est pas harmonieux.

Exercice 12.3

1. Faux. Les gammes de Pythagore sont basées sur le cycle des quintes.
2. Faux. Le cycle de quintes ne reboucle jamais exactement sur la note de départ.
3. Vrai.
4. Vrai.
5. Vrai.
6. Faux. Les intervalles entre deux notes consécutives des gammes de Pythagore ne sont pas égaux.
7. Faux. Les gammes de Pythagore ne permettent pas de réaliser des transpositions car les intervalles entre deux notes consécutives ne sont pas égaux.
8. Faux. Ce sont les gammes de Pythagore qui permettent de réaliser des quintes ou des quartes justes.
9. Vrai.
10. Vrai.
11. Vrai.
12. Faux. Ce sont les gammes à intervalles égaux qui sont utilisées de nos jours.

Exercice 12.4

1. Premier rapport de fréquences, entre le Do initial et le Sol :

$$r_1 = \frac{3}{2} = 1{,}5000$$

Deuxième rapport de fréquences, entre le Do initial et le Ré :

$$r_2 = \frac{3}{2} \times \frac{3}{2} = \frac{3^2}{2^2} = 2{,}2500 > 2$$, donc on divise la fraction obtenue par 2 :

$$r_2 = \frac{\frac{3^2}{2^2}}{2} = \frac{3^2}{2^3} = \frac{9}{8} = 1{,}1250.$$

Troisième rapport de fréquences, entre le Do et le La :

$$r_3 = \frac{3}{2} \times \frac{3^2}{2^3} = \frac{3^3}{2^4} = \frac{27}{16} = 1{,}6875.$$

Quatrième rapport, entre le Do et le Mi :

$$r_4 = \frac{3}{2} \times \frac{3^3}{2^4} = \frac{3^4}{2^5} = \frac{81}{32} = 2{,}5313 > 2$$, donc on divise la fraction obtenue par 2 :

$$r_4 = \frac{\frac{3^4}{2^5}}{2} = \frac{3^4}{2^6} = \frac{81}{64} = 1{,}2656.$$

Cinquième rapport entre le Do et le Si :

$$r_5 = \frac{3}{2} \times \frac{3^4}{2^6} = \frac{3^5}{2^7} = \frac{243}{128} = 1{,}8984.$$

Sixième rapport entre le Do et le Fa :

$$r_6 = \frac{3}{2} \times \frac{3^5}{2^7} = \frac{3^6}{2^8} = \frac{729}{256} = 2{,}8477 > 2$$, donc on divise la fraction obtenue par 2 :

$$r_6 = \frac{\frac{3^6}{2^8}}{2} = \frac{3^6}{2^9} = \frac{729}{512} = 1{,}4238$$

Septième rapport entre le Do initial et la note suivante :

$$r_7 = \frac{3}{2} \times \frac{3^6}{2^9} = \frac{3^7}{2^{10}} = \frac{2\,187}{1\,024} = 2{,}1357 > 2$$, donc on divise la fraction obtenue par 2 :

$$r_7 = \frac{\frac{3^7}{2^{10}}}{2} = \frac{3^7}{2^{11}} = \frac{2\,187}{2\,048} = 1{,}0679.$$

2. Note de référence : le Do de fréquence f.

Première note du cycle, fréquence $f_1 = r_1 \times f = \frac{3}{2} f = 1{,}5000 \times f$.

Deuxième note du cycle, fréquence $f_2 = r_2 \times f = \frac{9}{8} f = 1{,}1250 \times f$.

Troisième note du cycle, fréquence $f_3 = r_3 \times f = \frac{27}{16} f = 1{,}6875 \times f$.

Quatrième note du cycle, fréquence $f_4 = r_4 \times f = \frac{81}{64} f = 1{,}2656 \times f$.

Cinquième note du cycle, fréquence $f_5 = r_5 \times f = \frac{243}{128} f = 1{,}8984 \times f$.

Sixième note du cycle, fréquence $f_6 = r_6 \times f = \frac{729}{512} f = 1{,}4238 \times f$.

Septième note du cycle, fréquence $f_7 = r_7 \times f = \frac{2\,187}{2\,048} f = 1{,}0679 \times f$.

3. On considère que le cycle des quintes à 7 notes reboucle presque car la fréquence f_7 est presque égale à la fréquence du Do initial ($r_7 = 1{,}0679 \simeq 1$).

4. En faisant l'approximation que la 7e note du cycle des quintes correspond à la première, donc au Do de l'octave supérieure (de fréquence $2f$), l'intervalle entre le Fa et le Do supérieur vaut : $\frac{2}{1{,}4238} = 1{,}4047 \neq 1{,}5000$.

On ne retrouve pas exactement une quinte, c'est-à-dire un rapport de 3/2 = 1,5.

5. Fréquences f_n du cycle des quintes classées par ordre croissant :

$$f_2 < f_4 < f_6 < f_1 < f_3 < f_5$$

On obtient donc :

Note	Do	Ré	Mi	Fa	Sol	La	Si	Do
Fréquence	f	$\frac{9}{8} \times f$	$\frac{81}{64} \times f$	$\frac{4}{3} \times f$	$\frac{3}{2} \times f$	$\frac{27}{16} \times f$	$\frac{243}{128} \times f$	$2 \times f$

Le rapport $r_6 = \frac{729}{512} = 1{,}4238$ alors que le rapport $r_6 = \frac{4}{3} = 1{,}3333$. Sachant que 1,4 et 1,3 sont proches, cette approximation se justifie.

6. Intervalles entre deux notes consécutives dans la gamme de Pythagore à 7 notes :

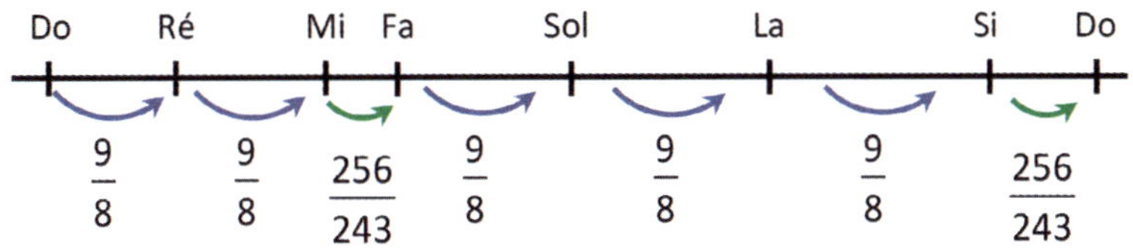

On trouve deux types d'intervalles : $\frac{9}{8}$ et $\frac{256}{243}$.

Le plus grand correspond à un ton, il s'agit de $\frac{9}{8}$.

Le plus petit correspond à un demi-ton, il s'agit de $\frac{256}{243}$.

Un ton ne vaut pas le double d'un demi-ton, car $2\times\frac{256}{243}=\frac{512}{243}=2{,}107$ et $\frac{9}{8}=1{,}125$.

7. L'inconvénient de la gamme de Pythagore à 7 notes est qu'elle ne permet pas de faire des transpositions, puisque les intervalles entre les notes ne sont pas égaux.

Exercice 12.5

1. Premier rapport de fréquences, entre le Do initial et le Sol :

$$r_1=\frac{3}{2}=1{,}5000$$

Deuxième rapport de fréquences, entre le Do initial et le Ré :

$r_2=\frac{3}{2}\times\frac{3}{2}=\frac{3^2}{2^2}=2{,}2500>2$, donc on divise la fraction obtenue par 2 :

$$r_2=\frac{\frac{3^2}{2^2}}{2}=\frac{3^2}{2^3}=\frac{9}{8}=1{,}1250.$$

Troisième rapport de fréquences, entre le Do et le La :

$$r_3=\frac{3}{2}\times\frac{3^2}{2^3}=\frac{3^3}{2^4}=\frac{27}{16}=1{,}6875.$$

Quatrième rapport, entre le Do et le Mi :

$$r_4 = \frac{3}{2} \times \frac{3^3}{2^4} = \frac{3^4}{2^5} = \frac{81}{32} = 2{,}5313 > 2, \text{ donc on divise la fraction obtenue par 2 :}$$

$$r_4 = \frac{\frac{3^4}{2^5}}{2} = \frac{3^4}{2^6} = \frac{81}{64} = 1{,}2656.$$

Cinquième rapport entre le Do et le Si :

$$r_5 = \frac{3}{2} \times \frac{3^4}{2^6} = \frac{3^5}{2^7} = \frac{243}{128} = 1{,}8984.$$

Sixième rapport entre le Do et le Fa# :

$$r_6 = \frac{3}{2} \times \frac{3^5}{2^7} = \frac{3^6}{2^8} = \frac{729}{256} = 2{,}8477 > 2, \text{ donc on divise la fraction obtenue par 2 :}$$

$$r_6 = \frac{\frac{3^6}{2^8}}{2} = \frac{3^6}{2^9} = \frac{729}{512} = 1{,}4238$$

Septième rapport entre le Do initial et le Do# :

$$r_7 = \frac{3}{2} \times \frac{3^6}{2^9} = \frac{3^7}{2^{10}} = \frac{2\,187}{1\,024} = 2{,}1357 > 2, \text{ donc on divise la fraction obtenue par 2 :}$$

$$r_7 = \frac{\frac{3^7}{2^{10}}}{2} = \frac{3^7}{2^{11}} = \frac{2\,187}{2\,048} = 1{,}0679.$$

Huitième rapport entre le Do initial et le Sol# :

$$r_8 = \frac{3}{2} \times \frac{3^7}{2^{11}} = \frac{3^8}{2^{12}} = \frac{2\,187}{1\,024} = 1{,}6018.$$

9e rapport entre le Do initial et le Ré# :

$$r_9 = \frac{3}{2} \times \frac{3^8}{2^{12}} = \frac{3^9}{2^{13}} = 2{,}4027 > 2, \text{ donc on divise la fraction obtenue par 2 :}$$

$$r_9 = \frac{3^9}{2^{14}} = 1{,}2014.$$

10e rapport entre le Do initial et le La# :

$$r_{10} = \frac{3}{2} \times \frac{3^9}{2^{14}} = \frac{3^{10}}{2^{15}} = 1{,}8020.$$

11e rapport entre le Do initial et le Mi# :

$r_{11} = \frac{3}{2} \times \frac{3^{10}}{2^{15}} = \frac{3^{11}}{2^{16}} = 2{,}7030 > 2$, donc on divise la fraction obtenue par 2 :

$r_{11} = \frac{3^{11}}{2^{17}} = 1{,}3515.$

12e rapport entre le Do initial et la note après le Mi# (dont on ne connaît pas le nom) :

$r_{12} = \frac{3}{2} \times \frac{3^{11}}{2^{17}} = \frac{3^{12}}{2^{18}} = 2{,}0273 > 2$, donc on divise la fraction obtenue par 2.

$r_{12} = \frac{3^{12}}{2^{19}} = 1{,}0136.$

2. Note de référence : le Do de fréquence f.

Première note du cycle, fréquence $f_1 = r_1 \times f = \frac{3}{2} f = 1{,}5000 \times f.$

2e note du cycle, fréquence $f_2 = r_2 \times f = \frac{9}{8} f = 1{,}1250 \times f.$

3e note du cycle, fréquence $f_3 = r_3 \times f = \frac{27}{16} f = 1{,}6875 \times f.$

4e note du cycle, fréquence $f_4 = r_4 \times f = \frac{81}{64} f = 1{,}2656 \times f.$

5e note du cycle, fréquence $f_5 = r_5 \times f = \frac{243}{128} f = 1{,}8984 \times f.$

6e note du cycle, fréquence $f_6 = r_6 \times f = \frac{729}{512} f = 1{,}4238 \times f.$

7e note du cycle, fréquence $f_7 = r_7 \times f = \frac{3^7}{2^{11}} f = 1{,}0679 \times f.$

8e note du cycle, fréquence $f_8 = r_8 \times f = \frac{3^8}{2^{12}} f = 1{,}6018 \times f.$

9e note du cycle, fréquence $f_9 = r_9 \times f = \frac{3^9}{2^{14}} f = 1{,}2014 \times f.$

10e note du cycle, fréquence $f_{10} = r_{10} \times f = \frac{3^{10}}{2^{15}} f = 1{,}8020 \times f.$

11e note du cycle, fréquence $f_{11} = r_{11} \times f = \frac{3^{11}}{2^{17}} f = 1{,}3515 \times f.$

12e note du cycle, fréquence $f_{12} = r_{12} \times f = \frac{3^{12}}{2^{19}} f = 1{,}0136 \times f.$

3. On considère que le cycle des quintes à 12 notes reboucle presque car la fréquence f_{12} est presque égale à la fréquence du Do initial ($r_{12} = 1{,}0136 \simeq 1$).

4. En faisant l'approximation que la 12e note du cycle des quintes correspond à la première, donc au Do de l'octave supérieure (de fréquence 2*f*), l'intervalle entre le Mi# et le Do supérieur vaut : $\frac{2}{1{,}3515} = 1{,}4798 \neq 1{,}5000$.

On ne retrouve pas exactement une quinte, c'est-à-dire un rapport de 3/2 = 1,5.

5. Fréquences f_n du cycle des quintes classées par ordre croissant :

$$f_7 < f_2 < f_9 < f_4 < f_{11} < f_6 < f_1 < f_8 < f_3 < f_{10} < f_5$$

Do, note de référence, de fréquence *f*.

Do#, fréquence $f_7 = \frac{3^7}{2^{11}} f = 1{,}0679 \times f$.

Ré, fréquence $f_2 = \frac{9}{8} f = 1{,}1250 \times f$.

Ré#, fréquence $f_9 = \frac{3^9}{2^{14}} f = 1{,}2014 \times f$.

Mi, fréquence $f_4 = \frac{3^4}{2^6} f = 1{,}2656 \times f$.

Fa, fréquence $f_{11} = \frac{3^{11}}{2^{17}} f = 1{,}3515 \times f \approx \frac{4}{3} \times f$.

Fa#, fréquence $f_6 = \frac{3^6}{2^9} f = 1{,}4238 \times f$.

Sol, fréquence $f_1 = \frac{3}{2} f = 1{,}5000 \times f$.

Sol#, fréquence $f_8 = \frac{3^8}{2^{12}} f = 1{,}6018 \times f$.

La, fréquence $f_3 = \frac{3^3}{2^4} f = 1{,}6875 \times f$.

La#, fréquence $f_{10} = \frac{3^{10}}{2^{15}} f = 1{,}8020 \times f$.

Si, fréquence $f_5 = \frac{3^5}{2^7} f = 1{,}8984 \times f$.

Do de l'octave supérieure, de fréquence 2*f*.

On peut faire l'approximation mi# = Fa, car $f(\text{Mi}^{\#}) = 1{,}3515 \times f$ et $f(\text{Fa}) = \frac{4}{3} \times f = 1{,}3333 \times f$. On voit bien que 1,3515 est très proche de 1,3333.

On a $f(\text{La}_4) = 880\,\text{Hz}$ et $f(\text{La}_4) = \frac{3^3}{2^4} \times f$. On en déduit la valeur de *f*, fréquence fondamentale du Do_4 :

$$880 = \frac{3^3}{2^4} \times f$$

$$f = \frac{880}{\left(\frac{3^3}{2^4}\right)} = 521{,}48\,\text{Hz}$$

À partir de cette valeur et des réponses aux questions 3 et 5, on en déduit les fréquences des autres notes :

$$f(\text{Ré}_4) = \frac{3^9}{2^{14}} f = \frac{3^9}{2^{14}} \times \frac{880}{\left(\frac{3^3}{2^4}\right)} = 626{,}48\,\text{Hz}\ ;$$

$$f(\text{Mi}_4) = \frac{3^4}{2^6} f = \frac{3^4}{2^6} \times \frac{880}{\left(\frac{3^3}{2^4}\right)} = 660{,}00\,\text{Hz}\ ;$$

$$f(\text{Fa}_4) = \frac{4}{3} f = \frac{4}{3} \times \frac{880}{\left(\frac{3^3}{2^4}\right)} = 695{,}31\,\text{Hz}\ ;$$

$$f(\text{Sol}_4) = \frac{3}{2} f = \frac{3}{2} \times \frac{880}{\left(\frac{3^3}{2^4}\right)} = 782{,}22\,\text{Hz}\ ;$$

$$f(\text{Si}_4) = \frac{3^5}{2^7} f = \frac{3^5}{2^7} \times \frac{880}{\left(\frac{3^3}{2^4}\right)} = 990{,}00\,\text{Hz}\ ;$$

$$f(\text{Do}_5) = 2f = 2 \times \frac{880}{\left(\frac{3^3}{2^4}\right)} = 1\,043{,}0\,\text{Hz}.$$

Entre le Do_4 et le Do_5 il y a une octave car on trouve un rapport de 2/1.

Entre le Do_4 et le Fa_4, il y a une quarte car on trouve un rapport $\dfrac{f(Fa_4)}{f(Do_4)} = \dfrac{\dfrac{4}{3} \times \dfrac{880}{\left(\dfrac{3^3}{2^4}\right)}}{\dfrac{880}{\left(\dfrac{3^3}{2^4}\right)}} = \dfrac{4}{3}$.

Exercice 12.6

1. Entre le premier Do et le Do de l'octave supérieure, il existe un rapport de 2 (car les deux Do sont à l'octave). Si on divise ce rapport en 12, alors entre deux notes consécutives, on aura un rapport de $2^{\frac{1}{12}}$.

Do	Do#	Ré	Ré#	Mi	Fa	Fa#	Sol	Sol#	La	La#	Si	Do
f	$2^{1/12}f$	$2^{2/12}f$	$2^{3/12}f$	$2^{4/12}f$	$2^{5/12}f$	$2^{6/12}f$	$2^{7/12}f$	$2^{8/12}f$	$2^{9/12}f$	$2^{10/12}f$	$2^{11/12}f$	$2f$

2. Un demi-ton est l'intervalle existant entre deux notes consécutives, c'est-à-dire un rapport de $2^{\frac{1}{12}}$ dans la gamme tempérée.
3. Il y a 7 demi-tons entre le Ré et le La (pour la même octave).
4. Entre un Mi et un Si de la même octave, il y a 7 demi-tons. Le rapport de fréquences entre un Mi et un Si vaut donc : $2^{\frac{7}{12}} = 1{,}498$, il y a une quinte.
5. Pour la gamme tempérée, tous les intervalles sont acoustiquement parlant légèrement faux.

   En effet, entre le Mi et le Si, il y a rapport de fréquences égal à 1,498, soit presque une quinte. Une quinte juste aurait donné un rapport de fréquences d'exactement 3/2, soit 1,5.

   Entre le Do et le Fa, il y a un rapport de fréquences égal à $2^{\frac{5}{12}} = 1{,}335$, soit presque une quarte. En effet, une quarte juste aurait donné un rapport de fréquences d'exactement 4/3, soit 1,333...
6. L'intérêt majeur des gammes à intervalles égaux est de permettre des transpositions de mélodies puisque les intervalles entre deux notes consécutives sont égaux sur une gamme, quelle que soit l'octave considérée.

Exercice 12.7

1. Le flûtiste doit transposer la mélodie puisqu'il ne peut pas jouer des notes appartenant à la 3e octave.

2. Voici les notes séparant le Si_3 du Mi_4 : Si_3, Do_4, $Do^{\#}{}_4$, $Ré_4$, $Mi^b{}_4$, Mi_4. Il y a donc 5 demi-tons entre le Si_3 et le Mi_4 dans la gamme tempérée à 12 notes.

3. Comme la transposition consiste à décaler toutes les notes d'un morceau de musique avec le même intervalle, vers le grave ou vers l'aigu (dans cet exercice on décale vers l'aigu), toutes les notes de la mélodie chantée par le Ténor sont décalées de 5 demi-tons.

   La suite de notes jouée par le flûtiste est : Mi_4, Mi_4, Fa_4, Sol_4, Sol_4, Fa_4, Mi_4, $Ré_4$.

Corrigés

Chapitre 13

Le son : une information à coder

Cours

1 Signal analogique et signal numérique

A Signal analogique

Quand on enregistre à l'aide d'un microphone la voix d'un chanteur ou la mélodie jouée par un instrument de musique, le signal obtenu est dit analogique car il varie de façon continue avec le temps. Le signal prend un très grand nombre de valeurs différentes au cours du temps.

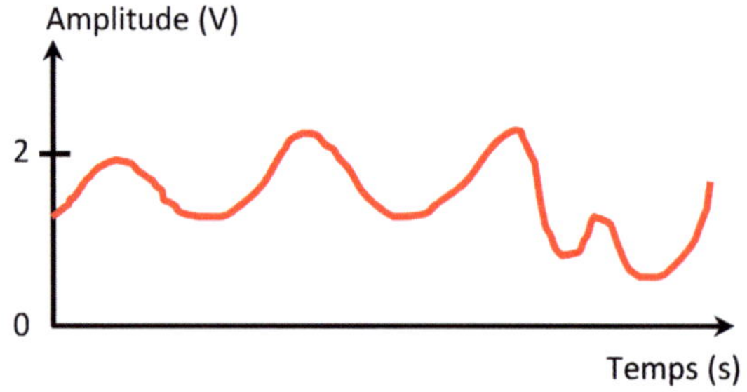

Un signal analogique est très sensible aux bruits parasites, il peut s'altérer dans le temps.

B Signal numérique

Un signal numérique est représenté par une grandeur physique (comme la tension, en volt) ne prenant qu'un certain nombre de valeurs discrètes au cours du temps. Le signal numérique est un signal en forme de créneaux.

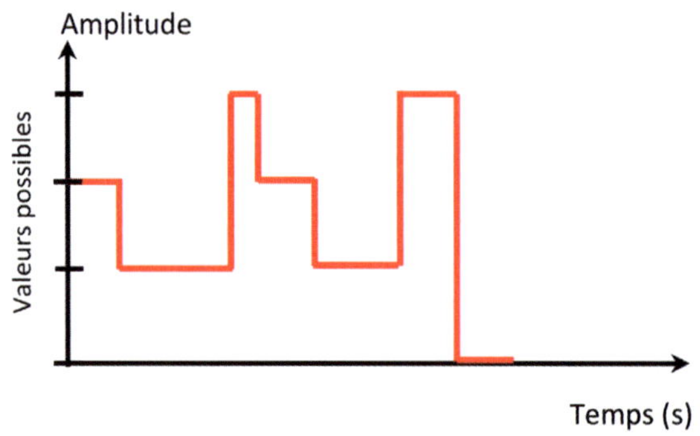

Un signal numérique est peu sensible aux bruits parasites, il est facilement et fidèlement reproductible.

2 Numérisation d'un son

Pour numériser un son, on procède à la **discrétisation** du signal analogique sonore. Il y a trois étapes : l'échantillonnage, la quantification et le codage.

A L'échantillonnage

Lors de l'échantillonnage, on relève la valeur de l'amplitude d'un signal analogique avec une fréquence f_e, dite fréquence d'échantillonnage. On obtient ainsi un certain nombre de points échantillonnés, dont les valeurs de l'amplitude sont enregistrées.

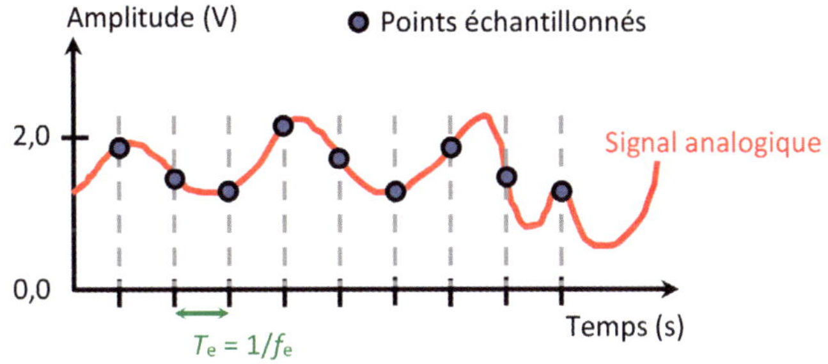

Plus la période d'échantillonnage T_e est faible, plus il y aura de points échantillonnés.

Rappel

La période T_e d'échantillonnage est inversement proportionnelle à la fréquence f_e d'échantillonnage : $T_e = \frac{1}{f_e}$

On en déduit que plus la fréquence d'échantillonnage f_e est élevée et plus la numérisation sera fidèle.

D'après le **théorème de Shannon**, la reproduction fidèle du signal analogique nécessite une fréquence d'échantillonnage f_e au moins double de la fréquence f du son :

$$f_e > 2 \times f$$

B La quantification et codage

Au cours de la quantification on réalise un découpage en amplitude du signal analogique.

Les valeurs de l'amplitude relevées à l'étape précédente (pour les points échantillonnés) vont être approximés à un certain nombre restreint de valeurs possibles. Ces valeurs possibles d'amplitude seront ensuite exprimées en « bit » à l'étape de codage.

Un bit est un chiffre binaire, c'est-à-dire qui vaut 0 ou 1.

Avec un bit, on peut écrire $2^1 = 2$ chiffres binaires possibles : 0 ou 1.

Avec 2 bits, on peut écrire $2^2 = 4$ chiffres binaires possibles : 00 ; 01 ; 10 ou 11.

Avec 3 bits, on peut écrire $2^3 = 8$ chiffres binaires possibles : 000 ; 001 ; 010 ; 011 ; 100 ; 110 ; 111.

Avec n bits, on peut écrire 2^n chiffres binaires.

2^n c'est ce que l'on appelle la résolution R, (si on code en n bits), cela représente le nombre de valeurs possibles de l'amplitude (à l'étape de quantification) ou la quantité de nombres binaires possibles (pour l'étape de codage).

Le découpage en amplitude se détermine grâce au calcul du pas de quantification p.

Le pas p est égal au rapport de l'intervalle dans lequel sont comprises les valeurs de tension (appelé plage de mesures), par $(2^n - 1)$, avec n le nombre de bits du codage :

$$p = \frac{\text{plage de mesures}}{2^n - 1}$$

Plus la quantification est fine (le pas est petit), plus la numérisation est fidèle.

Étude d'un exemple

On code en 2 bits un signal analogique préalablement échantillonné :

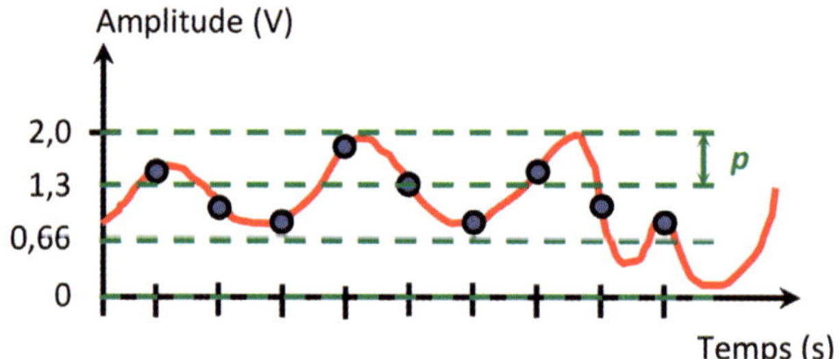

Pour un codage sur 2 bits

- *Étape de quantification :*

  La résolution vaut : $R = 2^n = 2^2 = 4$.

  On ne retiendra que 4 valeurs possibles pour l'amplitude.

  L'amplitude du signal analogique varie entre 0 et 2,0 V, c'est la plage de mesures.

  La valeur du pas est : $p = \frac{\text{plage de mesures}}{2^n - 1} = \frac{2{,}0}{2^2 - 1} = 0{,}66\ \text{V}$

  Les 4 valeurs possibles de l'amplitude sont : 0,0 V ; 0,66 V ; 1,3 V ; 2,0 V.

Lors de la quantification, chaque tension analogique échantillonnée sera arrondie à la plus proche de ces 4 valeurs (voir tracé bleu) :

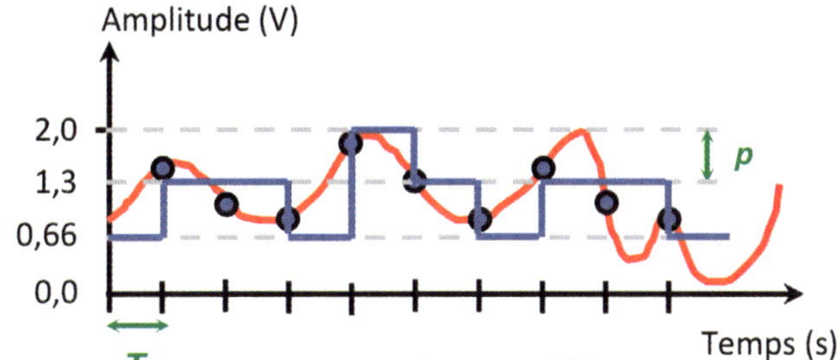

Pour un codage sur 2 bits

- *Étape de codage :*

  On associe à chaque valeur retenue pour l'amplitude une valeur binaire.

  Comme on a codé en 2 bits, les 4 valeurs binaires possibles sont : 00 ; 01 : 10 et 11.

Valeur de l'amplitude (V)	Valeur binaire correspondante
0,0	00
0,66	01
1,3	10
2,0	11

On obtient ainsi le signal numérisé :

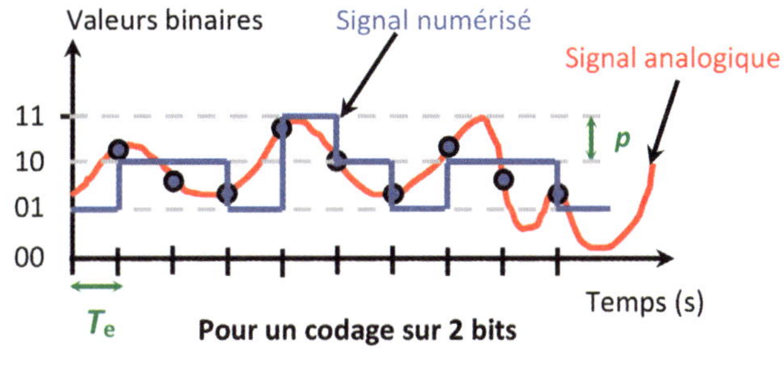

Pour un codage sur 2 bits

3 Taille d'un fichier audio

La taille d'un fichier audio correspond au nombre N d'octets nécessaires pour décrire numériquement un signal sonore d'une durée Δt :

$$N = f_e \times \left(\frac{Q}{8}\right) \times \Delta t \times n$$

Avec f_e : fréquence d'échantillonnage (Hz) ; Q : quantification en bits ; n : le nombre de voies ($n = 2$ pour un son stéréo et $n = 1$ pour un son mono) ; Δt : la durée de l'enregistrement (s) ; N en octet (o).

À savoir

- *Un octet est un ensemble de 8 bits ;*
- *Un mégaoctet : 1 Mo = 10^6 o ;*
- *Un gigaoctet : 1 Go = 10^9 o.*

Plus la fréquence d'échantillonnage f_e est élevée et la quantification fine (donc Q est grand), plus la numérisation est fidèle, mais plus la taille du fichier N est grande.

On cherchera donc à faire un compromis entre la qualité de la numérisation et la taille du fichier audio obtenu.

4 Compression d'un son

La compression consiste à diminuer la taille d'un fichier afin de faciliter son stockage et sa transmission.

Les techniques de compression spécifiques au son, dites « avec perte d'information », éliminent les informations sonores auxquelles l'oreille est peu sensible.

Exemples

- Si certaines fréquences ont un niveau sonore beaucoup plus élevé que d'autres, il n'est pas nécessaire de conserver les fréquences de niveau sonore faible car on ne les entendra pas.
- Comme l'oreille humaine entend surtout les fréquences des sons situées dans la gamme [2 kHz – 5 kHz], on peut décider de supprimer toutes les fréquences supérieures à 15 kHz.

Erreur à éviter

Si on décompresse un son compressé avec une technique destructive, on ne retrouve pas le son de départ. En effet, des données ont été perdues, ce qui entraîne une moindre qualité pour ce son.

Le **taux de compression** se définit comme le rapport entre la taille N_B du fichier audio B après compression et la taille N_A du fichier audio A initial :

$$\tau = \frac{N_B}{N_A}$$

Plus le taux de compression est petit, plus la taille du fichier compressé est petite.

Exemple

Le format MP3 permet de compresser à un taux $\tau = \frac{1}{12} = 0{,}083$ les formats audio WAV ou CD Audio.

Exercices

Savoirs

Pour numériser un son, on procède à la discrétisation du signal analogique sonore (échantillonnage et quantification). Plus la fréquence d'échantillonnage est élevée et la quantification fine, plus la numérisation est fidèle, mais plus la taille du fichier audio est grande. La reproduction fidèle du signal analogique nécessite une fréquence d'échantillonnage au moins double de celle du son.

Exercice 13.1

Restituer des connaissances

Vrai ou faux ? Corriger les propositions fausses.

1. La numérisation d'un son donne un signal analogique.
2. Les étapes d'une numérisation sont : l'échantillonnage, la quantification et le codage.
3. Pour avoir un signal numérisé le plus proche possible du signal analogique, il faut choisir une fréquence d'échantillonnage faible.
4. Pour avoir un signal numérisé le plus proche possible du signal analogique, il faut choisir un pas de quantification le plus petit possible.
5. Si la fréquence d'échantillonnage augmente, alors la taille du fichier audio augmente.
6. Si on souhaite numériser un son pur de fréquence 296 Hz, il faut choisir une fréquence d'échantillonnage au moins égale à 148 Hz.

Exercice 13.2

Restituer des connaissances

1. Donner les différentes étapes de la numérisation d'un son.
2. Comment faut-il choisir la fréquence d'échantillonnage et le pas de quantification pour avoir une numérisation fidèle ?
3. Comment évolue la taille du fichier si la fréquence d'échantillonnage ou la quantification augmentent ?
4. Si on souhaite numériser un son de fréquence 440 Hz, quelle fréquence d'échantillonnage f_e faut-il au minimum choisir ?

5. L'oreille humaine entend des sons dont les fréquences sont comprises entre 20 Hz et 20 kHz. Pourquoi utilise-t-on une fréquence d'échantillonnage de 44,1 kHz pour échantillonner les morceaux de musique des CD audio ?

Savoirs

La compression consiste à diminuer la taille d'un fichier afin de faciliter son stockage et sa transmission.

Les techniques de compression spécifiques au son, dites « avec perte d'information », éliminent les informations sonores auxquelles l'oreille est peu sensible.

Exercice 13.3

Restituer des connaissances

1. En quoi consiste la compression d'un son ?
2. Définir le taux de compression.
3. Donner deux exemples de techniques de compression du son avec perte d'information.
4. Peut-on retrouver le fichier son initial si on le décompresse après l'avoir compressé grâce à une méthode destructrice ?
5. Comment évolue le taux de compression si la taille du fichier compressé diminue ?

Compétence attendue

- Justifier le choix des paramètres de numérisation d'un son.

Exercice 13.4

Restituer des connaissances
Effectuer des calculs

La tessiture d'un Ténor couvre des fréquences allant de 247 Hz à 784 Hz.

On enregistre son chant lors d'un concert à l'aide d'un microphone.

1. Le signal enregistré par le microphone est-il numérique ou analogique ? Représenter l'allure du signal enregistré dans le cas d'un son pur.
2. Quel(s) avantage(s) présente un signal numérique par rapport à un signal analogique ?

Exercices

3. Quel(s) inconvénient(s) présente un signal numérique par rapport à un signal analogique ?

4. Quelle fréquence d'échantillonnage f_e doit-on choisir au minimum pour échantillonner le signal analogique ?

Exercice 13.5

Effectuer des calculs

On souhaite échantillonner deux sons purs. L'un a une fréquence de 296 Hz et l'autre une fréquence de 1975 Hz.

1. Si on choisit une fréquence d'échantillonnage f_e = 1 500 Hz, ces deux sons seront-ils correctement échantillonnés ? Justifier.

2. Proposer une valeur de fréquence d'échantillonnage permettant de numériser ces deux sons avec la même fréquence.

Exercice 13.6

Organiser, effectuer et contrôler des calculs

1. Déterminer le nombre de points échantillonnés sur une période, lors de la numérisation d'un son de fréquence fondamentale f = 392 Hz, si on choisit une fréquence d'échantillonnage :
   a. f_e = 17 248 Hz ;
   b. f_e = 2 352 Hz.

2. Laquelle de ces deux fréquences d'échantillonnage faut-il retenir pour avoir la plus petite taille de fichier audio après numérisation ?

3. Laquelle de ces deux fréquences faut-il retenir pour avoir un signal numérique le plus fidèle possible ?

Exercice 13.7

Organiser, effectuer et contrôler des calculs

On souhaite numériser un son pur. L'amplitude de son signal varie entre –5,0 V et 5,0 V.

1. Si on réalise un codage en 2 bits, déterminer les valeurs possibles pour l'amplitude du signal sonore après quantification du signal analogique. Quels sont les nombres binaires possibles à attribuer à ces valeurs ? Calculer le pas p de quantification.

2. Si on réalise un codage en 3 bits, déterminer les valeurs possibles pour l'amplitude du signal sonore après quantification du signal analogique. Quels sont les nombres binaires possibles à attribuer à ces valeurs ? Calculer le pas p de quantification.

3. Pour obtenir un signal numérisé le plus fidèle possible, vaut-il mieux coder sur 2 bits ou sur 3 bits ? Quel codage engendre le fichier audio le plus lourd ?

Exercice 13.8

Exploiter des documents
Effectuer et contrôler des calculs

On souhaite numériser le son pur dont on donne ci-dessous l'enregistrement :

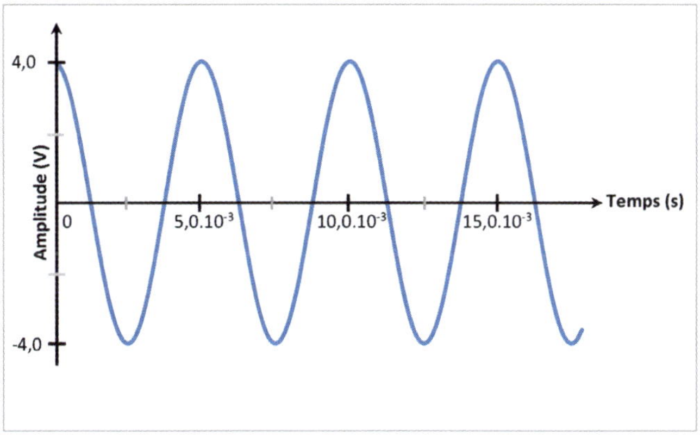

1. S'agit-il de l'enregistrement d'un signal analogique ou numérique ? Justifier.
2. On choisit une fréquence d'échantillonnage f_e = 800 Hz. Décalquer le signal fourni et représenter les points échantillonnés.
3. Si l'on souhaite augmenter le nombre de points échantillonnés, faut-il augmenter ou diminuer f_e ?
4. Si l'on choisit de coder ce signal en 2 bits :
   a. calculer la résolution R ;
   b. calculer le pas de quantification p ;
   c. Représenter le signal après quantification ;
   d. Représenter le signal numérisé après codage.
5. Si l'on choisit de coder ce signal en 1 bit :
   a. calculer la résolution R ;
   b. calculer le pas de quantification p ;
   c. Représenter le signal après quantification ;
   d. Représenter le signal numérisé après codage.
6. Pour avoir un signal numérisé le plus fidèle possible (c'est-à-dire qui ressemble au signal analogique), faut-il coder en 1 bit ou en 2 bits ?

Exercices

Compétence *attendue*

- Estimer la taille d'un fichier audio.

Exercice 13.9

Organiser, effectuer et contrôler des calculs

Un CD audio est utilisé pour stocker des données sous forme numérique. On enregistre sur un CD des morceaux musicaux au format WAV (fichier audio non compressé), en considérant que la durée moyenne d'un morceau est égale à 3,5 min.

La numérisation est réalisée avec une fréquence d'échantillonnage f_e = 44,1 kHz, les données sont codées sur 16 bits et il s'agit d'un son stéréo.

1. Calculer la taille d'un morceau de musique stocké au format WAV.
2. Un CD permet de stocker 0,74 Go de données. Combien de morceaux musicaux peut-on enregistrer sur un CD ?
3. Quel est l'intérêt de compresser un signal audio ?

Compétence *attendue*

- Calculer un taux de compression. Comparer des caractéristiques et des qualités de fichiers audio compressés.

Exercice 13.10

Organiser, effectuer et contrôler des calculs

Le AAC (Encodage Audio Avancé en français) est un algorithme de compression audio avec perte de données. Ce format de compression de données audio a été développé par l'institut Fraunhofer. Le format AAC a ainsi été choisi comme principal format de fichier par la société Apple dans les iPod ou dans son logiciel iTunes.

Le MP3 est un format à compression forte et destructrice : une grande partie du signal musical sera supprimé (en majorité les fréquences inaudibles par l'oreille humaine).

Le format WAV correspond à un fichier audio non compressé.

1. On enregistre au format WAV, en stéréo, un morceau de musique de 2,50 min en 44,1 kHz et 16 bits. Calculer la taille du fichier audio correspondant.
2. On souhaite compresser ce fichier audio à l'aide de l'un des deux formats suivants : le MP3 qui permet d'obtenir un fichier audio de 4,8 Mo ou le AAC qui permet d'obtenir une taille de 2,4 Mo.

a. Rappeler le principe d'une compression.

b. Calculer les taux de compression de chaque format.

c. Quel est le format à retenir pour gagner un maximum de place ?

Exercice 13.11

Organiser, effectuer et contrôler des calculs

On a enregistré en stéréo, au format WAV (fichier audio non compressé) sur un CD, une musique d'une durée de 4,0 min. La fréquence d'échantillonnage utilisée vaut f_e = 44,1 kHz et les données sont codées sur 16 bits.

Cette musique compressée au format MP3, prendrait 3,5 Mo sur le CD.

Donnée Le MP3 est un format de compression de données audio par destruction de données audio.

1. Calculer le taux de compression entre le format WAV et MP3.
2. Calculer le nombre de morceaux de 4,0 min que l'on peut enregistrer au format WAV sur un CD d'une capacité de stockage égale à 900 Mo. Même question si on enregistre au format MP3.
3. Quel est l'intérêt du format MP3 ? Existe-t-il un inconvénient ?

Corrigé des exercices

Exercice 13.1

1. Faux. La numérisation d'un son donne un signal numérique.
2. Vrai.
3. Faux. Pour avoir un signal numérisé le plus proche possible du signal analogique, il faut choisir une grande fréquence d'échantillonnage.
4. Vrai.
5. Vrai.
6. Faux. Si on souhaite numériser un son pur de fréquence 296 Hz, il faut choisir une fréquence d'échantillonnage au moins égale à $2 \times 296 = 592\,\text{Hz}$. C'est le critère de Shannon.

Exercice 13.2

1. Pour numériser un son, on procède à la discrétisation du signal analogique sonore. Il y a trois étapes : l'échantillonnage, la quantification et le codage.

   Lors de l'échantillonnage, on relève à la fréquence f_e d'échantillonnage la valeur de l'amplitude du signal. On obtient un certain nombre de points échantillonnés.

   Au cours de la quantification on réalise un découpage en amplitude du signal analogique.

   Les valeurs de l'amplitude relevées à l'étape précédente (pour les points échantillonnés) vont être approximés à un certain nombre restreint de valeurs possibles. Ces valeurs possibles d'amplitude seront ensuite exprimées en « bit » à l'étape de codage.
2. Plus la fréquence d'échantillonnage est grande et plus le pas de quantification est petit, plus la numérisation sera fidèle.
3. Si la fréquence d'échantillonnage ou la quantification augmentent, la taille du fichier augmente car le nombre de points échantillonnés augmente ainsi que le nombre de valeurs possibles en amplitude.
4. Si l'on souhaite numériser un son de fréquence 440 Hz, il faut que la fréquence d'échantillonnage f_e soit au minimum égale au double, soit 880 Hz d'après le théorème de Shannon.

5. En se basant sur la fréquence la plus grande, donc 20 kHz, d'après le théorème de Shannon, il faut que la fréquence d'échantillonnage soit au moins égale au double, donc au moins 40 kHz. Ceci explique l'utilisation d'une fréquence d'échantillonnage de 44,1 kHz pour échantillonner les morceaux de musique des CD audio.

Exercice 13.3

1. La compression d'un son consiste à diminuer la taille d'un fichier afin de faciliter son stockage et sa transmission.
2. Le taux de compression se définit comme le rapport entre la taille N_B du fichier audio B après compression et la taille N_A du fichier audio A initial :

$$\tau = \frac{N_B}{N_A}$$

3. Les techniques de compression spécifiques au son, dites « avec perte d'information », éliminent les informations sonores auxquelles l'oreille est peu sensible.

Exemples

- Si certaines fréquences ont un niveau sonore beaucoup plus élevé que d'autres, il n'est pas nécessaire de conserver les fréquences de niveau sonore faible car on ne les entendra pas.
- Comme l'oreille humaine entend surtout les fréquences des sons situées dans la gamme [2 kHz – 5 kHz], on peut décider de supprimer toutes les fréquences supérieures à 15 kHz.

4. Non, on ne peut pas retrouver le fichier son initial si on le décompresse après l'avoir compressé grâce à une méthode destructrice puisque certaines données ont été supprimées lors de la compression.
5. Le taux de compression diminue si la taille du fichier compressé diminue.

Exercice 13.4

1. Le signal enregistré par le microphone est un signal analogique, car il varie de façon continue au cours du temps.

Allure du signal enregistré dans le cas d'un son pur :

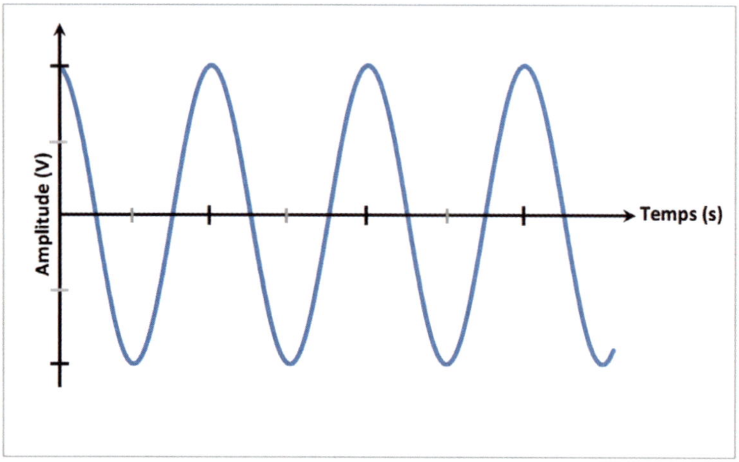

2. Un signal numérique est peu sensible aux bruits parasites contrairement au signal analogique. Dans le temps, au cours des divers enregistrements, un signal analogique va se « dégrader », alors que le signal numérique reste le même.

3. Un signal numérique transporte moins d'informations qu'un signal analogique. Dans le cas d'un son, celui-ci sera de moins bonne qualité. En effet, un signal numérique ne peut prendre que quelques valeurs discrètes, alors qu'un signal analogique peut prendre un très grand nombre de valeurs.

4. D'après le théorème de Shannon, on doit choisir au minimum une fréquence d'échantillonnage égale au double de la fréquence du son le plus aigu : $f_e = 2 \times 784 = 1{,}57 \cdot 10^3$ Hz.

Exercice 13.5

1. Si on choisit une fréquence d'échantillonnage f_e = 1 500 Hz, le son de fréquence 296 Hz sera correctement échantillonné, puisqu'on vérifie le critère de Shannon (d'après le théorème de Shannon : la fréquence d'échantillonnage est au moins 2 fois plus grande que la fréquence du son à échantillonner).

   Par contre le critère de Shannon n'est pas vérifié pour le son de fréquence 1 975 Hz. Il ne sera donc pas échantillonné correctement.

2. Il faut une fréquence d'échantillonnage au moins deux fois plus grande que la fréquence du son le plus aigu (la plus grande fréquence). Une fréquence d'échantillonnage de 3 950 Hz permettrait de numériser ces deux sons avec la même fréquence.

Exercice 13.6

1. a. Pour une fréquence d'échantillonnage f_e = 17 248 Hz, on trouvera $\frac{T}{T_e}=\frac{\left(\frac{1}{f}\right)}{\left(\frac{1}{f_e}\right)}=\frac{\left(\frac{1}{392}\right)}{\left(\frac{1}{17248}\right)}=44$ points échantillonnés sur la durée d'une période pour un son de fréquence fondamentale f = 392 Hz.

   b. Pour une fréquence d'échantillonnage f_e = 2 352 Hz, on trouvera $\frac{T}{T_e}=\frac{\left(\frac{1}{f}\right)}{\left(\frac{1}{f_e}\right)}=\frac{\left(\frac{1}{392}\right)}{\left(\frac{1}{2352}\right)}=6$ points échantillonnés sur la durée d'une période pour un son de fréquence fondamentale f = 392 Hz.

2. Pour avoir la plus petite taille de fichier audio après numérisation il faut choisir la plus petite fréquence d'échantillonnage, donc 2 352 Hz.

3. Pour avoir un signal numérique le plus fidèle possible il faut choisir la fréquence d'échantillonnage la plus grande, donc 17 248 Hz.

Exercice 13.7

1. Si on réalise un codage en 2 bits, il y aura $R=2^2=4$ valeurs possibles pour l'amplitude. Pour déterminer ces valeurs, on calcule le pas de quantification :

$$p=\frac{\text{plage de mesures}}{2^n-1}=\frac{10,0}{2^2-1}=3,33\text{ V}$$

   La plage de mesure vaut 10,0 V car le signal analogique varie de –5,0 V à 5,0 V.

   Les valeurs possibles de l'amplitude du signal sonore après quantification sont : –5,0 V ; –1,7 V ; 1,7 V ; 5,0 V.

   Les nombres binaires possibles sont : 00 ; 01 ; 10 ; 11.

2. Si on réalise un codage en 3 bits, il y aura $R=2^3=8$ valeurs possibles pour l'amplitude. Pour déterminer ces valeurs, on calcule le pas de quantification :

$$p=\frac{\text{plage de mesures}}{2^n-1}=\frac{10,0}{2^3-1}=1,43\text{ V}$$

La plage de mesure vaut 10,0 V car le signal analogique évolue de –5,0 V à 5,0 V.

Les valeurs possibles de l'amplitude du signal sonore après quantification sont : –5,0 V ; –3,57 V ; –2,14 V ; –0,71 V ; 0,72 V ; 2,15 V ; 3,58 V ; 5,0 V.

Les nombres binaires possibles sont : 000 ; 001 ; 010 ; 011 ; 100 ; 101 ; 110 ; 111.

3. Pour obtenir un signal numérisé le plus fidèle possible, il vaut mieux coder sur 3 bits car le pas de quantification est plus petit.

   Le codage sur 3 bits engendre le fichier audio le plus lourd.

Exercice 13.8

1. Il s'agit de l'enregistrement d'un signal analogique car il varie de façon continue au cours du temps.
2. Pour une fréquence d'échantillonnage f_e = 800 Hz :

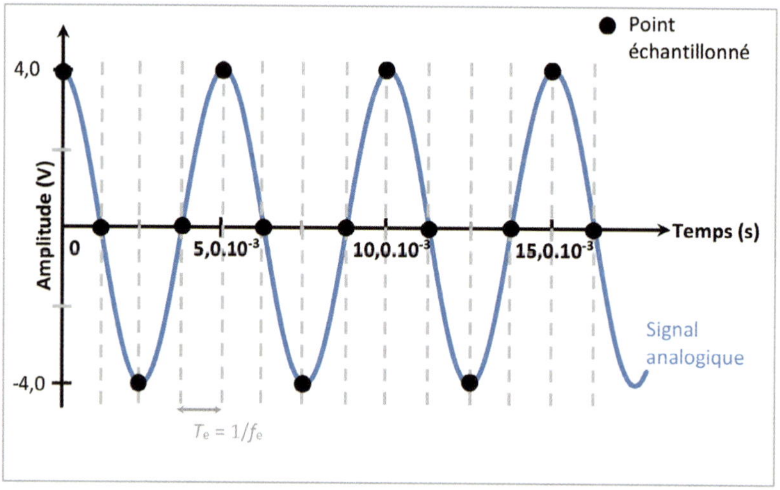

On relève la valeur de l'amplitude tous les $T_e = \dfrac{1}{f_e} = \dfrac{1}{800} = 1{,}25 \cdot 10^{-3}$ s.

3. Si l'on souhaite augmenter le nombre de points échantillonnés, il faut augmenter f_e car T_e diminuera.
4. Si on choisit de coder ce signal en 2 bits :
   a. La résolution $R = 2^2 = 4$ valeurs possibles.
   b. $p = \dfrac{\text{plage de mesures}}{2^n - 1} = \dfrac{8{,}0}{2^2 - 1} = 2{,}7\,\text{V}$.

c. Signal après quantification :

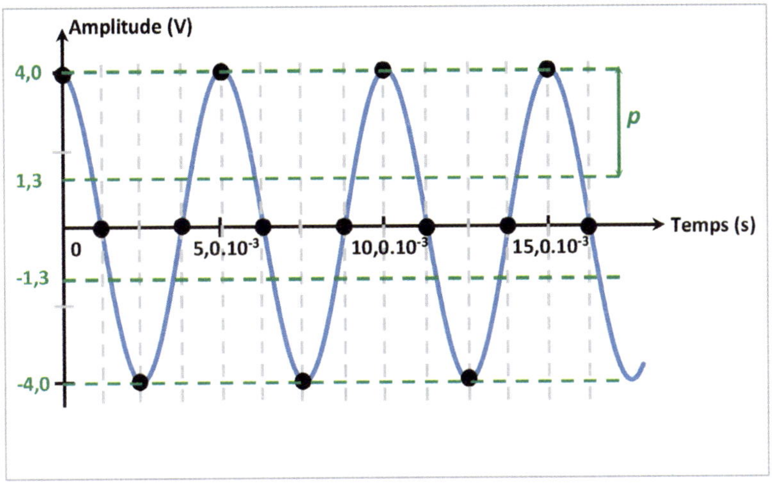

Les valeurs possibles de l'amplitude sont : –4,0 V ; –1,3 V ; 1,3 V ; 4,0 V.

d. Signal numérisé après codage :

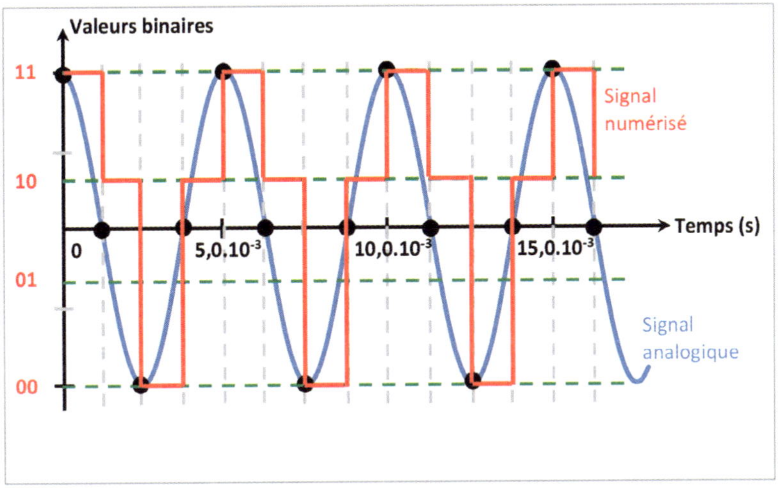

Les valeurs binaires possibles pour l'amplitude sont : 00 ; 01 ; 10 et 11.

On approxime chaque valeur quantifiée à un de ces 4 niveaux.

Remarque : lorsque l'écart entre le point échantillonné et les niveaux (en pointillé verts) au dessus et en dessous est le même, l'arrondi a été fait au niveau supérieur.

Corrigés

5. Si on choisit de coder ce signal en 1 bit :

a. La résolution $R = 2^1 = 2$ valeurs possibles.

b. $p = \dfrac{\text{plage de mesures}}{2^n - 1} = \dfrac{8,0}{2^1 - 1} = 4,0\ \text{V}$

c. Signal après quantification :

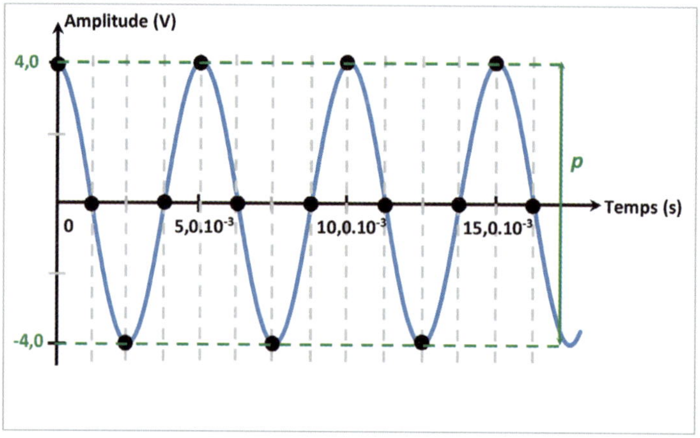

Les valeurs possibles de l'amplitude sont : –4,0 V et 4,0 V.

Remarque : lorsque l'écart entre le point échantillonné et les niveaux (en pointillé verts) au dessus et en dessous est le même, l'arrondi a été fait au niveau supérieur.

d. Signal numérisé après codage :

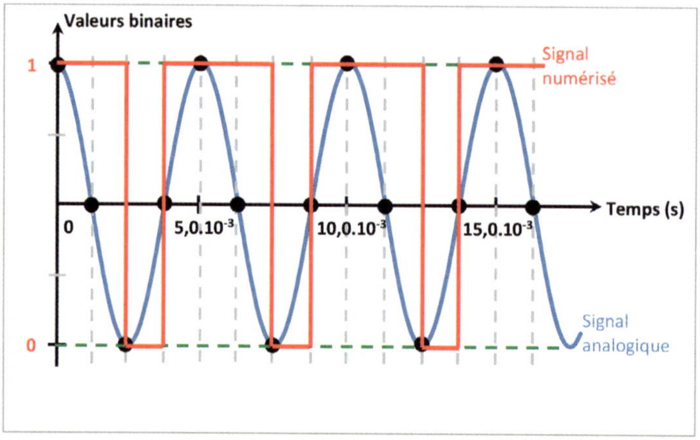

Les valeurs binaires possibles pour l'amplitude sont : 0 ou 1.

6. Pour avoir un signal numérisé le plus fidèle possible (c'est-à-dire qui ressemble au signal analogique), il faut coder en 2 bits.

Exercice 13.9

1. Taille d'un morceau de musique de 3,5 min stocké au format WAV :

$$N = f_e \times \left(\frac{Q}{8}\right) \times \Delta t \times n = 44{,}1 \cdot 10^3 \times \left(\frac{16}{8}\right) \times 3{,}5 \times 60 \times 2 = 37\,\text{Mo}$$

2. Comme un CD permet de stocker 0,74 Go de données, le nombre de morceaux musicaux que l'on peut enregistrer est :

$$\frac{0{,}74 \cdot 10^9}{37 \cdot 10^6} = 20$$

3. Compresser un signal audio permet de gagner de la place (on réduit la taille du fichier) et d'enregistrer un plus grand nombre de morceaux.

Exercice 13.10

1. Taille du fichier audio au format WAV :

$$N = f_e \times \left(\frac{Q}{8}\right) \times \Delta t \times n = 44{,}1 \cdot 10^3 \times \left(\frac{16}{8}\right) \times 2{,}50 \times 60 \times 2 = 26{,}5\,\text{Mo}$$

a. La compression d'un son consiste à diminuer la taille d'un fichier afin de faciliter son stockage et sa transmission.

b. Taux de compression pour le format AAC :

$$\tau = \frac{N_B}{N_A} = \frac{2{,}4}{26{,}5} = 0{,}091$$

Taux de compression pour le format MP3 :

$$\tau = \frac{N_B}{N_A} = \frac{4{,}8}{26{,}5} = 0{,}18$$

c. Le format à retenir pour gagner un maximum de place est le format AAC car le taux de compression est le plus petit (le fichier compressé a également la taille la plus petite : 2,4 Mo contre le double pour le MP3).

Exercice 13.11

1. Taux de compression entre le format WAV et MP3 se calcule par la formule :

$$\tau = \frac{N_{\text{MP3}}}{N_{\text{WAV}}}$$

Corrigés

Calculons N_{WAV} :

$$N_{\text{WAV}} = f_e \times \left(\frac{Q}{8}\right) \times \Delta t \times n = 44{,}1 \cdot 10^3 \times \left(\frac{16}{8}\right) \times 4{,}0 \times 60 \times 2 = 42\,\text{Mo}$$

Calcul du taux de compression : $\tau = \frac{N_{\text{MP3}}}{N_{\text{WAV}}} = \frac{3{,}5}{42} = \frac{1}{12} = 0{,}083.$

2. Calculons nombre de morceaux de 4,0 min que l'on peut enregistrer au format WAV sur un CD d'une capacité de stockage égale à 900 Mo :

   $\frac{900}{42} = 21$ morceaux de musique

   Calculons nombre de morceaux de 4,0 min que l'on peut enregistrer au format MP3 sur un CD d'une capacité de stockage égale à 900 Mo :

   $\frac{900}{3{,}5} = 257$ morceaux de musique

3. Le format MP3 permet de stocker 12 fois plus de musiques que le format WAV.

   L'inconvénient des MP3 est leur qualité. En effet la compression est réalisée par perte de données, le son obtenu est de qualité moindre.

Chapitre 14

Entendre la musique

Cours

L'oreille permet d'entendre la musique mais c'est le cerveau qui permet de la percevoir. Un excès de son, même musical, peut entraîner des conséquences lourdes sur l'audition.

Comment l'oreille capte-t-elle le son et le cerveau le perçoit-il ? Quelles en sont les conséquences d'une perturbation de notre environnement ?

1 De la réception à la perception du son

Le son provenant du milieu extérieur parvient à notre oreille qui comprend l'oreille externe, l'oreille moyenne et l'oreille interne.

L'oreille

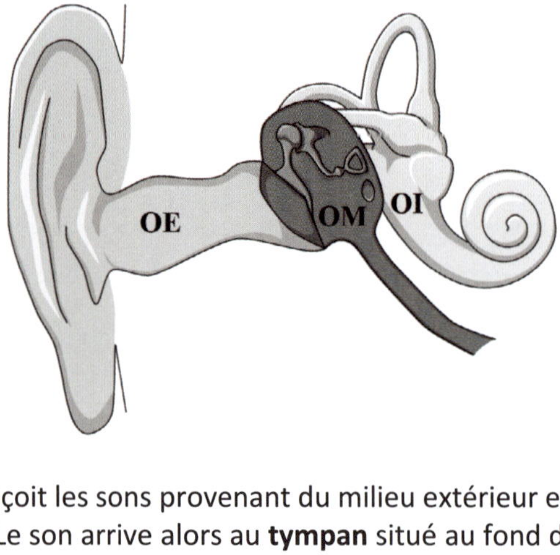

L'**oreille externe** reçoit les sons provenant du milieu extérieur et les guide à travers le **conduit auditif**. Le son arrive alors au **tympan** situé au fond du conduit auditif et qui marque le début de l'**oreille moyenne**.

Le tympan est une membrane fine et résistante, capable de vibrer sous l'action des ondes sonores arrivant du conduit auditif. Les mouvements du tympan font bouger **trois osselets**, le marteau, l'enclume et l'étrier reposant sur la **fenêtre ovale** de l'**oreille interne**. Le tympan permet ainsi la transmission de sons à l'oreille moyenne.

L'oreille interne est composée notamment de la **cochlée** qui est en contact avec l'oreille moyenne par la fenêtre ovale.

L'oreille interne

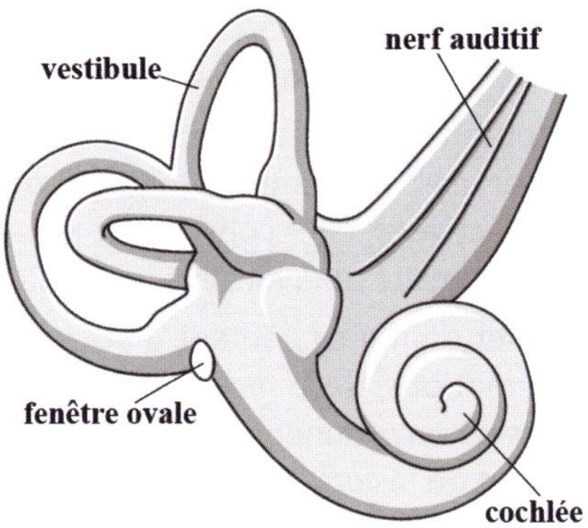

La cochlée est tapissée de **cellules ciliées**, récepteurs sensoriels auditifs, équipées de **cils vibratiles**.

La cochlée et les cellules ciliées

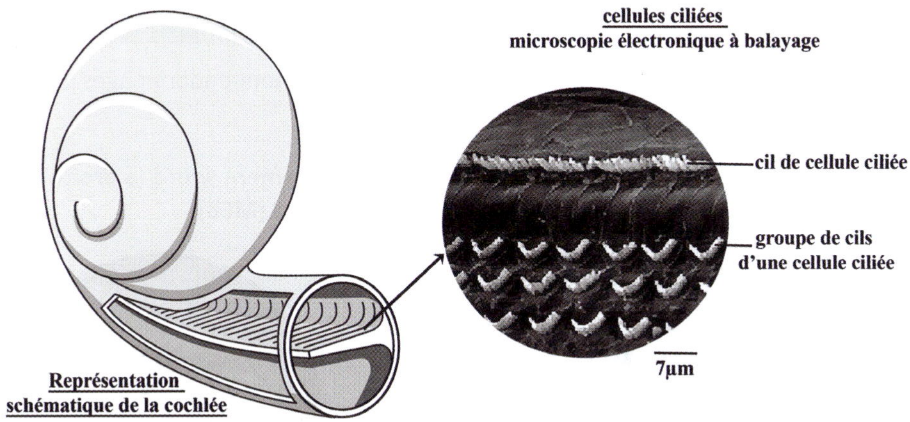

Lorsque l'onde mécanique qui constitue le son arrive sur la fenêtre ovale, le milieu liquide de la cochlée se met en mouvement. Ainsi les cils y baignant entrent en résonance avec les vibrations reçues et déclenchent un signal électrique, le **message nerveux**, transmis au cerveau via le **nerf auditif**.

La cochlée perçoit ainsi des vibrations du monde qui nous entoure : c'est l'audition.

L'oreille humaine perçoit des ondes sonores dont les fréquences sont comprises entre 20 Hz et 20 000 Hz et capte des niveaux d'intensité acoustique compris entre 0 et 120 dB.

2 Le traitement de l'information sonore

Les nerfs auditifs transmettent le message nerveux issus des cellules ciliées jusqu'à des **aires cérébrales spécialisées** et localisées dans le lobe temporal de chaque hémisphère.

Des images fonctionnelles obtenues par résonances magnétiques (IRMf) permettent de visualiser l'activité du cerveau suite à une stimulation auditive. Des structures cérébrales spécialisées sont activées, elles constituent les aires cérébrales auditives et analysent la fréquence, l'intensité et la localisation de la source sonore.

Une stimulation auditive met en jeu également d'autres aires cérébrales comme celles de la mémoire, des émotions, de la motricité et du langage. Toutes ces aires coopèrent afin de recomposer l'environnement auditif. Le développement des aires est lié au bon fonctionnement de la cochlée et aux apprentissages sonores au cours de la vie. C'est ainsi que ces aires auditives permettent d'identifier une musique, un son, des paroles.

Toutefois une bonne audition est nécessaire pour un apprentissage correct.

3 Des traumatismes sonores

Les cils vibratiles de l'oreille interne sont fragiles et facilement endommagés par des niveaux d'intensité sonores supérieurs à 80 dB.

Cils vibratils de rat sain (à gauche) et de rat partiellement sourd (à droite) au microscope électronique à balayage (MEB)

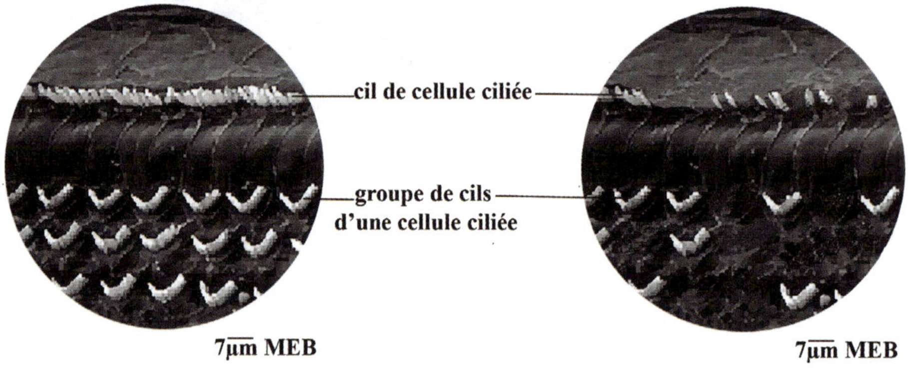

Les dégâts varient en fonction du temps d'exposition au bruit et de son intensité sonore.

Échelle des niveaux d'intensité sonore (dB) et conséquences sur l'oreille humaine

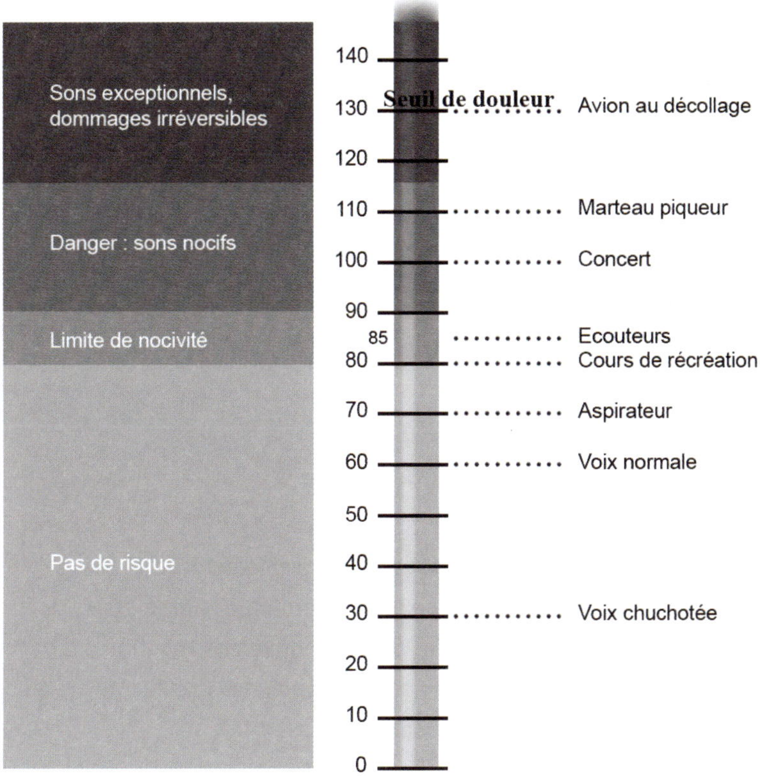

Les dégâts sont irréversibles et peuvent causer une surdité. Chez l'espèce humaine, il y a environ 15 000 cellules ciliées et qui ne sont pas remplacées en cas d'endommagement. Ces récepteurs permettant la transformation des variations de pression en message électrique, des lésions irréversibles conduisent à une absence de transmission du message nerveux au cerveau et ainsi à la diminution de la capacité à percevoir des sons.

En résumé

L'oreille transforme une onde sonore mécanique en message nerveux qui est transmis au cerveau où il y est traité. L'oreille interne est fragile, sa préservation est essentielle au risque de développer une surdité partielle ou totale. Un des facteurs à risque est le bruit intensif.

Exercices

Savoirs

L'oreille externe canalise les sons du milieu extérieur vers le tympan. Cette membrane vibrante transmet ces vibrations jusqu'à l'oreille interne par l'intermédiaire de l'oreille moyenne.

Dans l'oreille interne, des structures cellulaires (cils vibratiles) entrent en résonance avec les vibrations reçues et les traduisent en un message nerveux qui se dirige vers le cerveau.

Exercice 14.1

Restituer des connaissances

1. Préciser les rôles de chaque partie de l'oreille.
2. Vrai ou faux
   a. Les récepteurs auditifs sont situés dans l'oreille externe. Faux
   b. La vibration du tympan entraîne le mouvement des osselets. Vrai
   c. Les cellules ciliées sont capables de se renouveler. Faux
   d. Le nerf optique transmet le message nerveux de l'oreille interne au cerveau. Faux
   e. L'oreille moyenne contient 3 osselets. Vrai
   f. Le conduit auditif appartient à l'oreille externe. Vrai
   g. La création d'un message nerveux se fait par les osselets. Vrai

Savoirs

L'être humain peut percevoir des sons de niveaux d'intensité approximativement compris entre 0 et 120 dB. Les sons audibles par les humains ont des fréquences comprises entre 20 et 20 000 Hz.

Exercice 14.2 — Exploiter des documents

L'oreille humaine a des limites de perception des sons de son environnement.

Document — Les limites de l'audition humaine

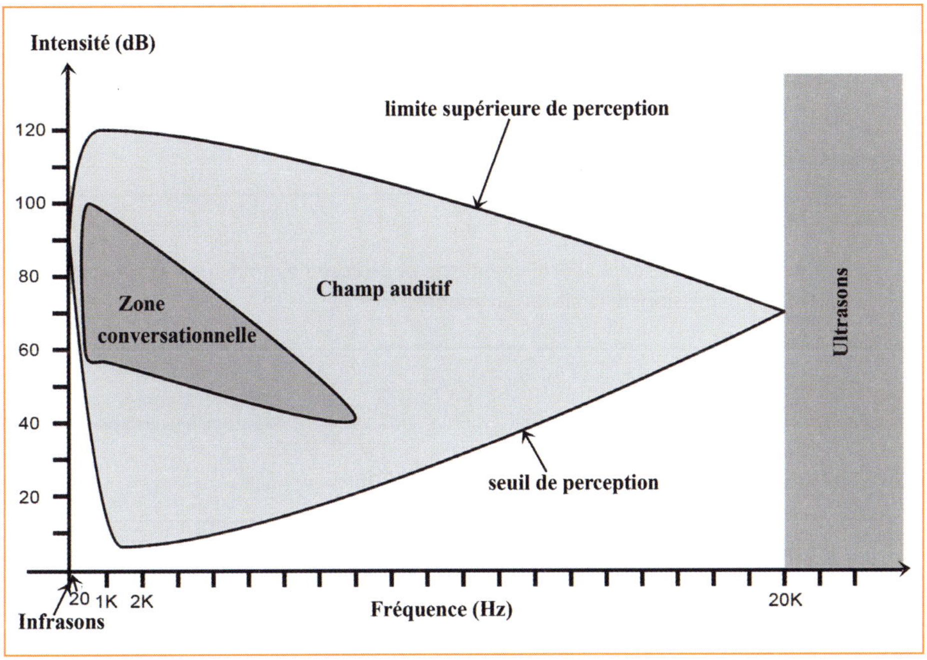

À partir du document, déterminer :

- les niveaux d'intensité sonores perçus par l'oreille humaine 0 à 120 dB
- les limites de fréquence de perception des sons 20 à 20kHz

Savoirs

Les cils vibratiles sont fragiles et facilement endommagés par des sons trop intenses. Les dégâts sont alors irréversibles et peuvent causer une surdité.

Exercice 14.3

Restituer des connaissances

1. Quel est le seuil au-delà duquel le niveau d'intensité sonore d'un bruit peut provoquer des lésions ? 80 dB
2. Pourquoi des lésions des cils vibratils sont-elles irréversibles ? car elles ne se renouvellent pas
3. Quels sont les facteurs qui peuvent provoquer des lésions des cils vibratils ? des trop intenses avec de grands fréquence.
4. Quelle est la conséquence de cils vibratils endommagés ? entraine une surdité

Compétence attendue

- Relier l'organisation de l'oreille externe et de l'oreille moyenne à la réception et la transmission de la vibration sonore.

Exercice 14.4

Exploiter des documents

Relier chaque partie de l'oreille au rôle correspondant.

Parties de l'oreille	Rôles
Oreille externe	Décoder et interpréter le message
Osselets	Capter les sons
Aire auditive	Transmettre les vibrations
Cellule ciliée de la cochlée	Transmettre l'influx nerveux
Nerf auditif	Emettre des signaux codés

Savoirs

Des aires cérébrales spécialisées reçoivent les messages nerveux auditifs. Certaines permettent, après apprentissage, l'interprétation de l'univers sonore (parole, voix, musique, etc.).

Compétence attendue

- Interpréter des données d'imagerie cérébrale relatives au traitement de l'information sonore.

Exercice 14.5

Restituer des connaissances
Exploiter des documents
Rédiger une argumentation scientifique

Des chercheurs ont mené une étude sur 46 enfants dyslexiques âgés de 8 à 9 ans répartis en deux groupes. Durant 7 mois d'apprentissage à la lecture à voix haute, vingt-quatre d'entre eux suivent un entraînement musical alors que les vingt-deux autres suivent une activité de peinture.

Document 1 IRMf (Imagerie à Résonance Magnétique fonctionnelle) d'un enfant écoutant un son

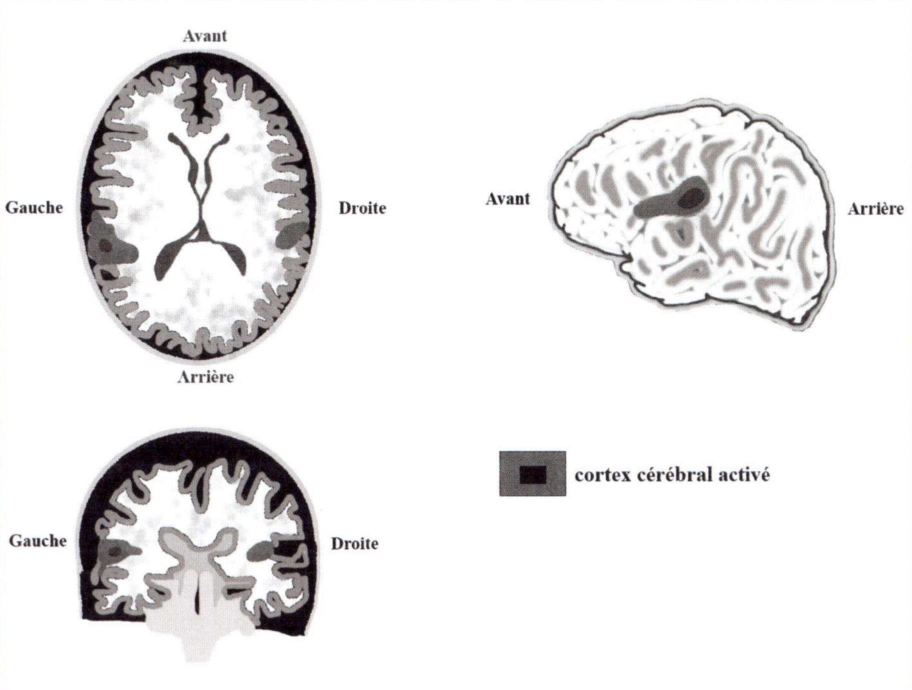

Document 2 Résultats de l'étude menée sur des enfants dyslexiques par rapport à des enfants non dyslexiques avant ou après entraînement à la lecture

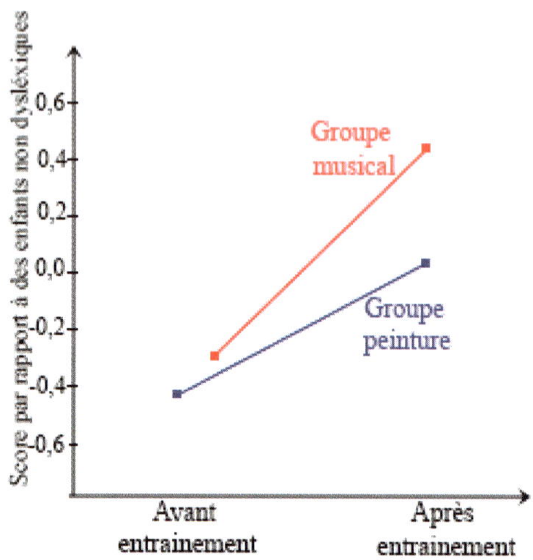

1. Quel type de message reçoivent les aires cérébrales auditives ? message nerveux
2. Combien y a-t-il d'aires cérébrales auditives dans le cerveau et où sont-elles localisées ? dans les lobes temporaux primaire et secondaire
3. Expliquer en quoi un entraînement musical amène l'enfant au développement de son système auditif et améliore les aptitudes en lecture des enfants.

Compétence *attendue*

- Relier la structure des cellules ciliées à la perception du son et à la fragilité du système auditif.

Exercice 14.6

Exploiter des documents

La baisse de l'audition peut avoir diverses origines (maladie, accident, exposition au bruit...), mais la cause la plus fréquente est la presbyacousie qui concerne 90 % des cas de perte auditive.

Exercices

Document 1 La presbyacousie est une dégradation naturelle de l'audition

Cette pathologie est liée au vieillissement des cellules ciliées de l'oreille interne. Phénomène très répandu, elle touche une personne sur trois à partir de 50 ans et une sur deux au-delà de 65 ans. Les personnes atteintes se plaignent d'une gêne dans un environnement bruyant et de troubles de la compréhension de la parole dans les conversations. Ces symptômes sont parfois accompagnés d'acouphènes (bourdonnement d'oreille) permanents ou épisodiques.

Avec l'âge, le tympan devient aussi plus mince et la chaîne des osselets se rigidifie.

Document 2 Moyenne de la perte auditive en fonction de l'âge à partir d'audiogrammes

La perte auditive exprimée en dB est évaluée pour l'ensemble des fréquences conversationnelles situées entre 125 Hz et 8 000 Hz. Si la perte d'audition est inférieure à 20 dB, l'audition est considérée comme normale.

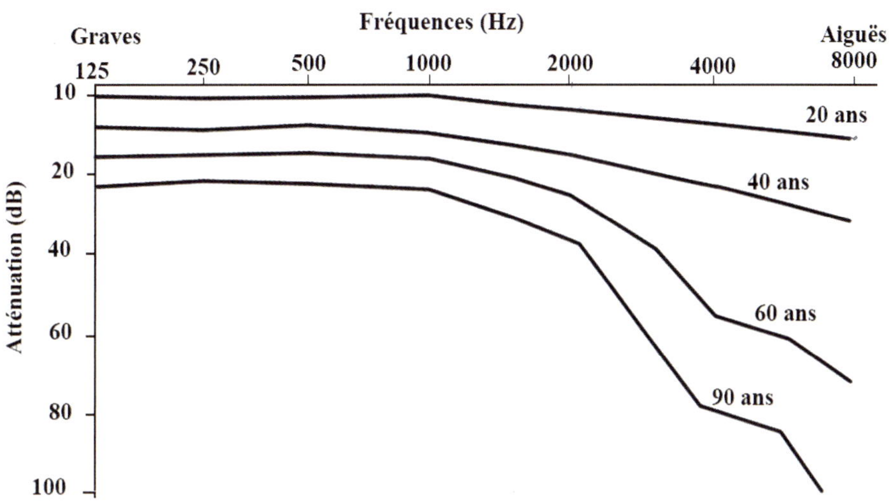

1. Décrire l'évolution de l'audition au cours de la vie. elle diminue

2. Expliquer la conséquence de la presbyacousie pour chaque organe atteint.

3. Expliquer pourquoi certaines personnes âgées entendent moins, dans une assemblée de personnes, les femmes et les enfants. car les bruits sont trop forts et trop aigus.

Compétence *attendue*

- Relier l'intensité du son au risque encouru par l'oreille interne.

Exercice 14.7

Rédiger une argumentation scientifique

Aujourd'hui l'écoute de la musique avec son téléphone ou un baladeur est très présente dans le quotidien de nombreuses personnes.

À partir de l'étude des documents, rédiger un texte argumenté reliant intensité d'un son et conséquences pour l'oreille interne en fonction de certaines pratiques. Vous compléterez en expliquant comment la législation essaye de protéger les individus.

Document 1 La législation européenne concernant les niveaux d'intensité sonore.

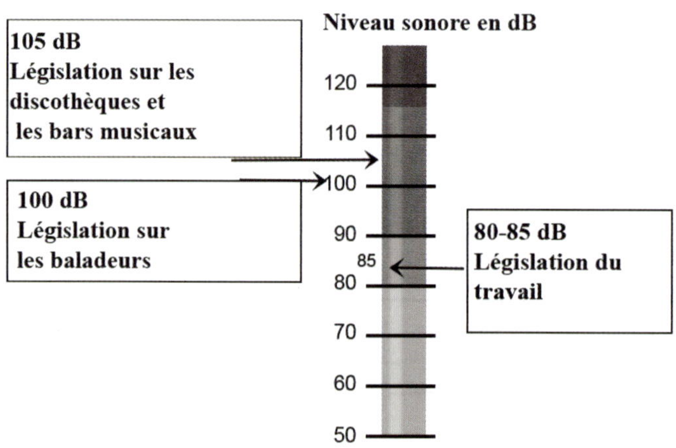

Les recommandations actuelles de l'Organisation Mondiale de la Santé en matière d'écoute de musique à l'aide d'appareils audio individuels sont de limiter la durée d'écoute à une heure par jour et de ne pas régler l'appareil à plus de 60 % de son volume maximal.

Document 2 Informations sécuritaires sur la notice d'un casque

Les articles de loi L44.6 du code de la santé publique, modifiés par l'article 2 de la loi du 28 Mai 1996 imposent une puissance acoustique maximale de 100 dB. Le casque livré (code 55700930) et votre appareil respectent la législation en vigueur. À pleine puissance, l'écoute prolongée du baladeur peut endommager l'oreille de l'utilisateur.

Document 3 Durée limite d'exposition (sans protection) avant dommages irréversibles de l'oreille

Niveau d'intensité sonore (dB)	80	86	92	95	101	107	120 à 140
Durée limite d'exposition par jour	8 h	2 h	30 mn	15 mn	4 mn	1 mn	quelques secondes dégâts irréversibles

Document 4 Enquête sur le niveau sonore et la durée d'écoute de musique de 661 jeunes de 13 ans (Bruitparif)

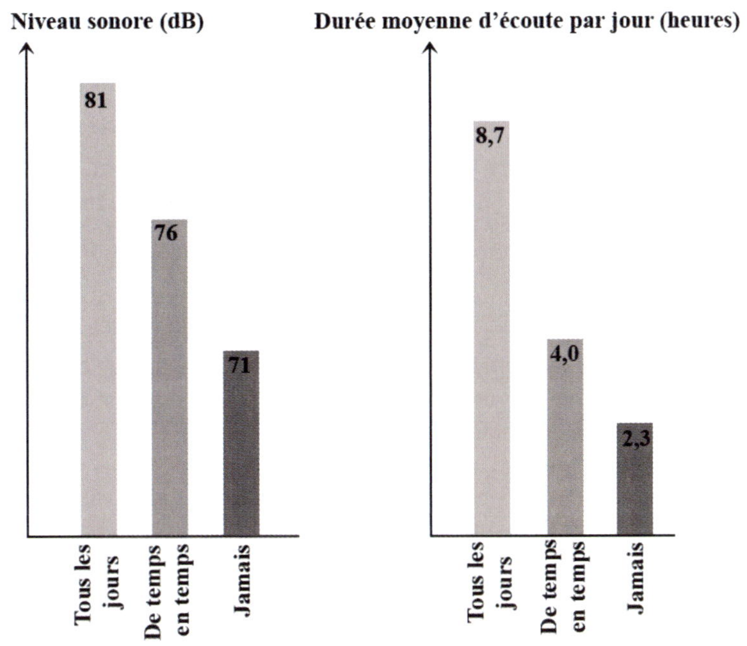

Jeunes déclarant s'endormir en écoutant de la musique avec des écouteurs

Près de 40 % des jeunes interrogés disent s'endormir avec des écouteurs diffusant de la musique, 8 % le feraient tous les jours et 31 % le feraient de temps en temps. Ce pourcentage passe à 42 % chez les 14 ans et ils sont 14 % à dire le faire tous les soirs.

Corrigé des exercices

Exercice 14.1

1. L'oreille externe capte et guide le son jusqu'à l'oreille moyenne qui le transmet à l'oreille interne qui va le traduire en un message nerveux.
   a. Faux. Les récepteurs auditifs sont situés dans l'oreille interne.
   b. Vrai.
   c. Faux. Les cellules ciliées ne sont pas capables de se renouveler.
   d. Faux. C'est le nerf auditif qui transmet le message nerveux de l'oreille interne au cerveau.
   e. Vrai.
   f. Vrai.
   g. Faux. La création d'un message nerveux se fait par les cellules ciliées.

Exercice 14.2

L'oreille humaine peut percevoir des sons de niveaux d'intensité approximativement compris entre 0 et 120 dB.

Les sons audibles par les humains ont des fréquences comprises entre 20 et 20 000 Hz.

La limite supérieure de perception des sons correspond à la courbe d'intensité pour laquelle l'oreille n'éprouve plus une sensation sonore mais une sensation douloureuse. Elle correspond au seuil de douleur.

En dessous de la limite inférieure, le son n'est pas perçu.

Exercice 14.3

1. Le seuil où le niveau d'intensité sonore d'un bruit peut provoquer des lésions est de 80 dB.
2. Les lésions des cils vibratiles sont irréversibles car ces cellules ne sont pas renouvelées en cas d'endommagement.
3. Les facteurs qui peuvent provoquer des lésions des cils vibratiles sont le niveau d'intensité sonore du bruit et le temps d'exposition au bruit.
4. La conséquence de cils vibratils endommagés est la surdité.

Exercice 14.4

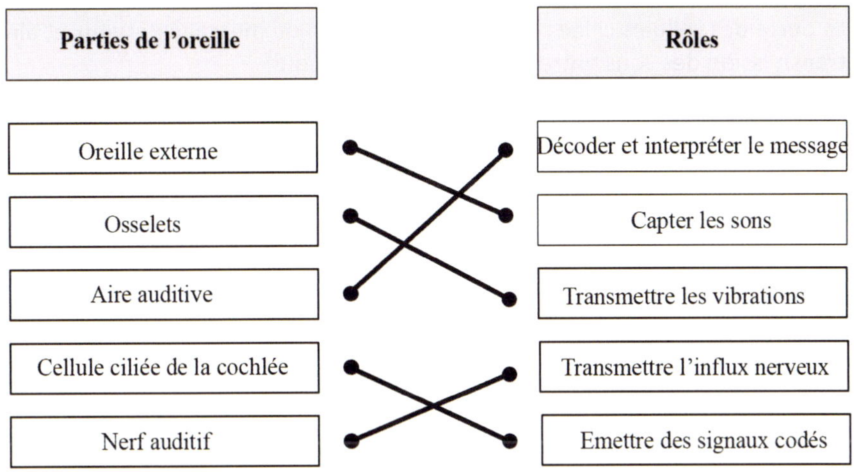

Exercice 14.5

1. Les aires cérébrales auditives reçoivent un message nerveux de nature électrique.
2. Il y a deux aires cérébrales auditives dans le cerveau localisées chacune dans le lobe temporal de chaque hémisphère cérébral.
3. La lecture à haute voix comme la musique font appel à l'audition et donc à tout le système auditif qui commence par l'oreille et s'achève aux aires cérébrales spécialisées dans l'audition. Les résultats montrent qu'après entraînement à la lecture les performances sont meilleures chez les enfants ayant écouté de la musique par rapport à ceux ayant eu une activité de peinture. L'entraînement musical a certainement eu un effet sur des aires cérébrales dont les aires auditives mais aussi d'autres comme la mémoire qui ont coopéré et ont facilité l'apprentissage de la lecture à voix haute.

Exercice 14.6

1. À 20 ans l'audiogramme est normal. À 40 ans la perte dans les fréquences aiguës s'accentue mais c'est surtout à 60 ans que la perte auditive alors supérieure à 40 dB devient significative (>40 dB HL) à 4 kHz. À 90 ans la perte atteint les fréquences moyennes (2 kHz).
2. Avec l'âge, l'amincissement du tympan provoque une transmission moins efficace entre l'oreille externe et l'oreille moyenne.

La rigidification des osselets diminue l'amplification des sons nécessaire pour une bonne audition.

La perte des cellules ciliées diminue la formation du message nerveux et ainsi la transmission des sons entre l'oreille et le nerf auditif.

Ainsi il y a une baisse générale et progressive de l'audition avec l'âge.

3. Les femmes et les enfants ont des voix plus aiguës que les hommes. La perte de l'audition des fréquences aiguës provoque ainsi une diminution de la compréhension des échanges faits avec des femmes et des enfants aux voix aiguës.

Exercice 14.7

La législation actuelle impose aux baladeurs d'avoir un niveau d'intensité sonore maximal à 100 dB et une écoute de moins d'1 heure par jour pour limiter les conséquences sur l'oreille interne. Toutefois on constate qu'une écoute à 101 dB /95 dB pendant 4 mn /15 mn seulement suffit à provoquer des dégâts irréversibles. Ainsi la législation actuelle ne protège pas les oreilles, elle recommande et indique les dangers potentiels.

Écouter de la musique avec des écouteurs même à faible volume pour s'endormir peut mener rapidement à un dépassement du temps d'écoute maximal d'1 heure par jour et à une écoute à des niveaux sonores de plus en plus forts au cours du temps pour mieux entendre. Ce type de pratique, en se cumulant à l'écoute de musique en journée et aux autres expositions au bruit dans l'environnement, peut présenter des risques réels pour l'audition.

Aides personnalisées

Aborder une résolution de problème

Méthode

1 Qu'est-ce qu'une résolution de problème ?

Un problème est une situation qui nécessite une recherche de solution. Dans ce cas, il faut mettre en œuvre une stratégie qui comporte plusieurs étapes permettant d'y répondre.

2 Les étapes de la réflexion

A Se familiariser avec le problème

Il est nécessaire de commencer par analyser le problème posé pour en comprendre le sens :

- comprendre la nature et les objectifs
- dégager les mots clés et les idées importantes
- reformuler le problème permet de se l'approprier

Dans un deuxième temps l'étude de chaque document permet :

- de trouver des liens avec le problème posé
- d'extraire les informations pertinentes et utiles pour répondre au problème posé
- effectuer un inventaire de toutes les grandeurs et relever leur valeur numérique et donner leur sens d'évolution
- mobiliser éventuellement des connaissances

B Mettre en œuvre une stratégie de résolution

Il s'agit de relier les informations extraites entre elles pour répondre au problème posé :

- formuler une idée directrice et un point de départ
- déterminer l'ordre de l'utilisation des informations extraites des documents auxquelles sont ajoutées les connaissances si besoin
- mettre en place un raisonnement judicieusement choisi : écrire les différentes étapes
- utiliser un vocabulaire approprié

C Avoir un regard critique

Cette étape permet de vérifier que la réponse donnée correspond au problème posé :

- examiner la pertinence des étapes de résolution élaborées par rapport au problème et les modifier éventuellement en conséquence
- contrairement aux exercices et problèmes habituels, il n'y a pas nécessairement une seule voie possible et un seul résultat attendu

3 La communication de la réflexion

La communication doit être claire avec un vocabulaire scientifique approprié et précis.

Dans le cas de calculs, des formules littérales sont attendues avec un résultat numérique final dans un langage mathématiquement correct.

Il faut une conclusion et veiller à vérifier qu'elle répond bien au problème posé. Il faut prévoir d'ouvrir la conclusion en s'aidant d'éléments de culture générale par exemple.

Concevoir des représentations graphiques

Méthode

1 Représenter graphiquement des données expérimentales

A Tracer un graphique de type « nuage de points »

Un graphique type « nuage de points » est le plus souvent utilisé pour représenter des points expérimentaux.

Étude d'un exemple :

On relève la température à la surface du toit d'un lycée sur une durée de 24 h :

Température (°C)	9	8	7	5	7	8	10	11	12	10	9	8	7
Temps (h)	0	2	4	6	8	10	12	14	16	18	20	22	24

On souhaite tracer le graphique représentant la température à la surface du toit du lycée en fonction de l'heure de la journée.

Point méthode

- Tracer deux axes perpendiculaires, l'un horizontal, l'autre vertical.
- Préciser sur chaque axe la grandeur représentée ainsi que son unité.
- Graduer les axes et indiquer l'échelle choisie. L'axe vertical est l'axe des ordonnées et l'axe horizontal est l'axe des abscisses.
- L'origine du graphique est le point de coordonnées (0 ; 0).
- On associe un point expérimental à chaque couple de données du tableau de valeurs. Un point expérimental est représenté par un « + » et non un point « . » ou une croix « x ».
- Donner un titre au graphique.

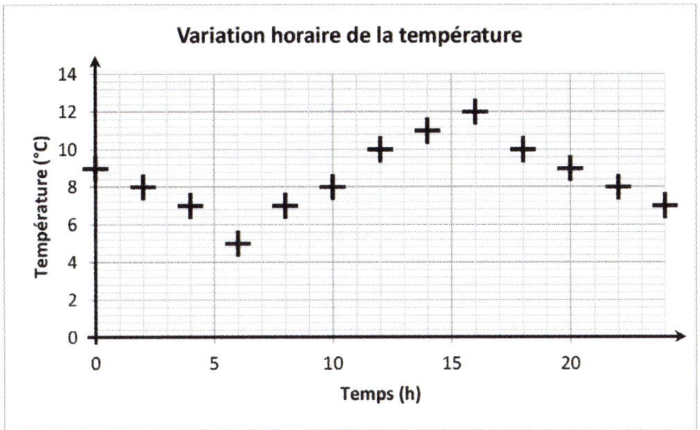

B Exploiter le nuage de points

En observant le nuage de points obtenu, on voit que dans certains cas il est possible de tracer une courbe simple qui passe par un maximum de points du nuage :

- Si les points sont alignés, on trace une droite passant par ces points.

Exemple 1

Résultats expérimentaux obtenus pour différentes longueurs d'une corde *L*, dont on a relevé la fréquence fondamentale *f* du signal émis par la corde une fois pincée :

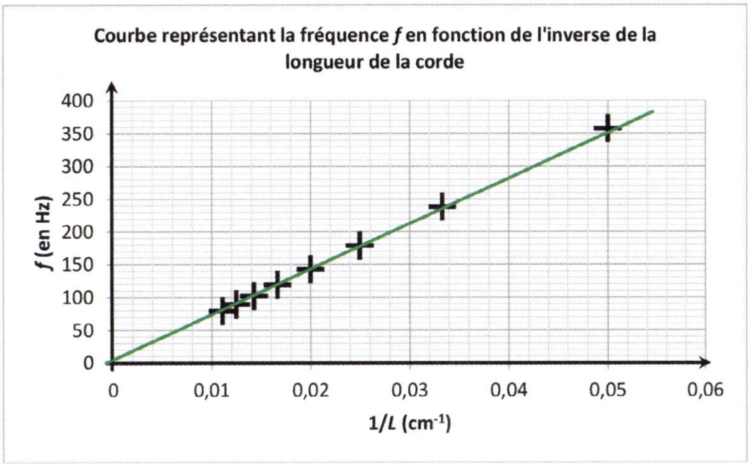

Il est possible de tracer une droite qui passe par les points expérimentaux et par zéro. Cela permet d'en déduire qualitativement qu'il y a proportionnalité entre les données portées en ordonnée et en abscisse.

Aides personnalisées

Dans le cas de l'exemple 1, la fréquence f est proportionnelle à $1/L$ (on dit aussi que f et L sont inversement proportionnels).

- Si les points ne sont pas alignés, on trace une courbe à main levée passant par les points expérimentaux (attention à ne pas relier ces points par des segments de droite).

Exemple 2

Températures relevées pendant une période de 24 h au niveau du toit d'un lycée au printemps.

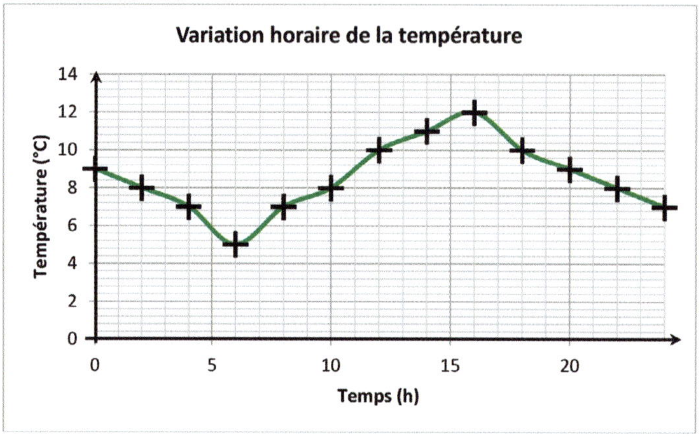

2 Représenter un diagramme circulaire

Un diagramme circulaire est un disque partagé en secteurs circulaires.

L'angle de chaque secteur est proportionnel au pourcentage qu'il représente.

Point méthode

- On associe au pourcentage 100 % un angle total de 360°.
- Pour chacun des pourcentages, calculer l'angle correspondant en faisant un produit en croix.
- Tracer un cercle au rapporteur et le séparer en divers secteurs suivant les valeurs des angles trouvés.
- Légender le diagramme circulaire en associant une couleur à chaque secteur et donner un titre au diagramme.

Étude d'un exemple : L'univers est constitué de 90 % d'hydrogène, 9 % d'hélium et de 1 % d'autres éléments. On souhaite construire le diagramme circulaire donnant l'abondance des éléments chimiques dans l'Univers.

Calcul des angles correspondant aux divers pourcentages :

Abondance	100 %	90 %	9 %	1 %
Angle	360°	?	?	?

Dans le cas de l'hydrogène, le calcul à effectuer s'écrit :

$$\text{Angle(hydrogène)} = \frac{360 \times 90}{100} = 324°$$

Dans le cas de l'hélium, le calcul à effectuer s'écrit :

$$\text{Angle(hélium)} = \frac{360 \times 9}{100} = 32{,}4°$$

Dans le cas des autres éléments, le calcul à effectuer s'écrit :

$$\text{Angle(autres)} = \frac{360 \times 1}{100} = 3{,}6°$$

Diagramme circulaire obtenu :

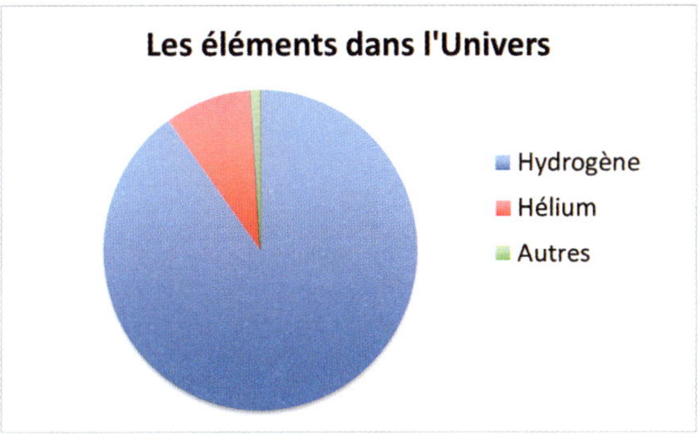

3 Représenter un diagramme en bâtons

Un diagramme en bâtons est une représentation graphique d'une série de données. Les hauteurs des bâtons sont soit directement les valeurs de ces données soit elles sont proportionnelles à ces valeurs.

Étude d'un exemple : L'univers est constitué de 90 % d'hydrogène, 9 % d'hélium et de 1 % d'autres éléments. On souhaite construire le diagramme en bâtons donnant l'abondance des éléments chimiques dans l'Univers.

Point méthode

- Placer sur l'axe horizontal les éléments chimiques à considérer, sachant que l'épaisseur

Aides personnalisées

du bâton n'a pas d'importance.

- Tracer dans chaque cas un trait de hauteur proportionnelle au pourcentage. On peut choisir un trait de 9 cm pour le bâton représentant 90 %, pour celui représentant 9 %, un trait de 0,9 cm et pour celui de 1 %, un trait de 0,1 cm.
- Faire apparaître les graduations et l'échelle utilisée.
- Donner un titre au graphique.

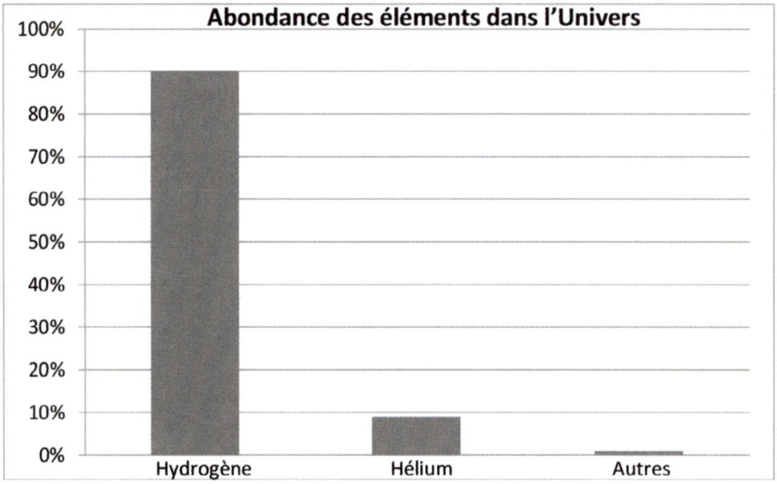

Rédiger un texte argumenté

Méthode

Il existe plusieurs types de documents (graphiques, tableaux, textes, schémas...) qui sont associés à un problème. L'argumentation consiste à prouver à l'aide des informations tirées des documents la notion que l'on souhaite mettre en avant.

1 Cerner le sujet

Il est nécessaire de commencer par lire attentivement la consigne pour en comprendre le sens :

- souligner le verbe d'action
- comprendre la nature et les objectifs
- dégager les mots clés et les idées importantes
- formuler l'idée directrice
- lister des connaissances si la consigne le demande

2 Extraire les informations des documents

Un brouillon est utile, il peut être fait sur une feuille dédiée mais aussi directement sur l'énoncé :

- extraire et trier les informations pertinentes de chaque document pour répondre à la consigne
- organiser les informations par notion pour structurer la réponse. Plusieurs documents peuvent être reliés à une notion
- toujours garder en mémoire la consigne pour analyser les documents en vue de répondre à l'objectif de la consigne

3 Construire une réponse scientifique

A La structuration de la réponse

Une introduction de quelques phrases présentant le sujet et reformulant le problème.

Un développement au cours duquel les arguments doivent être reliés avec des connecteurs logiques (donc, or, de plus…) et la structuration basée sur une idée par paragraphe.

Une conclusion qui répond de façon synthétique au problème posé.

B L'organisation de la réponse

La réponse argumentée doit se faire selon trois étapes pour chaque notion associée à un ou plusieurs documents :

- l'observation précise des documents ["j'observe"]
- l'ajout d'éléments de cours éventuellement ["je sais"]
- la conclusion de la notion ["j'en déduis"]

Ainsi la notion abordée est justifiée à partir des informations tirées des documents.

La rédaction de la réponse doit toujours :

- être dans un français correct
- utiliser un sujet précis avec un vocabulaire approprié
- préciser les numéros des documents d'où sont extraites les informations

Concevoir des représentations graphiques en utilisant Python

Méthode

1 Représenter un nuage de points avec Python

Étude d'un exemple :

On relève la température à la surface du toit d'un lycée sur une durée de 24 h :

Température (°C)	9	8	7	5	7	8	10	11	12	10	9	8	7
Temps (h)	0	2	4	6	8	10	12	14	16	18	20	22	24

On souhaite tracer le graphique représentant la température à la surface du toit du lycée en fonction de l'heure de la journée.

A Les étapes

- Il faut importer les bibliothèques et les modules dont on a besoin : numpy, pyplot de matplotlib et stats de scipy.
- On définit le tableau des abscisses (heure de la journée) des points expérimentaux.
- On définit le tableau des ordonnées (températures) des points expérimentaux.
- On construit la courbe et on choisit des « + » pour représenter les points expérimentaux, on choisit aussi leur couleur.
- On définit les grandeurs (température, heure de la journée) et les unités (°C et h) sur les axes ainsi que le titre du graphique (Température de la surface du toit en fonction de l'heure).
- On affiche une grille.
- On affiche la courbe.

B Le code correspondant

Les commentaires sont écrits en italique après les # et les lignes de code sont numérotées de **1** à **10**.

1 import numpy as np # *importe la bibliothèque numpy et la rebaptise np*

2 import matplotlib.pyplot as plt # *importe le module pyplot et le rebaptise plt*

Aides personnalisées

```
Heure=np.array([0, 2, 4, 6, 8, 10, 12, 14, 16, 18, 20, 22, 24]) # tableau des abscisses
T=np.array([9, 8, 7, 5, 7, 8, 10, 11, 12, 10, 9, 8, 7]) # tableau des ordonnées
plt.plot(Heure,T,'r+') # on construit la courbe et on choisit des « + » rouges
plt.xlabel("Heure de la journée (h)") # légende des abscisses
plt.ylabel("T (en °C)") # légende des ordonnées
plt.title("Température de la surface du toit en fonction de l'heure") # titre du graphique
plt.grid() # affiche une grille
plt.show() # affiche la courbe
```

C La courbe obtenue

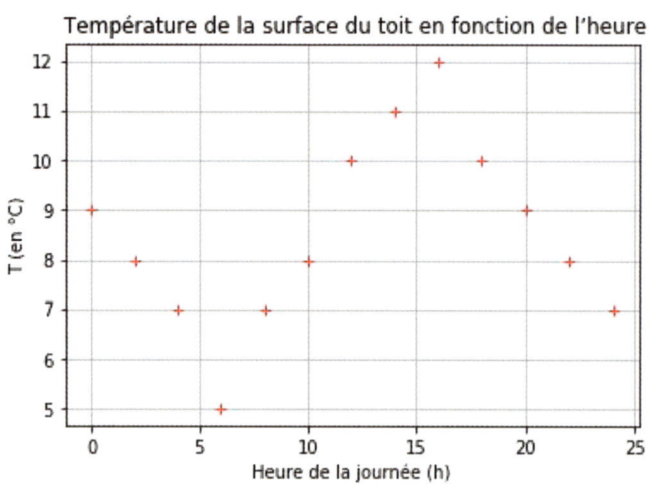

2 Faire une régression linéaire avec Python

Étude d'un exemple :

Résultats expérimentaux obtenus pour différentes longueurs d'une corde L, dont on a relevé la fréquence fondamentale f du signal émis par la corde une fois pincée :

L (cm)	20	30	40	50	80	90
$1/L$ (cm^{-1})	0,0500	0,0330	0,025	0,0200	0,0125	0,0111
f (Hz)	357,5	238,3	178,8	143,0	89,4	79,4

On souhaite montrer que la fréquence est inversement proportionnelle à la longueur *L* de la corde. Pour cela on place les points expérimentaux comme précédemment et on rajoute le module « stats » de « scipy » pour obtenir une régression linéaire (on doit obtenir une droite linéaire).

A Le code correspondant

Les commentaires sont écrits en italique après les # et les lignes de code sont numérotées de **1** à **18**.

1 import numpy as np # *importe la bibliothèque numpy et la rebaptise np*

2 import matplotlib.pyplot as plt # *importe le module pyplot et le rebaptise plt*

3 import scipy.stats as sc # *importe le module stats de scipy et le rebaptise sc*

4 invL=np.array([0.05, 0.033, 0.025, 0.02, 0.0125, 0.0111]) # *tableau des abscisses*

5 f=np.array([357.5, 238.3, 178.8, 143, 89.4, 79.4]) # *tableau des ordonnées*

6 plt.plot(invL,f,'r+') # *on construit la courbe et on choisit des « + » rouges*

7 plt.xlabel("1/L (en cm-1)") # *légende des abscisses*

8 plt.ylabel("f (en Hz)") # *légende des ordonnées*

9 plt.title(" Courbe représentant la fréquence en fonction de l'inverse de la longueur ") # *titre du graphique*

10 plt.grid() # *affiche une grille*

11 droite=sc.linregress(invL,f) # *effectue une régression linéaire*

12 coef=droite.slope # *attribue à la variable coef la valeur du coefficient directeur obtenu à la regression linéaire de la ligne 11*

13 print("Le coefficient directeur est : ", coef) # *permet d'afficher la valeur du coefficient directeur appelé coef*

14 ordonneor=droite.intercept # *attribue à la variable ordonneor la valeur de l'ordonnée à l'origine*

15 print(" l'ordonnée à l'origine est : ", ordonneor) # *permet d'afficher la valeur de l'ordonnée à l'origine*

16 freg=coef*invL+ordonneor # *calcule la valeur de la fréquence f issue des valeurs de la régression linéaire, en fonction des valeurs de l'inverse de L*

17 plt.plot(invL,freg,'b') # *on construit la droite de régression linéaire en bleu*

18 plt.show() # *affiche la courbe*

B La courbe et les résultats obtenus

```
.e coefficient directeur est :  7166.316515631369
l'ordonnée à l'origine est :  -0.0022639616193202983
```

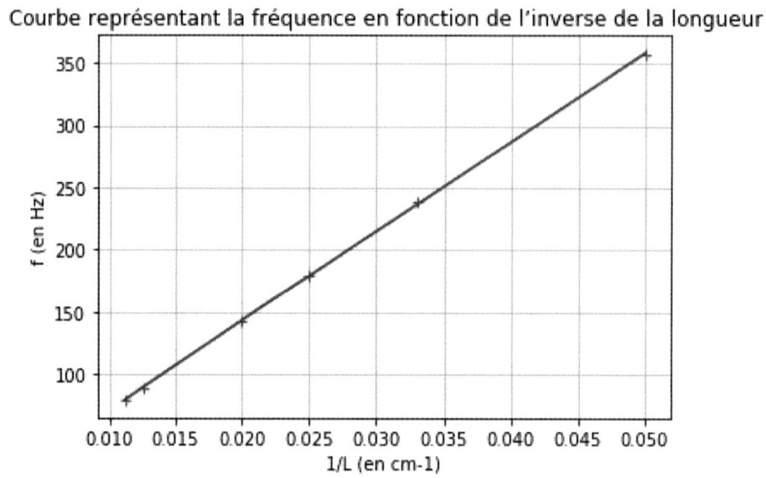

3 Représenter un histogramme avec Python

Étude d'un exemple : L'univers est constitué de 90 % d'hydrogène, 9 % d'hélium et de 1 % d'autres éléments. On souhaite construire le diagramme bâtons correspondant.

A Le code correspondant

Les commentaires sont écrits en italique après les # et les lignes de code sont numérotées de **1** à **8**.

1 import matplotlib.pyplot as plt # *importe le module pyplot et le rebaptise plt*

2 x=[«H», «He», «Autres»] # *axe des abscisses*

3 height = [0.9, 0.09, 0.01] # *valeur des pourcentages : 100 % correspond à 1, il s'agit de l'axe des ordonnées*

4 width = 1.0 # *épaisseur des bâtons*

5 plt.bar(x, height, color='b') # *on construit le diagramme bâton, qui sera bleu*

6 plt.xlabel(«Elements chimiques présents dans l'Univers») # *légende des abscisses*

7 plt.ylabel(«pourcentage») # *légende des ordonnées*

8 plt.show() # *montre le diagramme bâton*

B **Le diagramme obtenu**

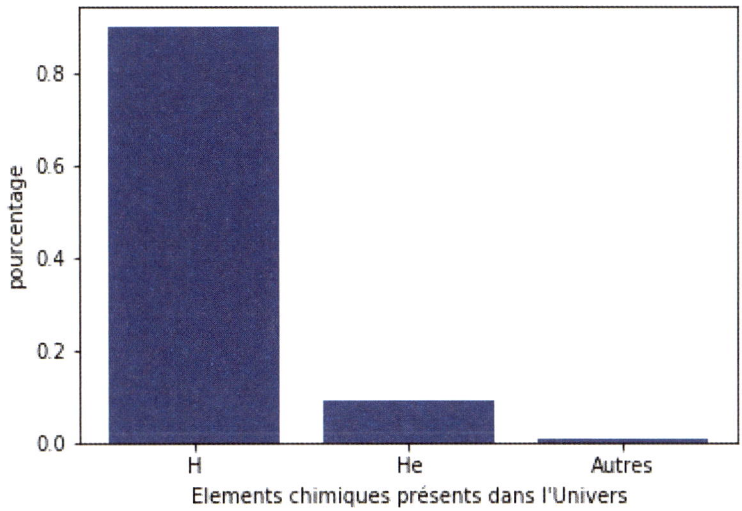

Table des matières

Aubin
IMPRIMEUR

Achevé d'imprimer en janvier 2020
N° d'impression 1911.0110
Dépôt légal, janvier 2020
Imprimé en France